LANAN
PAO
GUO
SHAO
NIAN
SHI

没有花园的孩子是
逆风的少年

Lan An

大鱼

有爱的青春陪伴者

LANAN
PAO
GUO
SHAO
NIAN
SHI

世界上有一种植物叫作蓝桉

它的身旁不允许其他植物的生长

陪伴它的只有无穷的荒原和无尽的孤独

//

我们的身边是否也有这样一株蓝桉

他跑过我们的生命

跑过所有人单薄的青春

蓝桉

Lan An

跑过
少年时

2

岑桑 ——— 著

花山文艺出版社

图书在版编目（CIP）数据

蓝桉跑过少年时. 2 / 岑桑著. 一石家庄：
花山文艺出版社，2014.8（2018.8 重印）
ISBN 978-7-5511-2032-6

Ⅰ. ①蓝… Ⅱ. ①岑… Ⅲ. ①长篇小说－中国
－当代Ⅳ. ①I247.5

中国版本图书馆CIP数据核字(2014)第161440号

书　　名：蓝桉跑过少年时.2
著　　者：岑　桑

策　　划：张采鑫
特约编辑：木卫四
责任编辑：于怀新
美术编辑：胡彤亮
责任校对：齐　欣
封面设计：Insect
内文设计：Insect
封面摄影：MOON文子
封面模特：金浩森
出版发行：花山文艺出版社（邮政编码：050061）
　　　　　（河北省石家庄市友谊北大街330号）
销售热线：0311-88643221/29/35/26
传　　真：0311-88643225
印　　刷：长沙鸿发印务实业有限公司
经　　销：新华书店
开　　本：889×1194　1/32
印　　张：9
字　　数：240千字
版　　次：2014年10月第1版
　　　　　2018年8月第2次印刷
书　　号：ISBN 978-7-5511-2032-6
定　　价：36.80元

LANAN

PAO

GUO

SHAO

NIAN

SHI

contents
目录

人物介绍
你还记得他们吗？　001

Time For Merry-go-round
[时光木马 篇]　005

Fall into Yesterday
[陷落往昔 篇]　022

Bloom in the Night
[夜昙初放 篇]　043

Miracle in Istanbul
[蓝城神迹篇]　065

Forget the Past of Dark
[裂断黑暗 篇]　094

No Love No Regret
[漠爱无悔 篇]　122

contents
目录

Broken Dream
[梦碎无泪 篇]　140

Undercurrent
[暗澜隐喻 篇]　162

Shadow of the Man
[桉之浮影篇]　183

Sacrifice of Youth
[青春祭奠 篇]　209

A Love in 100 Days
[百日恋情 篇]　235

City of Fate
[宿命之城 篇]　266

札记
碎语蓝桉　278

人物介绍

你还记得他们吗?

蓝桉/NO.1

你第一次遇见他,是在一个清晨。市三中的女厕所里有人被胶带贴在墙上,有人带着一群女生威逼要钱……他"咚"地一脚救下久别重逢的酥心糖。他从小就背负着父母被谋杀的秘密,在圣贝蒂斯教堂的孤儿院长大。他救了孤儿院的孩子,却也在他们心里画上了牢笼。他深知自己父母的死与酥心糖有着密不可分的关系,却又无可救药地爱上了她。

你还记得他吗?

他是无畏疯长的蓝小球。

他是深情无悔的蓝桉。

苏一/NO.2

你第一次遇见她,也是在市三中的女厕所。她就是那个被蓝小球救下的女生,从此他们兜兜转转,聚散离合纠缠了整个青春。她爱他,却又不敢深爱。她怕他,却又无法离开。她在失去后学会了成长,在得到后学会了珍惜。在蓝桉受伤之后,她历经漫长的等待与守候,得到的却是个不可知、不可测的结局。

你还记得她吗?

她是迷茫彷徨的酥心糖。

她是坚定不移的苏一。

Icy/NO.3

你知道他的。

喜欢藏起来，喜欢躲在蓝桉身后，喜欢做他的影子。

异类的童年，让他有不完整的人格。他不惜毒害蓝桉，把蓝桉留在自己身边。也不惜陷害苏一，逼她远走他乡。当蓝桉最终看清他时，他决定放弃自己的生命。

但，他是跳脱出常识认知的人。

他死了，可也许还活着。

他是温柔羸弱的莫昙。

他是阴冷黑暗的Icy。

洛小缇/NO.4

你应该记得她的。她漂亮、凌厉，爱得跋扈，美得嚣张。

她喜欢蓝桉，却没有缘分与他同行。她曾是苏一的敌人，却最终成了苏一一生的朋友。

你一定记得她。

她是402宿舍里最敢爱敢恨的公主。

她是402宿舍里无人不爱的洛小缇。

谢欣语/NO.5

你不会忘记她。即便她已经离开了这个世界。她懂得什么是爱，却不懂怎样去爱。她在Icy的暗示诱导下，爱得深陷而决绝。最终把唐叶繁留在了十八岁，把自己遗忘在了十八岁。

她是为爱而生的女孩儿。

她是为爱而死的谢欣语。

卓涛/NO.6

他全部的青春都给了苏一，换来的却是绝望收场。他的愤怒，化作了苏一脸上的一道伤疤。不过时间终究平复了爱与恨的印迹，成长让他学会了自省与救赎。他终于找到了自己新的爱情、新的生活。

你记得他吗？

他是永远简单朴实的大男孩儿。

他是不会忘记苏一的卓涛。

周仪/NO.7

你不一定记得她了。因为她第一次出现的时候还那么小。

她是卓涛在汽修店里救下的女生。她从小就发誓要嫁给卓涛，一直追逐，一直等待。时间终是给了她如愿以偿的机会，让她成为他的妻。

她是谁？

她是用全身的力气去爱的少女。

她是终于嫁给卓涛的周仪。

千夏/NO.8

她是Icy捡回来的孩子，从小在Icy黑色的世界里长大。

她不懂明确的是非，只有真切的爱恨。她是唐叶繁同母异父的妹妹，也是Icy计划里的一枚棋。

她是游走在明与暗之间的女孩儿。

她是徘徊在是与非之间的千夏。

谢家万/NO.9

你第一次见到他，他还是个孩子，但现在，他已是一位翩翩少年。

他是谢欣语的爸爸和蓝桉姑姑的私生子。

他是冷淡而温柔的少年。

他是淡雅而柔软的谢家万。

孟格/NO.10

他是苏一的学生，电脑天才。对千夏无比忠诚，却很难得到一点儿垂爱。

他是聪明有爱的少年。

他是蠢蠢无爱的孟格。

Q和小T/NO.11 & NO.12

她们是姐妹——一个是忠心守护蓝桉的助手；一个成为忠心的条件，被送去远方。

她们是孤儿院里的孩子。

她们是Q和小T。

时光
木马
-篇-

时间停泊在浓稠的阳光里，
木马的歌声，糅进斑驳的夏日，
安谧的空气，溺死遥远的蝉鸣，
记忆的碎片，逸逃在来时的路上。
你不再记得，我丢失的肋骨，
但，
你依然是我鲜衣怒马的少年。

Forgetting 1：你的不可一世哪儿去了

"苏一，你相信，我爱你吗？"

这大概是这么多年来，出现在我梦里频率最高的话。

有时，是蓝桉在我的枕边，轻声耳语；有时，是他在四方的视频框里，乱糟糟的样子。但每一次，我都会惊醒过来，听不到他给的答案。

我觉得，也许在我心里，是害怕听到他对我说那三个字。

因为当现实惨白到不容幻想的一步，每一丝回忆，都是刻骨铭心的疼。

然而，有些疼，你明知痛不欲生，也要慢慢吞下。

那是你一生注定的劫数，不可逃脱，无处可藏。

十月，我搬去了卓尔亚湖。在离湖岸不远的小区里，租了一间房子，视野很好的十二楼。站在向南的窗口，就可以看见蓝桉那幢小别墅，白色的墙壁，隐藏在茂盛的橡树林里。

每天傍晚，我都会沿着湖畔跑一会儿步。秋天的空气，凝结着无数细小的水珠，撞击在皮肤上，带着刺刺的冰凉。

这一天，我跑步回来，换了衣服，去找蓝桉。

每天去看他，已经是我的习惯。有时觉得，上帝像是和我开了个玩笑，把最美好的蓝桉，从我身边偷走了。还回来的时候，只剩下一副忘记一切的空壳。

此时已经是下午五点了，夕阳不疾不徐地铺开最后的光芒，把天空浸染成绚丽的玫红色。

Q给我开门，轻声说："嘘，他刚睡下。"

我会意地点点头。

蓝桉的睡眠极不规律，有时会两天两夜不睡觉，有时却又睡上二十四小时。

Q说："对了，'小白'的花房建好了，你要不要去看？"

Q喜欢叫这幢房子"小白"，让冷冰冰的房子有了生气。

我摇头说："不了，我想去看蓝桉。"

Q无奈地笑了，她说："从今以后，你眼里是不是再也装不下别的了？"

我听了，心里泛起苦涩的难过。我说："你知道的，我和蓝桉已经错过太多了。从今以后，我都不能再失去他。"

蓝桉的卧室在二楼，厚厚的地毯，踏上去，听不到一丝声音。宽大的窗子，遮着密实的窗帘，只有边缘，漏进淡淡的微光。

我在蓝桉床边的地上坐下来，这样可以极近地看他。

他还是那样瘦，棱角分明的脸，没有冷毅，没有欢喜，没有茫然，没有悲伤。

我从没见过这样平静的蓝桉，像窗外那片平静的湖水。

我把头轻轻靠在他的枕边，有浅淡的须后水的气味传过来。昨天，我帮他刮过胡子之后，他大概再也没有洗过脸。

现在的蓝桉，就是个野蛮任性的孩子，不喜欢洗脸，不喜欢刷牙，不喜欢剪头发，不喜欢刮胡子……他大部分时间都是安静地坐着，但也有疯狂的时候，有时他会突然推开身边的人，赤着脚冲出房子，一路跑去湖边。然后，一动不动地站在那里，满眼茫然。

他像是在追逐离他而去的记忆，但终是一无所获。

一次，他就那样不管不顾地冲进水里，任由冰冷的湖水淹没他的身体。我和Q追去，拼力将他拖上岸。

那一天，我真的怕了。我用力地摇晃着他的身体，大喊着：

"蓝小球，我求你，你醒醒吧！你的骄傲呢？你的霸道呢？你的不可一世都哪儿去了？"

我的眼泪夺眶而出，可他却无动于衷地看着我，好像在看一个糟糕的小丑表演着蹩脚的笑话。

我的思绪渐渐乱了，昏昏的睡意，漫上双眼。各种各样的蓝桉，混进我的梦境。有带着我飞快奔跑的蓝桉，有凶悍地掐住我脖子的蓝桉，有喃喃说"我爱你"的蓝桉……我迷失在蓝桉的世界里，不能自拔。

忽然，有音乐盒叮咚的响声，真实无比地传进耳膜。

我睁开眼，发现天色已经黑透了。不知什么时候，房间的桌子上，竟多了一只走马台灯。慢慢旋转的外罩上，雕着镂空的图案，有柔亮的灯光，从里面透出来。

那是旋转木马吧，起起伏伏的光影，和着音乐，奔跑在房间的墙壁上。

我怔怔地看着，思绪一瞬跌进时间的旋涡——

那些已被拆除的老旧木马，重新拼装进记忆的公园。

灰暗的木漆，复又染遍鲜润的颜色。

残破彩灯，闪耀起昔日的光芒。

木马们"吱吱呀呀"地跃动起来。

快乐愉悦的歌声，从遥远的时空，纷至沓来。

我仿佛又看见了酥心糖和蓝小球，并肩坐在初夏的星空下……

Forgetting 2：木马骑士

落川镇的夏夜，在记忆里，总是格外凉爽，星星像是发光的海藻，闪烁在深暗的夜空中。我和蓝桉常常会爬到屋顶上纳凉。有时，他会和我讲些住在省城的事，比如，和妈妈去很大的剧院看音乐剧，或是跟着爸爸去参观博物馆。

不过，对于六岁的我来说，最喜欢听的，还是游乐场里，那座闪着各种彩灯的旋转木马。

我努力把它想象成童话书中的插图，自己坐在南瓜马车里，旁边是骑着白马的王子。

后来，妈妈还真的带我和蓝桉去过一次。

那应该是晴朗的初夏，被阳光浸透的省城，缓缓飞散着流离的颜色。

妈妈站在游乐场的花坛边，给了我二十块钱，说："你们两个乖，在这里玩，妈妈一会儿就回来。"

那时我兴奋极了，转椅、碰碰车、丛林飞鼠……每一种游戏都传来欢乐的尖叫声，吸引着我。

蓝桉说："走吧，我们去玩。"

可是，妈妈不在身边，那二十块钱，我不敢花。现在想起来，我真是个没有安全感的小孩儿。蓝桉只好陪我玩不花钱的荡秋千。

然而妈妈说的"一会儿"可真长啊。我和蓝桉"吱吱呀呀"地荡到了天黑，妈妈也没回来。

我开始有点儿怕了，脑子里有各种可怕的念头冒出来——妈妈是不是出事了？省城的汽车这么多，会不会是……

"哎，你妈会不会不要我们了？"蓝桉在一旁提供了另一种答案。

"你少胡说，我妈才不会不要我！"

我尖叫着反驳，可又不由自主地抓住了蓝桉的手，像抓住一根救命稻草般。

旋转木马是游乐场里最闪耀的地方。我拉着他，走过去，坐在围栏的台阶上。我觉得坐在这里，妈妈回来一定可以看得到。

蓝桉大概快无聊死了，说："酥心糖，要不，咱们去找找你妈吧？"

我摇摇头："省城这么大，去哪儿找啊？再说了，我妈回来怎么办？"

"那……咱们去坐木马吧，你妈一来，肯定能看到我们。"

"啊？"我像看怪兽一样看着他，妈妈都找不到了，他还有心思玩？

我说："蓝小球，你不急吗？"

蓝桉理所当然地说："酥心糖，你傻不傻，要么找，要么等，你着急也不能把你妈急出来。你想啊，不管咱们坐在地上，还是坐在木马上，和你妈回不回来有关系吗？"

"呃……好像……是没什么关系。"

蓝桉这个很有诱惑性的反问句，让单"蠢"的我，暂时性地屏蔽了担忧。当然，此时的木马，也太过诱人。它就像童话书里的一样，梦幻、漂亮，闪耀着不真实的光。

那时还是两块钱可以玩好几圈的美好时光，我钻进了梦寐以求的南瓜马车，倚着摇摇晃晃的窗口，假装是去准备参加舞会的公主。而蓝桉这个闲不住的家伙在马背间，跳来跳去，乐此不疲。后来，他在我身边的木马上停下来。

那是匹顶着翎毛，向前飞奔的黑色木马。

我趴在马车的窗口，仰头看他。

他还那么小，却像一个无畏的骑士，驱散了我内心的恐惧，给了我不再害怕的笃定。

我学着书里公主的语气，说："蓝小球，你愿意永远保护我吗？"

忽然，我感到有人在轻轻抚摸我的头发。

是蓝桉。

不知什么时候，他也起来了。他坐在床上，一眨不眨地看着墙上木马的光影，脸上现出一种似曾相识的神情。

我凝固般地坐着，任由他微凉的手指滑过我的发梢。我好怕轻微的移动，都会打破他突现的温柔。

蓝桉喃喃地低语着："我愿意。"

我全身触电似的一震。

我不敢相信自己的耳朵。二十年前，坐在木马上的蓝小球，就曾对我说过一模一样的三个字。他是和我一样，也陷入了有关木马的回忆吗？

我抬起头，颤声说："你……说什么？"

可是蓝桉突然拿起枕头，砸向台灯。

"哗"的一声，房子里一瞬失去了光亮。蓝桉捂着头，疯狂地叫嚷起来。他像在经历着不可言宣的疼痛，而我却只能束手无策。

我用尽全身的力气抱住他，无助地叫着他的名字："蓝桉，蓝桉，蓝小球……"

黑暗里，他终于平静下来。

他把头靠在我的肩头上，身体传来微微的颤抖。

我心疼极了，抚着他的头发说："没事了，没事了，不要再想过去的事。不管发生过什么，都忘了吧。"

蓝桉就像个无力的孩子，任由我抱着，没有一丝回应。

就在这时，门外传来"哧"的一声轻笑。

像是细细的男声。

我警觉地转过头，问："谁在那儿？"

可是，密黑的房间里，再没有了声息。

Forgetting 3: 千夏

这一天，蓝桉很消沉，一个人坐在客厅的沙发上，也不吃东西。

Q放了些轻缓愉悦的音乐给他听。

这几年，Q就像没有变过。时间在所有人身上做了手脚，唯独放过了她。她就像我第一次见她一样，留着长而直的黑发，穿干净笔挺的制服。也许是因为她的生活足够单纯，没有繁杂的俗事，便不留岁月的痕迹。

Q悄声说："刚才怎么了？"

"蓝桉看着旋转木马台灯，好像想起点儿什么。"我问Q，"你觉不觉得，蓝桉是可以想起一点儿过去的？"

Q点头说："我也觉得，他有时会想起从前。可是……我宁愿他不想起。"

"为什么？"

"因为哪怕是他想起一丝回忆，他都会头痛到撞墙。"

我有一点儿理解Q了。

看了蓝桉刚才的样子，我也不想他受折磨。

Q隔了一会儿说："苏一，你想照顾蓝桉我不反对，但是千万别抱有幻想。奢望一件不可能的事，就是在煎熬自己。你要懂得面对现实，他已经不是从前的蓝桉了。"

"不，他是。"我反驳说，"他在我心里，从没有变过。"

Q叹了一口气。

说起木马台灯，我问Q："那台灯，是你放进来的？"

Q皱起眉，说："到底什么台灯啊？"

"那种像星光仪一样，会转的，可以在墙壁上投影的台灯。"

说话间，有人从楼上走下来，是梁姨，手里提着那个坏掉的木马台灯，嘴里嘟囔着："家里哪儿来的这东西？"

我对Q说："就是那个。"

Q瞥了一眼，摇了摇头，没说话。

我猜不出她是不知道，还是不想说，不过，我没有追问下去。Q是那种不想告诉你，谁也问不出答案的人。

在"小白"里，除了蓝桉和Q，还住着两个人——梁叔和梁姨。他们是夫妻，负责打扫房间和做饭。但是，我总觉得这幢房子里，还有另外一个人的存在。

他像是一缕幽幽的魂魄，藏在角落里，悄悄窥视着我。

这一天，我从"小白"离开的时候，接到了曼德高中的校长打来的电话。他通知我第二天，去学校报到。

这算是近几个月来，最令人开心的事了。

曼德高中是一所全封闭式的私立学校，离卓尔亚湖有十五分钟的路程。之前，我去那里应聘过英语教学助理。几经面试之后，就没了下文，我以为没有希望，没承想竟然通过了。

校长在电话里说："苏小姐，我们录取你，是考虑到你有过职场经验，对学生适应社会，有指导作用。希望你能认真对待这份工作。"

我说："您放心，我一定会努力的。"

曼德高中是一所有英资入股的高中，治学采用了半英式教育。当然，学费也高得离谱，来这里读书的孩子，非富即贵。

上班的第一天，我换上了从前工作时的职业套装。显然这个决定是正确的，曼德高中不只对学生有一套严格到苛刻的规范，对老师也有一套严谨的要求。

校长在办公室和我简短地见了一次面，发给我一本厚厚的教师手册。我随手翻了翻，觉得自己根本不是来当老师的，来当圣女还差不多。

之后，校长安排助理叶薇，带我熟悉学校的环境。

作为一所中学，曼德高中的条件真是太优越了，不仅有标准跑道、体育馆、实验楼，还有游泳馆和小礼堂。

校园里所有的建筑，都是复古的巴洛克式，站在教学楼狭长的走廊里，恍惚是在《哈利·波特》里面那古老的学舍。叶薇不止给我介绍了学校的设施，也给我介绍了学生的校服制度。比如扎深红领带的，是班级的干部；校服上是银扣子的，是校学生会最高成员。这些"银扣子"的能力十分强大，甚至可以参加学校的政务管理。

课间铃声响起的一刻，走廊里一瞬热闹起来。男生笑闹着跑过我的身边，女生围在一起，叽叽喳喳地讨论着各种话题。扩音器里响着教导主任的训话。有人捧着书本，默默诵读；有人飞奔着冲出教室，消失在楼梯口……

我忽然觉得自己真不该找这份工作，一切的一切，都熟悉得让我感到害怕。

是的，即便我的高中比起曼德高中差得很远，但有一样，它们毫无差别，就是无处不在的青春。

我害怕让自己陷入盛大葱茏的青春里。因为那是我再也回不去的时光，可以顶着"年少"的名头，无知无畏地存在于这个世界上。

叶薇忽然接到一个电话，要她马上回去。她指着前方说："对不起，苏老师，我有急事，你自己去年级组的办公室吧。向前走到头，就到了。"

第一次标上"老师"的后缀，我一时还适应不了，愣了一下才点头说："好的，你忙去吧。"

我沿着走廊向前走，经过消防通道的安全门时，忽然听到里面传来几个女生的声音。

"背个Gucci就很牛吗？别以为自己是公主。我告诉你，不管你什么背景，在曼德，你就得听我的。"

看来贵族学校也解决不了校霸的问题。我想起了自己的高一，被洛小缇堵在厕所里……

我飞快地截住自己的回忆，再想下去，怕是只有难过了。

我推门走进消防通道，几个穿校服的女生，正围着一个女生。我看不到那个被围住的女生的样子，只感觉她十分瘦。

一个高个子女生转头，轻轻挑了挑眉，说："你好，有什么事？"

这大概就是贵族学校和普通中学的区别吧，人渣都渣得这么有礼貌。我说："看你挺聪明的，就不用装糊涂了吧。我是新来的教学助理，要不要和我去办公室谈一谈？"

高个子女生大方地笑了笑说："还是算了吧。一会儿就上课了，有时间我再找你。"说完，她就带着其他女生离开了。

我真心佩服她的镇定，好像躲在这个阴暗拐角里威胁别人的，根本不是她。

我看着她们离开后，才转头看墙角的女生，一瞬间，我就有点儿明白，她为什么会被欺负了。

实在太漂亮了！

她留着直而黑的长发，深色的眼瞳，像颗散着黑光的星球，透着不可捉摸的异彩。她的脸上，看不到被欺负的胆怯，反而挂着一抹令人捉摸不透的微笑，好像跳脱了人间，淡淡嘲讽着全世界。

她从地上捡起一只竹节手柄的奶白色手包，没看错的话，应该是Gucci经典的Bamboo系列。真不知道她家里有多宠惯她，十六岁就用这样昂贵的奢侈品牌。

我问："你叫什么？"

那女生一动不动地望着我，没有回答。

"你没受伤吧？"我又问。

她依然没有回答，脸上淡漠的笑容，让我心里有种说不出的怪异。

　　我再问："要不要我送你回教室？"

　　这一次，她终于开口了："你……是苏一吧？"

　　我疑惑地问："你认识我？"

　　女生说："我叫千夏，你不记得我，但我记得你呢。"

Forgetting 4：两只小虫子

　　搜索了全部记忆，也想不出一个叫"千夏"的女生。而她却始终不肯说出，我们曾在什么地方遇到过。

　　千夏在高一（3）班，成绩优异，但性格孤僻，不与任何人交朋友。那个高个子女生，叫秦依瑶，已经读高二。虽然我没追问她欺负千夏的理由，但答案不言而喻，一个漂亮、有钱、学习好，且不屑于参加任何小团队的女生，从来都是被孤立排挤的对象。

　　曼德高中有一半的科目采取走班制，所以重点学科，配备了教学助理。

　　这就是我的工作了。不用讲课，主要负责课后回答学生的问题，以及监察学生的成绩。

　　我借着了解学生，翻了千夏的档案。高中以前的履历，竟然全部是空白。而父母那一栏，只填了父亲的名字——千日云，和一个联系电话。

　　我问身边的老师，怎么千夏的档案会什么也没有？

　　老师见怪不怪地说："这里的学生，背景相对复杂。有些人不想填，也只能这样。你就不必太认真。"

　　我有一点儿失望。

那天放学，我直接去了"小白"。

白天的时候，Q陪蓝桉去医院体检，和医生讲了昨晚的事。医生建议可以用涂鸦，来改善宣泄他的情绪。于是，Q回来便腾空了一个房间，摆上各种各样的颜料，任蓝桉涂画。

我推门进去的时候，蓝桉完全没有注意我。他像个全神投入的画家，拿着刷子，肆意地在墙上涂抹着。只是他笔下的"大作"毫无美感，大面积的黑色和深蓝色，漩涡般纠结在一起。我默默地站在他的身后，不敢打扰他。

蓝桉几乎把整面墙都涂成了黑蓝色，然后在地上选了桶明黄色颜料，在昏黑中，画了两条黄色的小鱼。

不，是两只小虫子。

又或者……是两个迷失在暗夜里的小孩子。

我静静地看着，思绪沿着他黑蓝的漩涡，发散在往昔里。

这会是他残余的记忆吗？

也许，他画的就是游乐园的那一天吧……

那一天，说"一会儿回来"的妈妈，始终没回来。后来公园关门了，我们被赶了出来。我站在车水马龙的马路旁，有些惶然失措。眼前陌生的世界对于从没来过大城市的我来说，就像个庞大恐怖的巨兽，嘶吼喧嚣着。

我怯生生地问蓝桉："现在怎么办呢？"

他抽了抽鼻子说："等不到，就找呗。"

"可是我现在饿了。"

"吃呗。"

"没有钱怎么吃啊？"

蓝桉拉起我的手说："这座城市这么大，还找不到吃的吗？"

那时我觉得，蓝桉是这个地球上，永远打不败的小孩儿。所有问题，在他眼里都能化简成没问题。

蓝桉向四周看了看，不远处有座灯火通明的五星酒店。他伸手指了指说："咱们去那儿吃吧。"

我的嘴巴，立时惊成了"O"形。

那大概是我第一次体会到自己与蓝桉的不同。从踏上酒店台阶的那一刻起，蓝桉就仿佛变了一个人，稚嫩的脸颊上，透出近似成人般的威严。他牵着我的手，大方地接受门童的开门服务，从容不迫地向总台询问自助餐厅的位置，然后带着我，一路上了二楼。

没有人阻拦他。他就像是酒店里，某位客人的孩子，即便身上的衣服廉价，且有一点儿脏。

我悄声问："蓝小球，咱们真去餐厅吃啊？"

蓝桉弯了弯嘴角，拉着我拐进了后厨房。

厨房里正是忙碌之时，没人注意到两个小孩儿混进来了。一个四十多岁的阿姨，站在水池前洗着大盆的水果。

蓝桉走过去，大方地说："阿姨，有没有撤下来的食物，分给我一点儿，我们一天没吃饭了。"

洗水果的阿姨惊讶地看着他："你妈妈呢？"

"她把我们放在公园，不要我们了。"

我立即反驳："你胡说，我妈不会不要我们的，她不会扔下我们不管的！"

我蓄积了一天的担忧，刹那间崩溃了。我已经没有了爸爸，我不能想象，妈妈也会弃我而去。我的眼泪，像泛滥的洪水，决堤而出。

可蓝桉毫无同情心，他转过头，突然怒吼了一声："闭嘴！东西都没得吃，你还有力气哭。"

我吓得愣住了，硬是把后半截儿哭声，全咽了回去。

阿姨叹了一口气，说："唉，你们在这儿等我一会儿。"

五星酒店的自助餐厅，每天都会有不够顶级新鲜的食物撤下来。原则上，是要倒进垃圾桶的。

但是……阿姨提着两只食品袋回来说："拿去吧。干净的，我留给儿子当夜宵的。你们就在外面吃，等会儿下班，我带你们找妈妈。"

蓝桉接过袋子，说了声谢谢，就带着我离开了酒店。

我在酒店的门前，拉住他问："你要去哪儿啊？阿姨说要带我们找妈妈呢。"

蓝桉却转过头，反问她："你确定她是好人吗？"

"我妈说，世界上还是好人多。而且……而且……而且那个阿姨还给我们吃的呢。"我竭力举证。

蓝桉却一板一眼地说："酥心糖，我妈告诉我，人贩子都是先给小孩儿一块糖的。"

Forgetting 5：记忆的盐柱

许多年后，我依然记得那一顿装在塑料袋里的美食。我和蓝桉坐在地下通道里，头顶亮着荧荧的白色灯光。初夏的夜风，带着森森凉意，穿行而过。饥饿让袋子里的每一种食物，都变成了美味。

我几乎没有一样可以叫出名字，因为我从没有去过那样奢侈的餐厅，直到吃得打出长长的饱嗝，才对蓝桉说："蓝小球，你怎么知道大酒店里可以要到吃的？"

蓝桉抿了抿嘴："干吗？"

"你爸妈没去世之前，是不是经常带你去啊？"

他抱着头，靠在墙上，懒懒地打了个哈欠："哎呀，好困啊。今天就睡在这里吧。"

"喂，我问你呢。"我不依不饶地问，"告诉我，你以前是怎么样的？是不是住很大的房子，天天都吃好吃的？"

蓝桉坐起来说："酥心糖，你听过罗得妻子的故事吗？"

"罗得是谁？"

"我妈妈给我讲过一个故事，在很久以前，有个叫索多玛城的地方，那里的人做了许多坏事。上帝要毁灭它。但索多玛城还住着一个好人，就是罗得。上帝让天使通知他，带着妻儿快点儿逃，但不可以回头。可罗得的妻子还是忍不住回头看了一眼，结果变成了盐柱。"

我眨了眨眼睛，茫然地说："什么意思？"

"意思是，不管你从前过得好，还是不好，千万不要回转头。"

我愣住了，问："为什么？"

"因为……"他被我问得有点儿烦了，"酥心糖，你不问为什么会死啊。"

其实，对于六岁的我来说，是无法体会沉溺在记忆中，究竟是种怎样的折磨。然而现在，我却无比深刻地理解了那是种怎样的困局。那些或美或痛的过往，是无可逃脱的锁与负累，它们会在你浑然不觉时，缠住你的脚步，让你化为无力前行的盐柱。

现在回想起来，忽然觉得蓝桉真是个不可思议的小孩儿。他在六岁的时候，就指给我今天逃脱痛苦的秘籍。

可是，我能忘掉吗？

我能头也不回地向前走吗？

我不能。

因为，即便是许多年后的今天，我依然是从前那只困死在黑夜中的小虫子，唯一的不同，就是身边再也没有那个叫蓝小球的男孩儿，拉着我的手，带我逃出生命的迷途。

"哗"的一声巨响，把我拉回了现实。

蓝桉忽然变得急躁起来，他大概是画不出想要画的东西，气恼地踢翻了颜料桶。

我走过去，拿开他手中的刷子，说："今天累了，休息休息，明天再来画。"

可我在蓝桉的眼里，几乎是透明的。他直直地撞开我，走出了房门。我跟在他身后，怕他又做伤害自己的事。

蓝桉一路飞快地上了楼，只是踏上最后一级台阶的时候，没来由地停住了。

我跟在后面，毫无防备，脚下趔趄地绊了一下，整个身体向后仰去。

眼看着自己要摔下楼去，我慌张地叫出来。

然而蓝桉反身，一把抓住我失措的手臂，把我拉进怀里。

一瞬间，我的呼吸都停住了。

因为这个久违的怀抱，来得太过突然，我已太久不曾拥有了。虽然蓝桉变得那样瘦，可他的手臂却依然有力且强势。他把我紧环在臂弯里，眼里却是一片茫然。他似乎在努力辨认着眼前的我，究竟是谁？

我的嘴唇轻轻地抖着，我问："你……想起我了？"

蓝桉疑惑地看着我，缓缓地松开了手臂，转身走了。

那一刻，我像只被剪断提线的木偶，颓败地跌坐在地。

我真不明白，上天为什么要给我这样的痛苦和折磨。

我宁愿索多玛城的魔咒应验在我身上，让不停、不停、不停回头的我，化作没有感情、没有企盼、没有疼痛的盐柱，再不会陷进无望的记忆里。

陷落
往昔
—篇—

如果可以，
我想把时光折叠起来，收进透明的瓶子，
每当阳光穿过，我就能陷进往日七彩的记忆
里。
你，依然是我生存的信念；
我，仍旧是陪伴你的光。

Forgetting 6：没有苏一，只有酥心糖

一个人成熟的标志，大概就是"接受"吧。

因为你见过太多的力不从心，就学会了接受命运的不公；你遭遇太多的事与愿违，就学会了接受生命的无常。所谓对世事的淡然从容，其实亦是对人生的无奈。

但对蓝桉，我永远无法接受现在的他。

Q说："苏一，你得成熟点儿，别把自己搞得太累。"

我无言以对。

在曼德高中的这段日子，我慢慢适应了这里的环境。这里的学生大多少不了一点点傲慢，但毕竟是孩子，内心都足够真诚。

一进十二月，圣诞的味道渐渐浓了。

曼德高中在礼堂大门前，立起一棵高大的圣诞树。傍晚的时候，校长主持了一个小小的亮灯仪式，许多学生都来参加。我站在人群里，被身边那些十几岁的简单和快乐感染了。

圣诞树亮起的一刻，校园里响起了一片欢呼声。

忽然身旁有人问我："你知道这是什么树吗？"

我侧头看，是千夏，不知什么时候，她站在了我身旁。

我说："是松树吧。"

千夏摇了摇头，说："是枞树。"

"以前没有注意过。"

千夏牵了下嘴角说："枞树是伊甸园之树，它代表人类遗失的快乐。它再美，也只属于过去。"

我有点儿不知道怎样答。千夏总有种超越同龄人的成熟感，或者说，她与所有人都格格不入。她的脸，被闪烁的灯光，映出奇异的光彩，可是眼神里，却停着永恒的淡漠。

她忽然说："你觉不觉得圣诞树就是个悲剧，光耀一次，就会被拉去当柴火。"

我说："怎么说也夺目过一次，总比直接被拉去当柴火好点儿。"

"你真这样觉得吗？"千夏反问我，"没有过快乐，怎么会知道痛苦。一棵生来只知道做柴火的枞树，被砍的时候是快乐的。只有被人装饰赞叹过的枞树，才会死得很悲哀。"

我有点儿惊讶，她才十六岁，却有这样灰暗又冷峻的思想。

我忍不住想起自己。其实，我就是棵被拖出伊甸园的枞树吧。享用过快乐，就必须收下痛苦。

我说："你才多大就说这样的话，你应该多点正能量。"

千夏"嗤"地轻笑一声，说："我就是来找你传达正能量的。下个星期六，爱心社团去做义工，别的老师都不愿意去，请你陪同，可以吗？"

我当然不能拒绝，同意了。

就在这时，我的电话在衣袋里响了起来。

是Q打来的，她焦急地说："苏一，你在哪儿呢？"

"我在学校。"

"你有没有见到蓝桉？"

"没有。他怎么了？"

"他失踪了！"

Q的话，让我所有的神经都惊跳起来。他跳到湖里的那一次，让我怕了。我很怕他再做出不在乎生命的事。

我赶到"小白"的时候，Q和梁叔都出去找蓝桉了，只有梁姨守在别墅里等。我问她蓝桉是什么时候离开的?

梁姨说:"蓝先生一直在房间里画画,后来Q小姐去叫他吃饭的时候,发现他不在屋里。我们也不知道他是什么时候离开的。"

这段时间,蓝桉十分迷恋画画。在墙上画,在纸上画,有时就会睡在画室,醒来再接着画。尽管那些画看起来,就像小孩子的涂鸦,但仍能感到里面满藏着情绪。有阴郁的黑色、激扬的红色、宁静的蓝色、明烈的黄色……那些大面积的色块碰撞在一起,仿佛在还原着他大脑中残留的影子。

我在画架上看见了蓝桉离开前画的最后一幅画,深蓝色的背景下,几个瘦长的黑色三角,直刺上去。

这会是什么呢?

我仔细地看着,在脑子里回想着有关蓝桉的一切。那样尖锐、那样暗黑,那应该是教堂的尖顶吧。蓝桉长大的圣贝蒂斯教堂,就有这样高耸锐利的尖顶。

我连忙拿出手机,给Q打电话。我说:"Q,蓝桉会不会去了圣贝蒂斯教堂?"

Q愣了一下说:"你在门口等我,咱们这就去。"

夜晚的公路格外空旷。Q开着车子,一言不发。

不知什么时候,天空开始飘雪了。细小的雪花在车灯的光柱里飞舞着,像我的心绪一样,乱成一片。我无声地祈祷着蓝桉千万不要出事,他受的磨难已经够多了。

我的神经早已脆弱得不能承受他任何的意外。

我说:"Q,这么远,蓝桉不会来吧?"

Q没有回答,只是把车子开得飞快。

到达圣贝蒂斯教堂的时候,雪下得更大了,把整座城市都淹没在白色里。教堂的尖顶像披着雪袍的神明,透着威压。

Q和教堂里的人太熟了。她一进大门，就问更夫说："蓝桉是不是来了？"

更夫点了点头说："是啊，你不知道吗，下午就来了。"

Q头也不回地向教堂跑去，一路跑上了教堂的阁楼。

我记得这里——蓝桉小时候被关禁闭的地方。后来，他常把自己关在里面，思考问题。

Q来到门前，敲门说："蓝桉，你在不在？"

我气喘吁吁地追上来，推开了她。

我哪有心思仔细问呢。

我要看到蓝桉，完好无损的蓝桉！

我用力拉开房门，老旧的木板发出"吱呀"的摩擦声。

蓝桉真的就在里面！他竟倚坐在地上，睡着了。暗弱的天光从高高的气窗里漫进来，像团幽蓝的雾气。

我走进去，摇醒蓝桉说："你怎么睡在这儿？"

蓝桉迷蒙地睁开双眼，好像完全不知发生了什么。Q也跟了进来。蓝桉看见她，伸手让Q拉他起来。

Q扶起蓝桉，转头对我说："今天咱们就住这儿吧，明天再回去。"

我点点头。雪这么大，夜路不安全。

我说："Q，蓝桉不会是一个人来的吧？"

Q侧头看了我一眼，说："一会儿我叫人给你安排房间。"

看来Q是不想说了。

我看着她和蓝桉走出阁楼，一直悬着的心，终于放了下来。可是，放心之后，却也藏着一丝晦暗的失落。

我明明就在他身边不是吗？他却把手伸给了Q。

Q和蓝桉的脚步声，渐渐淡远了。我一个人留在阁楼里。

这是我第一次到蓝桉禁闭的小世界。这样狭小幽暗的空间，真不知道七八岁的他，是怎样熬过一个又一个的七天。

我在蓝桉刚才坐过的地方坐下来。冰冷的地面，依然保有一点他残留的体温。

我懒散地叹了口气，为自己感到一丝难过。

我再用力地爱他，又能怎么样？

他不会再想起我了，永远不会再记得我是谁。不论我多努力，对于他，都是无视的零。

忽然，我在夹角的墙面上，发现了一些淡淡的刻痕。那大概是用硬物画出来的。我仔细辨认着，画的依稀是个穿着裙子的小女孩儿，梳着羊角辫。

我一瞬怔住了。

这是蓝桉童年时刻上去的吧。我在女孩儿飘飞的裙角上，看见歪歪扭扭的三个字——酥心糖。

我一动不动地望着，眼泪静默而汹涌地冲出眼眶。

怪不得，蓝桉一直视我为透明的。原来活在他心里的，早已没有了长大的苏一，只有穿着太阳裙的酥心糖。

是她，陪着他度过了一个又一个黑暗的夜晚。

而不是离他而去的，再不回头的我。

就在这时，一缕赞美诗的歌声，从院子里飞出来，近似于男童的声音，在雪夜里显得格外清澈。

我站起身，走出门外，倚着长窗，向外张望。

一个瘦长的男孩儿，正站在院子的中央。银白的积雪，映衬着他单薄的身影，像一个逃逸出冥界的幽灵。

他是谁？

会不会是那个Q不愿提起的人？

我飞奔着跑下楼梯，冲出教堂。

可是院子里早已没有了人影，只有雪花纷纷扬扬地撒下来，发出轻微的窸窣声。

Forgetting 7： 活在往昔

周六，我很早就去了学校，陪学校的爱心社团去做义工。临出发前，我才知道，为什么没有老师愿意去，因为他们服务的地方不是什么养老院或是孤儿院，而是市精神卫生院。

黄色的校车里，除了我以外，只有十六名学生。千夏坐在最后一排，不与任何人说话。事实上，我总觉得千夏不该属于"爱心社"。在她身上，看不到一点儿义工的热情与亲和。

其实，对她最好的形容，还是一个字——冷。

她没有朋友，也不需要朋友。她的身世，讳莫如深，没有人知道。她背的书包，不是Prada，就是Miu Miu。记得一次，我去检查宿舍，一只黑色香奈儿2.55，就随手扔在床上。贵族学校统一校服，也有弱化学生贫富差距的意思，可是千夏以每周一款的更新速度，挑动着那些富有小孩儿的神经。

这一天，秦依瑶也来了，她是爱心社的副社长。她走到我面前说："苏老师，你不准备说点儿什么吗？"

我问："说什么啊？"

"说说注意事项，我们可是去精神卫生院呢。"

后面的千夏走过来，在我旁边的座位坐下来："你不是早就准备好了吗？想说就说，何必麻烦苏老师。"

秦依瑶尴尬地笑了笑："千夏，我不理你，你最好也别惹我。"

千夏别过头，好像多说一个字，都是浪费。

旁边一个叫孟格的男生哈哈笑起来，他说："秦副社长，有话你就说嘛。说得好，以后你就是社长的接班人了。"

秦依瑶脸上有点儿挂不住了，她从包里拿出一张纸说："既然苏老师没有准备，那我来说说吧。"

"嗤"的一声，孟格笑出来，他嘟囔着说："官迷。"

秦依瑶翻了他一个白眼，继续说："第一，必须听从指挥，不能乱走，特别是重症病区，会有一定的危险性；第二……"

秦依瑶一条一条地讲着，千夏转过头，对我说："苏老师，你好像不想参加这次活动呢？"

我微怔了一下说："也不是。"

"那你为什么看起来很不开心？"

"我……"我为难地说，"其实，我有一个朋友，在那里。"

是的，那里有我一生最好的朋友——谢欣语。

谢欣语入狱后，精神状况越来越差。洛小缇和Q找了最好的律师，帮她申请了保外就医，转到精神卫生院治疗。

说实话，我有一点儿怕见谢欣语。因为每一次见她，我的心就如同刺进一把冰锥一样疼。

我不相信，那就是谢欣语。

她曾经那样聪明、漂亮、骄傲、夺目……如今却只能靠臆想存活。

那天，我一进卫生院的活动室，就看见了谢欣语。她安静地坐在椅子上，单薄的身体沐浴在淡金的阳光里。她的身旁，摆着一把空椅子。她时不时地转过头，对着空气，喃喃低语。

她嘴角微笑的弧度里，流露出无限的满足。

因为在那把空掉的椅子上，坐着她一生最爱的男孩儿——唐叶繁。

其实，我宁愿医生不要治好她，她就可以永远无忧地生活在她圆满的世界里。

千夏站在我旁边说："她就是你朋友？"

我点点头。

"她看起来挺好的。"

我无奈地说："只是看起来。"

那一天，卫生院组织学生先和病人聊天。能来参加活动的病人，情绪基本都很稳定。也许是久不见生人的原因，大多特别健谈，有的说着，就会跳起舞来。只有谢欣语不一样，她见到我，也没特别惊讶。

她说："小一，你来了，这些都是你同学吗？"

我点点头，没有告诉她，其实他们都已经是我的学生了。时间带着所有人，飞奔着离开了少年时代，只她一个人固执地活在往昔。

她忘掉了唐叶繁负爱而去的绝情，忘掉了自己因爱生恨的凶残。大脑帮她筛选过的记忆，只有美好、快乐、永爱、不变，把奔流不息的时间，永远凝固在十八岁之前。

我说："欣语，你最近都在干什么呢？"

"还能干什么，就是做题。马上就要高考了，你不急吗？叶繁真是理科的脑子，总是比我先做完。"

我不知道怎样接下去，只能拉着她的手，听她讲。她忽然很神秘地说："对了，和你说个事。昨天叶繁和我kiss了。他终于不像一块木头了。"

说着，她的脸就红了。

我紧紧地咬了咬嘴唇，把眼泪逼成笑脸，说："真的？看来他是真心喜欢你呢。"

这就是为什么我不想来见谢欣语的原因。

面对她，我总是脆弱不堪，却又不得不坚强。我必须陪她把戏演下去。

可是，我没有疯掉。我无法若无其事地把她和唐叶繁惨烈的结局，演绎成美好。每当我对着空气说"哥，你要好好对欣语啊"，心脏就会缩成一团，痛到窒息。

很快，活动就进入到第二个环节。学生准备了节目，开始表演。谢欣语从前就不喜欢这些，现在也一样。她拉我坐在最后一排，继续和我絮絮不止地说着她和唐叶繁的事。

突然，一缕清澈的小提琴声，响了起来。

我和谢欣语一瞬愣住了。

因为那旋律真的太熟了——舒伯特的《小夜曲》。

那曾是唐叶繁最拿手的一首曲子。

我循声望去，是千夏。她拉琴时的样子，像是另外一个人，冷然中透出一抹柔软的温度。

谢欣语定定地望着她："你觉不觉得，她像一个人？"

是唐叶繁吧。

谢欣语跟着旋律，轻声哼唱起来，眼睛里跃动起莫名的光彩。她忽然说："小一，你知不知道，在我们很小的时候，我就遇到叶繁了呢。"

我摇了摇头。

谢欣语说："那时候，他甚至都不知道我叫什么。"

谢欣语的眼神，忽然放得好远，仿佛一瞬穿越了时光的屏障，飞去了我们的童年。

Forgetting 8：独家珍藏

是我和蓝小球睡在地下通道的那一晚，谢欣语也在那座城市里流浪。冥冥之中，我们每一个人都在彼此的生命里交错又远离。

那一天，谢欣语的父亲谢金豪，参加供应商举办的答谢宴会，谢欣语和妈妈常月芬也一起来了。

对于六岁的谢欣语来说，参加这样的宴会，还是件很兴奋的事。不过，某些"大人物"的致辞，她真不爱听。于是，她趁妈妈不注意，偷偷溜出了宴会厅。这家酒店有太多好玩的地方，比如整面墙都在"哗哗"流水的瀑布，通往大堂的走廊，还有蜿蜒流过的小河，金色和红色的鲤鱼，悠闲地游来游去。

后来，她就迷路了，站在一模一样的走廊里，找不到回宴会厅的路。不过，很快她就遇到了一个和她一样受不了致辞，偷跑出来的人——爸爸谢金豪，只是他还带着一个妩媚陌生的女人。

谢欣语悄悄躲在一棵盆景的后面，看着他们进了房间。她很快就明白发生什么了。电视剧里太多这样烂俗的桥段，演过一万遍。她跑过去，记住了门牌号码0612，然后找到楼层的服务员，带她回到了宴会厅。

常月芬正站在门口，焦急地四处张望，一见她就说："你去哪儿了？怎么自己乱跑？"

谢欣语神秘地对妈妈招了招手，用非常小非常小的声音说："妈妈，我看见爸爸有外遇了。"

常月芬脸色一变，说："别胡说，小孩子懂什么外遇。"

"真的。我看见他和一个女人进了另一个房间。"

常月芬沉默了一会儿，说："欣语，爸爸在谈生意。这件事，咱们回去说吧。"

谢欣语不懂。在她幼小的世界里，只有界线分明的白与黑。做对了，要受到表扬；做错了，就该批评。她想不出妈妈为什么要不了了之。

那天的饭，她吃得都有点儿不知滋味了。

晚上，谢金豪一直没有回来。常月芬带着她，很早就睡了。可她怎么睡得着呢？她看了看睡熟的妈妈，穿起衣服，去了0612的门前，等着爸爸出来。

可是没有，一直没有。

最终，谢欣语失望了。大概全世界的小孩儿，表达对家长不满的方式，都是离家出走吧。她决定离开这个不可理喻的家。

然而这座城市这么大，谢欣语踏出酒店，真不知道自己该去什么地方。她走进离酒店最近的一条地下通道，这样可以尽快脱离妈妈可以企及的视线。于是，她就在通道里，看见了刚刚吃饱睡着的酥心糖和蓝小球。

酥心糖紧偎在蓝小球的肩膀上，垂着晶亮的口水，像一只白痴的小虫子。那些因为找不到妈妈的烦恼，都在睡梦里清除得一干二净。

谢欣语静静地站了一会儿，从她的Mickey钱包里，拿出一百块钱，放在酥心糖的口袋里。

那是她所有钱的一半。

记得从前我问过她："那时我们又不熟，为什么要帮我呢？"

谢欣语说："也许，是因为我很羡慕你吧。我羡慕你自由，有蓝小球这么真心对你好的朋友，有一个当你是全世界的妈妈。"

命运就是这么奇怪，两个平行轨迹的女孩儿，交错在这条短短的地下通道中。一个因为找不到妈妈，迷失在城市里；一个因为厌恶父母的行径，要逃离自己的家。

不过，谢欣语从没告诉我，就在那个夜晚，她命运的轨迹，也曾与另一个人交叠过。

已是深夜，整座城市都淹没在初夏潮润微凉的空气里。谢欣语一个人漫无目的地走在陌生的街道上。一缕幽幽的小提琴声，吸引了她的注意力。

那是从一个小区里发出来的，委婉中透着生涩。

谁会在夜里拉琴呢？

谢欣语循声走过去，在一处花坛的旁边，看到一个正在拉琴的男孩儿。看样子，也就和她一般大。

男孩儿看见她，停下来。

谢欣语说："这么晚了，你怎么还在这里拉琴呢？"

男孩儿用琴弓指指身后的楼房，四楼的窗口，有隐隐的争吵声传出来。谢欣语大概明白了，一定是他的父母在吵架。

男孩儿说："这么晚，你怎么也在外面转呢？"

谢欣语说："和你差不多，只不过，他们都已经不会吵了。"

"大人都好烦是吧？"

谢欣语点点头："是好烦。真不明白他们不喜欢对方，为什么要在一起，还把我们生下来。"

男孩儿说："你知道，怎么才能不烦吗？"

谢欣语摇了摇头。

"就是快一点儿长大，到你喜欢的地方去，一个人，就开心了。"

谢欣语无语地笑了。对于六岁的她来说，长大还是一件非常非常遥远的事。

男孩儿说："别难过了，我给你拉首我新练的曲子。"说完，他就搭起小提琴，拉起了舒伯特的《小夜曲》，悠扬的琴声，回荡在夜空里，拂散了谢欣语心中的郁结。

只是曲子还没拉完，四楼的窗子就打开了。一个男人站在窗口说："叶繁，上来，半夜拉什么琴！"

是的，那个男孩儿就是唐叶繁。他对着爸爸点了下头，然后从衣兜里拿出三十块钱，放在谢欣语手里说："出了小区的门，往左走有一家麦当劳，二十四小时的。你去那儿吧，别到处乱跑，太危险了。明天早晨，我再去找你。"

谢欣语原本不想拿他的钱，可是唐叶繁已经转身跑走了。她握着那三十块钱，心里就有了微小的温暖。

她一个人去了麦当劳，买了一份套餐。她想，那个叫唐叶繁的男孩儿一定会来的吧。

可是，有一个人比唐叶繁来得更早。

那是清晨六点，满城找了一夜的常月芬，终于在麦当劳里看见了谢欣语。常月芬骂了她，然后强拉起她，走出门外。

谢欣语不想离开，但她也没有别的办法，只好一边走，一边回头。

晨曦从楼与楼的缝隙间射出来。人行道上，是来往匆忙的人群。晚樱一夜散去了最后的花瓣，散落在地上。忽然一个男孩儿，背着书包从谢欣语的身边跑过去。

是唐叶繁。

谢欣语多想叫住他，告诉他"我等了你一夜呢"。

可是，妈妈已经拦到了出租车，把她塞进了车里……

千夏的琴声，停止了。活动室响起了掌声。

谢欣语看着我，眼睛闪着轻灵的光芒。她说："小一，你能想到我初中的时候，再次见到叶繁的心情吗？他已经不记得我了，但我从没有忘记他。我觉得一定是上天给我机会，让我们在一起。"

她转回头，对着空气说："你说对吧？叶繁。"

那一刻，我仿佛真的看见唐叶繁就站在谢欣语的身旁，恬然温柔地抚摸着她稀疏枯黄的长发。

现在的谢欣语一定是快乐的吧。

即使虚幻，她也得到了她想要的幸福。

就在这时，走廊里传来一阵女生慌乱的尖叫，把所有的欢乐都惊散了。

Forgetting 9：无比信赖

我和护士，一路循着尖叫，跑过去。那声音竟是从重症区里发出来的，一个女生被关在了里面。

是秦依瑶！她疯了似的惨叫着，双手用力地拍打着门上的玻璃窗。她的身后，几个行为失常的疯子，拍手哈哈地大笑着，还有一个流着口水的女人，揪着秦依瑶的头发，时不时地撕扯着。

然而重症区的大门上了锁，管理的医生不知去了哪里。

我慌神了，大喊着："谁有钥匙，快开门！"

很快，一个中年大叔跑过来，拿出一把哗哗作响的钥匙。我大声对秦依瑶说："不要怕，没事的。"

可我心里怕极了，生怕她会出意外。

大叔越着急越出错，试了几把钥匙都不对。旁边的医生看不下去了，抢过钥匙，终于把门打开了。

秦依瑶惊慌失措地冲出来，跌倒在地，决口的眼泪，把妆都冲花了，黑色的眼线，在脸上画出惊悚的花纹。

我抱住她，她的身体，发出剧烈的颤抖。

孟格从人群里探出头，说："哟，第一条不就是千万别进重症区吗？"

虽然秦依瑶的性格令人生厌，但此时奚落她，实在有些落井下石。我拿出老师的腔调说："闭嘴，说什么风凉话。"

秦依瑶终于在极度的慌乱中恢复过来，她倚靠在我怀里，手指颤抖地指着千夏："是她，是她把我关进去的！"

千夏没有说话，手里拿着小提琴，一声不响地注视着秦依瑶。

千夏的脸上，挂着一抹淡淡的笑，大而澄澈的眼睛里，透着轻蔑与怜悯。她站在阳光里，却像是裹了团阴暗的黑雾，散放着冷然的气息。

秦依瑶被千夏的样子震慑住了，伸出的手，又缩了回来。

孟格在一旁说："你疯狗啊，别乱咬人。刚才千夏在表演节目，我们都看见了。说点儿靠谱的。"

我扶起秦依瑶，对孟格不客气地说："你闭会儿嘴会死啊！"

第二天，我在校长室里受到了批评。

校长说："不用我说，你也应该懂的，这里的学生，身份大多不一般，做事必须考虑周全。"

我默默听着，没有反驳。这次的确是我失职，秦依瑶离开，我竟然没有注意到。

秦依瑶在家里住了一个星期才回来。她回校的那天，我去宿舍找她。秦依瑶的父亲是开珠宝连锁店的，生意做得很大。她是独女，性格难免骄纵。但经历了上一次的事件，她收敛了许多。也许是因为那天我维护了她，她对我变得亲近了。

秦依瑶坐在我身边说："苏老师，那天谢谢你。"

"是我应该和你说抱歉的。"我说，"那天，你怎么会去重症区呢？"

秦依瑶抿着嘴，犹豫了一会儿说："你要相信我好吗？"

我点点头。

"我原本是在洗手间补妆的，把手机放在了洗手台上。后来……隔间的门打开了，千夏低着头从里面出来，拿起我的手机就走了。我叫她，她也不停。我当时很生气，追她的时候，就没注意别的。我看见她进了走廊尽头的一扇门，也跟着进去了。可是，里面没有她的影子，我这才发现自己进了重症区。我想离开，门却锁住了。"

秦依瑶回想起那一幕，脸上依然有惊恐的表情。

我问："你看清是千夏了吗？她当时正在表演呢。"

"我是没看到她的脸，可你说那天穿着校服，又留着黑直长发的女生还有谁呢？"

这件事，我也觉得十分蹊跷。之前，我重回过精神卫生院，调看过当天的监控视频。的确像秦依瑶说的，她跟着一个穿校服的女生，走出了洗手间。但离奇的是，那个女生不论走到哪里，视频的画面都会受到干扰，"刺刺"地跳闪起来。我始终都无法看到那个女生的脸。

那天从秦依瑶宿舍离开的时候，她对我说："苏老师，你觉不觉得，千夏挺神秘的？"

我故意淡化说："也没什么吧，她就是不太喜欢和别人交流。"

可是在我心里，却觉得千夏的确是个令人捉摸不透的女孩儿，在她身上似乎有着许多不为人知的秘密。

不久就是圣诞了。

曼德高中举办了盛大的派对，但是我没有参加。

因为我有蓝桉。

24号的晚上，天气干冷晴朗。Q在"小白"的客厅里，立起一棵圣诞树，密绿的针叶里，挂满了彩球和彩灯。大大小小的礼物盒子，欢乐地堆在圣诞树脚下。客厅里放着圣诞的歌曲，低低诵唱着安美平和。

蓝桉似乎也感受到美好的气氛，不再躲在他的画室里涂鸦，而是坐在圣诞树前，看那些明明灭灭的彩灯。

Q说："以前，我们在孤儿院的时候，最期盼的就是圣诞节。因为一年，只有这一个节日。"

Q很少说起孤儿院的事，或者说，从来没有。她对他们的过去，讳莫如深。

我们陪着蓝桉坐在地毯上，吃梁姨拿手的巧克力年轮蛋糕和香蕉小松饼。

我说："我呢，就是过春节。一年只有那几天，可以痛快地吃肉。"

Q轻声笑了，说："你可真不美好。"

"他也一样啊。"我看了眼蓝桉，"他总是和我抢肉吃。"

Q问："那时候的蓝桉一定很开朗吧？"

"开朗算不上，但特别有主意。有一次，我妈带我们来省城，把我们放在游乐场里，没回来。"

"她不要你们了？"Q插口说。

我摇了摇头说："不是，后来我才知道，她是来听我爸宣判的。结果出来的时候，她昏倒了。她整整昏迷了一天。"

"那你们两个小孩子，怎么找到她的？"

"有蓝小球，还用担心吗？"

是的，那时的蓝桉，就有着超越年龄的镇定与睿智……

记得，那天清晨我们在地下通道里醒来的时候，发现了一份惊喜——当然是谢欣语放在我衣袋的那张一百块钱。

我们先去早点铺，美美地吃了油条豆浆，然后开始寻找妈妈。蓝桉在书报亭买了一张地图，趴在花坛上研究起来。他学着柯南的样子，抚着下巴想了想说："如果你妈不是专门想把我们扔掉……"

"我妈不会不要我们的！"我激动地说。

"别打岔。"蓝桉继续推理，"她一定是要办什么事。那么，你觉得她会把我们放在一个离她办事地点很远的地方吗？"

我摇了摇头。

"那说明她一定在公园附近啊！"

"那她为什么没回来呢？"

"如果你妈不是专门想把我们扔掉……"蓝桉再次重复了一遍我不想听到的话，又说了一个我更不想听到的假设，"那一定是出意外了。"

"呸！呸！呸！我妈才不会出事呢！"

蓝桉冷冷地说："骗自己好玩吗？"

我没词了。因为这是最合理的推断。蓝桉说："如果你妈真出了意外，最有可能去的地方就是……"

我也想到是哪儿了，只好不情愿地说："医院。"

蓝桉在地图上，围着公园画了一个圈，说："这附近只有三家医院。你妈叫什么来着？咱们打电话，找找看。"

那一天就像蓝桉推想的那样，我们在第二家医院里，找到了妈妈。

我常想，也许就是从那时起，我变得无比信赖蓝桉的吧。他那么小，却总是无所不能。好像不论我身处怎样的困境，只要有他，一切问题就不复存在了。

可是现在呢？

我看着身边的蓝桉，心底只剩浅浅的无奈。

Forgetting 10：爱之习惯

圣诞节的晚上，我留宿在"小白"。卓尔亚湖的夜晚，总是很静，只有湖水缓缓拍岸的声响，从窗外传进来。

我躺在床上怎么也睡不着。也许是因为说起了从前，因此我与蓝桉的过往，像无法中断的电影般，在脑海中飞掠而过。

我翻身起来，想去一楼的酒柜里找一点酒。此时已经是子夜一点了，"小白"里只亮着昏暗的壁灯。忽然"咔"的一声，蓝桉卧室的门开了。蓝桉穿着睡衣，睡眼惺忪地从卧室里走出来。

我讶然地说："蓝桉，这么晚，你怎么起来了？"

蓝桉却没有听到我的话，梦游似的走到走廊尽头的窗台上，轻轻一跃，跳上了窗台。

没想到，他跑酷的技巧，仍然还在。

他侧身蹲在窗台上，手指有节奏地敲击起玻璃。

Q也出来了。她看着我询问的眼神，无奈地摇了摇头说："有时候，他就会半夜起来，蹲在窗台上敲窗子。问他，他也说不出为什么。"

而我听着那熟悉的节奏，记忆仿佛从遥远的时空刺来，那般锐利地疼。

他是来找我的吧。

曾经，蓝桉就是这样蹲在我四楼的窗子前，轻轻地敲着。

尽管现在的他，早已不记得我是谁，但他竟然还记得爱我的方式与习惯。

我走到他面前，轻声说："蓝小球，你是来找酥心糖的，对吗？"

他从窗台上跳下来，一言不发地看着我。

我说："我就是酥心糖啊。你真的不记得了吗？"

他微微皱起眉，像是很厌烦我打扰他似的，推开我走了。

那一刻，我终于崩溃了。我再也无法装作平静从容地接受他的无视，他是我一生中最爱的男人，可是他却再也想不起我。

我追上去，用力拉住蓝桉，说："你不要走，蓝桉，我求求你不要忘了我。我们经历了那么多，终于可以在一起，你为什么要忘了我？"

而蓝桉却被我突来的歇斯底里吓到了。他像受惊的野兽，奋力甩脱我的手。可我不管不顾地抓住他，大喊着："你看着我，我是苏一，我是酥心糖！"

然而我怎么可能抓住蓝桉呢？

他即便像个孩子，也依然强悍。

他猛地抽出手臂，"啪"地给了我一个响亮凶狠的巴掌，仓皇地逃回房间。

我被他打倒在地，心仿佛也跟着摔成了粉末。

我倚靠在墙角里，连放声哭的力气都没有了，只有泪水不可抑制地流过脸颊。

悲伤总是来得猝不及防。你以为已经把自己裹得密不透风，但它总能找到软弱的缝隙，刺出带血的伤。

身后有轻微的脚步声走过来，我没有转头，只是哑声说："Q，让我一个人待一会儿。"

可身后传来一个温软的男声："哎，酥心糖。"

那个细弱陌生的声音，有种奇异的熟悉感。

我心里一惊，猛地转回头，却发现走廊里，空无一人。只有黄色的壁灯，在黑暗里聚拢着一团暗淡的光。

夜昙
初放
-篇-

有些惊心动魄，无人知晓，
有些绚烂，萎谢在黎明之前。
爱是你赠予的种子，
在平滑无风的夜晚，
暗昧生长，寂寞绽放。

Forgetting 11：紫藤花语

一月，天气骤冷，曼德高中进入了期末的备考期。我的任务也重起来了，每天有许多学生来咨询问题。

周五的时候，精神卫生院给我打来电话，让我过去看看谢欣语。

现在谢欣语能联系到的亲友，也只有我了。她的妈妈带着弟弟，和她断绝了来往。

第二天，我就去了卫生院。我先见了谢欣语的主治医生。他说："从上次你们走后，欣语的病情就有了转机。如果有时间，你应该多陪陪她。"

我点头说："如果对她有好处，我一定常来。"

那天我去见谢欣语，发现她的确与从前有些不同。她一个人坐在病房的窗前，不声不响地看着窗外，脸上近似催眠般的笑容里，浮出了一丝隐忧。

她看见我，问："小一，你看见叶繁了吗？"

这个问题，我有点儿不知道怎么答。

谢欣语说："他自昨天晚上离开，就再也没有回来过。"

"你们吵架了？"

谢欣语摇了摇头，又点了点头，眼神里充满了疑惑。她忽然说："小一，这是什么地方？"

我再次被她的问题梗住了，张着嘴，却不知道说什么。

而谢欣语似乎并不期望得到我的答案，她又问："我和叶繁以前是不是也吵过架？"

我恍然明白医生所说的"转机"的意思，谢欣语似乎有迹象要走出她封闭的世界了。

只是，我不知道这究竟是好，还是不好。

谢欣语忽然说："你闻，这味道多熟悉。我好像种过这种花呢。"

我这才注意到，不知是谁带来了一束香水百合，放在桌子上的花瓶里，吐散着喑哑馥郁的香气。

谢欣语说："百合的球茎不好保存，所以要尽快种下去。最好是秋天，土要疏松，排水性要好。第二年，它就会开出很漂亮的花来。"

我随口说："都是谁教你的？"

谢欣语微怔，说："是个邻居吧，挺友善的一个男孩子。"

当初谢欣语在校外独住的时候，好像就曾说过，有一个教她种花的邻居。可是我看过她隔壁的房子，是空的，落满灰尘。现在看来，很可能是她接受不了唐叶繁和她分手的事实，便幻想出一个温柔可人的男孩儿，教她种花，陪她生活。

谢欣语喃喃地诉说着："那个男孩儿，总是到傍晚才来。他喜欢穿白色的衣服，有一双像精灵一样的眼睛。每一次，他都会带来一些奇异的花种……"

谢欣语总是记得那个初春的晚上，她很不开心。白天，她和唐叶繁吵架了。为什么吵，她已经忘了。总之，她很不开心。直到晚上，那个男孩儿来敲她的门。

男孩儿喜欢穿白色的衣服，走路悄无声息，有细细温软的声音。他问她："怎么了？愁眉苦脸的。"

谢欣语没回答，她不想把自己和唐叶繁不开心的事说给别人听。

男孩儿见她不说话，就从衣袋里拿出一袋泡好的花种，说："这是紫藤，现在种最好。它的花语是'对你的执着，是最幸福的时刻'。"

谢欣语说："对一个人执着，不问回报，也算幸福吗？"

男孩儿说："你喜欢一个人，是因为他喜欢你吗？"

谢欣语一瞬被他问住了，怔怔地说不出话来。

男孩儿又问："如果不是，他回不回报算什么？即便他伤害了你，又能怎么样？你执着地喜欢着他，能听到他的声音，看到他的样子，不就是幸福吗？"

谢欣语若有所思地接过花种，心情忽然就开朗了。

是啊，上天给了她唐叶繁，让她想着，让她爱着，不就已经很好了吗？她何必再强求他的爱与不爱呢？

这一晚的月光格外清冽，像寒冷柔软的水光。谢欣语和男孩儿把紫藤的种子，种在院子里……

谢欣语说："小一，你知道吗？我特别喜欢听那个男孩儿说话，又细又柔和，像一匹丝绸。"

我问："他叫什么？"

谢欣语想了想说："他好像没告诉过我。我就叫他'你'。"

就在这时，门外传来了脚步声，竟是千夏走了进来，手里拿着一篮洗好的水果。

我惊讶地说："你怎么来了？"

千夏倒显得十分平常。她把一只绿色的蛇果，递给谢欣语，说："苏老师，做义工不是表演秀，要持之以恒，不是吗？"

Forgetting 12：天真的拳头

从卫生院出来，我和千夏一起搭轻轨回学校。周末，车厢里的人不多。我们并肩坐在座位上，窗外的街景，飞掠过车窗。

我说："千夏，以后不要一个人来，要和社团一起活动。女孩子，要注意安全。"

可千夏好像没有听进我的话。隔了一会儿，她说："你觉不觉得她很可怜？"

"谁？"

"谢欣语。"

"……"

"她是不是因为爱一个人，才爱到疯掉？"

我默默地点点头。

千夏抿了抿嘴唇说："女生为什么都这么傻呢？"

我看着窗外，低低地说："她不是傻，是太聪明了。"

那天，我送千夏到校门口。刚转身走了几步，就听到有人说："千夏，你去哪儿了？"

是孟格，他缩着身子，脸颊冻得通红，看样子是等了很久。

说起孟格，他是曼德高中里，少数的几个拿奖学金上学的学生。其实，孟格完全改变了我对学霸的印象。从前的学霸总是和怪胎联系在一起，但是他，爱疯、爱闹，对电脑、机械充满热情。

起初，我还担心过他在这样贫富差距巨大的环境里无法适应。可是，和他接触久了，才发现他是个超级自信的人。一次，我问他和这些有钱的孩子一起上学，心理会不会不平衡？他说："苏老师，你知道马云吗，还有马化腾。现在有脑子和有钱都是一样的。我现在想赚钱很容易，帮人写个程序什么的，我都行。曼德高中就是我的一个平台，我交了很多有实力的朋友。我和哥们儿都约好了，将来我要开公司，他们都会入股的。你懂技术入股吗？他们出钱，我出技术。我们都是对等的，我有什么好自卑呢。将来他们能不能继续花天酒地，得靠像我这样有实干能力的人。到时候，谁求谁还不一定。"

事实上，孟格在男生里也的确吃得开，有一群要好的死党。学校里唯一让他不自信的，也就只有千夏了。

千夏听到孟格的叫声，却没有理他，继续向前走去。

孟格追上去："嗨，你别总是这么牛行吗？我又不差，给个机会，让我做你男朋友吧？"

千夏忽然停下脚步，对他说："这样吧，我给你个机会。你猜对了，我就做你女朋友。"

孟格一愣说："猜什么？"

千夏把手伸进包里，不知摸了什么，然后两手攥拳，摆在孟格面前说："猜，哪只手里有硬币？"

孟格大概没想到会这么容易，手指托着下巴想了想，露出十拿九稳的神情说："这也太容易了，从小玩到大的把戏也来蒙我。两只手都没有，对吧？"

千夏微微一笑，摊开双手，竟然每一只手里都有一枚硬币。她说："我给了你100%的机会，是你不要的。"

孟格脸都绿了，说："不算，不算，再来一次，我一定好好猜。"

千夏收起硬币："孟格，男生要输得起。即便你不做我男朋友，也不要让我瞧不起你。"说完，就转身走了。

孟格垂头丧气地站着，无可奈何。

那一刻，我觉得千夏真是太酷了。

她的骨子里，似乎和十六岁的谢欣语，有种相近的气息——漂亮、强大，有看透人心的智慧。

我看着她渐渐融进夕阳里的背影，忽然就有点儿担心她的未来了。

这一天，"小白"里有了非同寻常的热闹。我还没进门，就听见里面传出一串清脆的笑声，不用看也知道是洛小缇来了。

她看见我进来，就摇曳生姿地走过来，机关枪似的说："好啊小一，你回来也不告诉我。大周末的，你不陪着你的蓝小球，跑到哪儿去了？来，我给你介绍我的新男朋友，Lino。"

如今的洛小缇早已褪去年少的青涩，浑身散发着一种嚣张的美。她坐在大厅里，清冷的"小白"都因她而变得有了熠熠闪光的生气。洛小缇还是像从前一样爱换男朋友。现在这位Lino是位意大利帅哥，有很cute的卷发和绿眼睛。

洛小缇拉着我，对Lino说："这是我的前情敌，现好友，苏一。"

带着现男友，去探望得病的前男友和前情敌，大概也只有洛小缇能做得出来。这位产自那不勒斯的帅哥，明显智商不够，一脸很凌乱的表情。

洛小缇把她的帅哥晾在一边，拉着我说："哎，你回来怎么不和我联系呢？要不是Q和我说，我都不知道。"

"我……"

"想和过去断开是吧？"洛小缇善解人意地说。

我点点头。

"你也没去看卓涛吗？"

"听说他过得挺好的，我更不想打扰。我只是去看了欣语。"

"她啊……现在倒是和蓝桉挺配的，一对疯子。"

洛小缇的嘴巴比起从前更加刻薄了，但我知道，她只是习惯把关心藏在刻薄里。

其实，我一直有意在回避过去，可是真的见到了故友，又万分想念。她拉着我坐在沙发里，说："你知道吗？这位帅哥看出了我的艺术才华，准备投资让我做首饰设计。"

"这行你行的。"想起洛小缇以前的Blingbling闪闪团，还是很有潜力的。

我说："你的东西肯定不愁卖，如果卖不出去，你就把你的帅哥贴在墙上，卖出去。"

洛小缇哈哈笑起来，说："如果是他，我就把他贴在床上，贴在墙上多浪费呢。"

我的脸一下就红了，洛小缇真是越来越无下限了。

就在这时，画室的门忽然开了，蓝桉从里面走出来。大概是我们讲话的声音吵到他，他一言不发地看着我们，眉心里有隐隐的怒气。洛小缇霎时收敛刚才的肆意，站起来说："你终于肯出来了。"

洛小缇走到蓝桉身边，拉起他的手腕："走，我带你去看我男朋友。"

可是蓝桉一扬手，就甩掉了洛小缇。洛小缇差点儿摔倒在地。Lino虽然彬彬有礼，却也藏着意大利人火暴的性子，他当即就发怒了，走过去，洋腔洋调地喊了一声："嗨，你要干什么？"说着挥拳就打过去。

我不由得"啊"的一声叫出来。Lino比蓝桉高出许多，也许是练过搏击吧，打出的拳极快。

可蓝桉仿佛是台反应超敏捷的机器，他左手一挥，挡开了拳风，右手一拳，直击中Lino的胸口。

Lino顿时矮下了身子，蹲在地上发出痛苦的呻吟。

一切都发生得太快了，我们根本没法阻拦。我和洛小缇忙赶过去看Lino有没有受伤。而蓝桉好像才刚刚认识自己的拳头似的，将手举在面前，一脸天真地看着。

Q和Lino说了声"抱歉"，就哄着蓝桉回房间了。

洛小缇扶起Lino，说："咱们走吧。以后你记得不要惹那个人。"

Lino说："他是谁，为什么这么没有礼貌？"

洛小缇指着脑袋说："他脑子……"

我咳了一声，洛小缇就把"有病"两个字改成了"不太清楚"。

我一路送他们出去，和Lino说了许多道歉的话。

Lino很客气地说："苏小姐，你不用和我道歉，又不是你的错。"

洛小缇插嘴说："没事，就让她道吧。他们……就是一个人。"

洛小缇忽然停下脚步，对我说："小一，你回来不找我，是因为还生我的气吗？"

我摇了摇头。

洛小缇叹了一口气说："你知道吗？我以前特别嫉妒你，因为蓝桉只喜欢你。那时候，我甚至买来男式内裤藏在垫子下面，好让你羡慕我、嫉妒我。可是现在，我一点儿也不羡慕你。因为喜欢蓝桉，就是自讨苦吃。我已经吃够了，找一个新的，一样很快乐。你保重吧。"

她紧紧地抱了抱我，然后和Lino开车离开了。

我一动不动地站着，心里一片冰凉。

洛小缇可以重新开始，而我呢？

注定再没有选择。

夜晚的墨色，悄然浸透了天空，只剩一线黑霞，弥留在天际线。忽然，一股奇异的花香混杂在夜风里飘过来。

大概是从"小白"后面的花房里传来的吧。自从"小白"建起花房，我还一直没有去看过。

我沿着院子里的小路，绕到后院，在一棵橡树的后面，看到一间全透明的玻璃房子，里面种满了葱葱郁郁的植物。

花房的门没有关紧，我推门进去，潮润温暖的空气，仿佛一步踏进了春天。这里种着许多我叫不出名字的植物，在月光里泛着冰凉的银辉。

　　转过一个花台，我看见了一株藤蔓肆意生长的植物。茂盛的叶茎里，垂出几枝硕大的白色花头。淡红须蔓卷曲着，围绕着半开的花瓣。

　　那股不知名的香气，就是它发出来的吧。我正要走近看它，一个穿着花格围裙的男孩儿，拿着花剪，从那株植物的背后转出来，纸白的皮肤，像很薄的玉石，前额坠下一绺银色的头发。他有一双极诡异的瞳孔，虹膜和瞳孔竟泛着奇异的粉色，在暗黑的夜色里，仿佛是逃逸出封印的邪神，却又天真无邪地注视着我。

　　我诧异地问："你……你是谁？"

　　他微微牵动嘴角，说："我们终于见面了，酥心糖。"

　　"你怎么认识我？"

　　"我叫莫昙。"男孩儿放下手中的花剪说，"你也可以叫我——Icy。"

Forgetting 13：一瞬永恒

　　我从没想过会见到真正的Icy。

　　这三个字母，曾经一度是我噩梦的代名词。

　　可此时，他却无比真切地站在我面前，身上传来的气息，仿佛不是真实世界的妖物。

　　他说："酥心糖，我们喝杯茶吧。"

　　我冷冷地说："不要叫我酥心糖，这个名字不是你叫的。"

　　Icy轻声笑了，说："你这么凶，可就听不到蓝桉的故事了。"

　　Icy摘掉围裙，里面是一件白色开司米背心搭浅粉衬衫。我不得不承认，很少有男孩子可以把粉色穿得这样恰如其分，简净、纯美，没有一丝烟火气。

花台旁边，摆着白色的圆桌和椅子，Icy拿起桌上的骨瓷茶壶，倒了两杯红茶，说："这株老昙马上就要开了，一起等等吧。"

我坐了下来，说："我不想看昙花，我只想知道蓝桉的事。"

Icy在茶杯里加了奶和方糖，用小银匙慢慢搅动，说："酥心糖，你要有点儿耐心才行啊。我和蓝桉的故事，比你和他的，还要长。"

十八年前的冬夜，天气极冷，月亮在云隙间透出薄薄的光。七岁的蓝桉，站在圣贝蒂斯教堂里，抬头仰望着白色的上帝神像。

两年前，我妈妈把蓝桉从这里领养回家；两年后，却又被他姑姑蓝景蝶接了回来。

不远处的蓝景蝶与神父施罗轻声耳语："这一次，一定不要让他再离开了。"

施罗颔首说："你放心吧。上次那个女人也不知道从哪里冒出来的，就把他领走了。·"

蓝景蝶用鼻子哼着："那你为什么不告诉我？让他在外面待了两年。要不是我想起来问问，他还回不来呢。"

"当初你不是说，他以后是生是死都不关你的事了吗？"

"他死在这里我不管，出去可不行！"蓝景蝶发现自己的声音太大了，忙转头看蓝桉。

可蓝桉依然无动于衷地望着垂目的上帝，他喃喃地说："你都听到了对不对？你为什么不帮我？我好不容易才找到新的快乐，你为什么要把我叫回来？"

但神祇终究是个冰冷的雕像，蓝桉只得到了施罗的回答。

施罗已经五十二岁了，脸上的皱纹，像一张铺展开的细暗蛛网。他走到蓝桉身后，拉起他的手说："孩子，欢迎你回来。"

蓝桉甩开他的手："最多七年，我就会离开这里。"

施罗慈祥地笑了，可语气里却透出阴暗的冷，他说："希望你可以等到那一天。"

那天，蓝桉被一位老修女带到一个很大的房间，里面排着几十张床，睡着大大小小的孩子。拱形的高窗蒙着深暗的夜色，看不清外面的世界。老修女名叫阿贝，穿着黑色的长袍。她收拾出一张空床，低低地对蓝桉说："以前你也住过，规矩我就不讲了。你要记住，只要听话，将来就会有好出路。"

蓝桉没回应，伸手摸了摸白色的床单，脱了外衣和鞋子，爬了上去。阿贝帮他盖好被子，伸手摸他的头发，他却扭头避开了。

阿贝叹了口气，转身离开了。蓝桉无声地躺着，可他睡不着，睁着眼看着高高的天花板。

他想不出迎接他的，会是怎样的未来。

忽然，他的耳边传来轻轻的童音："嗨，你叫什么？你之前是不是在这里住过？"

蓝桉转过头，看见一个瘦瘦的男孩儿。那就是Icy了，淡粉的瞳孔格外清亮。两年前，Icy只有四岁，平时不和蓝桉这样大的孩子一起玩。蓝桉没和Icy说过话，但Icy奇异的样貌，让人见过就不会忘记。蓝桉往床里边蹭了蹭，掀开被子，拍了拍床。Icy就像条小鱼一样钻进去。

蓝桉说："你怎么长得这么奇怪啊？红眼睛，还有一撮白头发。"

Icy撇了撇嘴说："阿贝和我说，我有轻度白化病，生下来就被丢在医院，后来被送到这儿来了。你呢？为什么来这里？"

蓝桉说："我爸妈都去世了，我姑姑不想要我，也不想别人领养我，她想我死在这里。"

"还有这么坏的人啊。"Icy好心地安慰他，"别难过，你怎么说也有过父母，比我强多了。"

蓝桉却摇了摇头说："你从来都没有过，怎么会知道失去的难过呢？"

Icy有点儿受伤害的感觉了。他耸着鼻子嗅了嗅说："你身上什么味儿啊，这么香？"

"呃……"蓝桉想了想，从外衣口袋里摸出一块栗子蛋糕。

Icy眼睛都发亮了，他说："呀，哪儿来的？"

蓝桉说："是我一个很好、很好的朋友给我的。"

是的。那块栗子蛋糕是我装给蓝桉的，因为我觉得那是我吃过的，最好吃的蛋糕。所以，蓝桉走的时候，我一定要他把最后一块拿上。

Icy咽了口口水："我……能吃一点儿吗？"

蓝桉掰了一半递给Icy，然后两个人藏进被子，一小口一小口地吃起来……

Icy忽然问我："酥心糖，你猜那天，蓝桉怎么了？"

我完全陷在他的故事里，一时反应不过来，愣了半晌，才想起摇头。他笑嘻嘻地说："蓝桉一边吃，一边哭了。我问他怎么了？他说：'今天我为过去流过眼泪，以后，我都不会再哭了。'"

我沉默了。

蓝小球的眼泪，是为酥心糖流的吧。从此，他再也不会为我哭了。

此时，花台上的昙花，已经全然绽开了，馥郁异香。

我静静地看着，宛如在看一段青春的盛放与落幕。我说：

"这东西，再美也看不见天亮。"

Icy说："你知道昙花的传说吗？"

我摇摇头。

他说："昙花是位花神，很久以前，每天都会开放。后来，她爱上了给她浇水除草的男子。天帝知道了，大发雷霆，罚花神一年只能开一瞬，还把她钟爱的男子送去灵柩山出家，赐名韦陀，让他从此忘记前尘，忘记花神。可是花神却忘不了他。她知道每年暮春时分，韦陀都会下山采春露，为佛祖煎茶，于是，她就选在那个时候开尽一生的美丽。可是日复一日，年复一年，韦陀再也没有认出她来。所以昙花，也叫韦陀花。"

花房里格外安静，像我的心，一片死寂。

蓝桉就是我的韦陀吧。

他已忘掉了我，我却永远无法忘记他。

Icy把他精致的面孔，凑近我耳畔说："昙花看不到天亮又能怎么样呢？它的美丽，只想给一个人看，不屑任何人欣赏。如果那个人肯转一次头，一瞬，即是永恒。"

Forgetting 14：缇

晚上，我回到家，给洛小缇打电话。我说："你知道你走后，我见到谁了吗？"

"谁？"洛小缇八卦地问。

"Icy。"

洛小缇八卦的兴趣一下就没了。她说："他啊……你还是少和他接触。那个人……反正你别和他多说话。"

我犹豫了一下，问："当年在宿舍洗手间里打你的人，是不是他？"

洛小缇的声音听起来更不开心了，说："不是让你别问了吗？"

我说："小缇，我想和你再聚聚。"

洛小缇飞快地说："好，就明天吧。你进城来，正好我带你看看我的工作室。"

其实，和洛小缇这么久不见，时间让我们多少有了陌生和隔阂。可是有关Icy的事情，我只能和她一个人说。有时想想，真是可怜。越长大，朋友越少，接触的人越多，就越感到孤独，能说些心里话的，只有少年时代的朋友。

第二天，我先去了"小白"看蓝桉。这一天，我和Q要给他洗澡。这是件非常麻烦又困难的事，因为蓝桉不许别人动他的头发。我们就像逗小孩儿一样，一边哄他，一边给他洗。

不过这一天，蓝桉特别安静，他赤裸裸地坐在热水里，一动不动。

有时觉得好奇怪，曾经他的身体，让我悸动而脸热。可是现在，看着他，就像是在看小时候的蓝小球，没一丝成人后的羞涩。

我给他洗头发，他也没有厌恶，任由我给他揉出一头的泡沫。

Q用毛巾给蓝桉擦额头流下来的水，说："看看你，多幸福，皇帝一样，每次还都要闹。"

就在这时，梁姨来敲浴室的门说："Q小姐，有安澜公司的董事来找你。我要他在楼下等着了。"

Q站起身，说："今天他这么乖，就交给你了。"说完，她就出去了。

我对蓝桉说："现在我一个给你洗了，你要听话。"

蓝桉却微微笑了。

我根本不知道他为什么笑，总之是很高兴的样子。我看着他可爱的表情，忍不住轻轻吻了他的脸颊。

蓝桉微微一愣，转过头，看向我。

那一刻，我心里仿佛开放了春天全部的花朵，溢满了无以言表的欢乐。

我真心觉得自己好蠢，因为他看了我一眼，就乐成这样。忽然就想起了，Icy说的那个《昙花与韦陀》的故事。

我该是比昙花更幸运的人吧。至少蓝桉，还在我的身边，会看到我，生气时对我发怒，高兴时对我微笑。

我陪蓝桉从浴室里出来，帮他穿好衣服的时候，隐约听见楼下客厅传出叫嚷的声音。有人愤怒地说："这么一大笔资金，打到海外账户，你拿去干什么了？"

我忙走出房间，看到底发生了什么事。

只见一个四十多岁的中年男人，在客厅走来走去。他说："谁给你权力动用的？如果我不查账，根本不知道你竟敢动用公司的钱。你今天非给我说清楚，钱都到哪儿去了？"

Q坐在沙发上，平淡地说："对不起，你没权力知道。这件事，是蓝先生安排的。"

中年男人指着楼上说："蓝先生？他都成那样了，还能安排什么？我看就是你巧立名目，转移资金。"

就在这时，Icy走出来，大概是畏光，他穿了极大的黑色卫衣，把自己罩起来。

Icy说："赵利海，我告诉你，如果这个世界上只剩下一个不会背叛蓝桉的人，一定是Q。如果她说是蓝桉安排的，就一定是蓝桉安排的。你走吧。"

那男人瞥了Icy一眼，说："别以为你们是公司的大股东，就可以为所欲为，我会查出来的！"说完，他就愤愤然地摔门而去。

客厅里，只剩下Icy和Q。

Icy走到Q的面前："连我也不能知道吗？"

Q摇了摇头。

Icy说："他为什么要瞒着我？"

Q说："你不是说了，他是蓝桉，没人知道他想做什么，不做什么，也没人可以左右他。"

安澜公司的事，我从不打听，感觉好像是另外一个世界的事。但唯独让我好奇的是——Q对蓝桉的忠诚，和蓝桉对Q的信任。蓝桉甚至可以把渐渐失去智力的自己，只交付给Q。我真想不出他们在孤儿院里究竟经历了什么，才会建立这样牢不可破的友情。

Icy缓缓抬起头看了我一眼，微微一笑，转身走了。我遥遥看着他的背影，后背爬起丝丝凉意。也许是因为他古怪的病症吧，即便是微笑，也有一种甜美的恐怖感。

午后，我一个人去找洛小缇。她在使馆区租了一幢老洋房当工作室。那房子很有年代感，老旧的外墙，爬着干枯的爬山虎。显然Lino对她很用心。房子里的设计充满了先锋与Vintage的糅杂气息，用三十年代的实木家具，陈列时尚跳脱的饰品，大概也只有洛小缇想得出。浅棕色的木漆，让粘着冰冷水晶的饰品，充满了奇异的温暖。

洛小缇的Logo，是个简单的篆体"缇"字，沉暗的橘红色，仿佛穿越悠久斑驳的时间。

洛小缇说："你知道'缇'字是什么意思吗？"

我摇摇头。

"丹黄色，古代骑士战衣的颜色。"

我开玩笑说："和你正配，你是现代的女战士。"

洛小缇哈哈笑了。她比从前更加张扬了，举手投足都散发着一种强大的女王气。她带着我进了她二楼的办公室。

我在玻璃展示柜里，看见了她的"镇店之宝"，那是一只粘着廉价黑水钻的发夹，有一只锋利的尖角——那是她和蓝桉第一次过招的"凶器"。

我说："Lino一定不知道它的典故吧？"

洛小缇咬牙切齿地说："你敢说，我就杀了你！"

我们都哈哈笑了。

参观完洛小缇的工作室，她拉我去喝下午茶。

如果不是洛小缇带着我，我一定找不到那家店。它也藏在这片老洋房区里，大门紧闭，连个牌子也没有。洛小缇按了门铃，才有服务生来开门。院子里，种着常绿的植物，散养的几只花狸猫，挤在一起晒太阳。

我要了熔岩巧克力和Espresso，洛小缇则大开杀戒地点了芝士蛋糕、松露巧克力和一盘海鲜意面。我说："你不怕胖死。"

洛小缇敞开外套，对我扭了扭腰身说："唉，世界就是这么不公平，有些人，怎么吃都不会胖。"

真心让人嫉妒。

洛小缇和我说了她这几年，先是在淘宝开店，后来在那不勒斯旅游的时候，遇到了Lino。Lino有家族生意，主做皮具，但他不喜欢活在父辈的余荫里。他和洛小缇算是一见钟情。

洛小缇说："你不知道，意大利人特好玩，大脑简单，又爱吃，喜欢你吧，就认认真真、明明白白地喜欢你，每天早晨都得汇报一遍，他有多爱你。"

我说："是，看他们的馅饼就知道了，料都堆在外面。"

洛小缇"噗"地笑出来。

后来，我提起了Icy。我说："小缇，Icy到底是怎样的人，他和蓝桉很好吗？"

洛小缇脸上的欢乐，瞬间没了。她说："关于他的事，我不想亲口讲给你听。他这个人，没人想和他扯上关系，除了蓝桉。我猜，他会自己和你说吧。"

我说："那天，Icy说了一点儿他和蓝桉在孤儿院的事。"

洛小缇忽然打断我说："其实……Icy在某种意义上说，算是另一个你。"

"我？"我疑惑地问。

就在这时，洛小缇的电话响了。

洛小缇接起，简短地"嗯"了两声，就挂断了。

她说："小一，有一件事，我没和你打招呼，就帮你做了决定。"

我迷糊地问："什么事，搞得这么神秘？"

不过，不等洛小缇回答，我就知道了答案。服务生领着一个男人走进来。

我张着嘴，半晌说不出话来。

是卓涛。

他还像从前一样，带着一脸傻傻的笑容。只是看起来，他已经是个真正的男人了，有宽阔厚实的肩膀和浅浅的络腮胡。

他走到我面前，说："小一，好久不见了。"

而我看着他，竟然发不出声音。

洛小缇站起身，拍了拍卓涛的肩膀："剩下的时间，交给你了。"

Forgetting 15：原谅与被原谅

卓涛还是老样子，乐天而质朴。他拉开椅子坐下，说："小一，对不起。"

我这才渐渐从僵化的表情里缓和过来，我说："干吗一见面就说对不起？"

卓涛挠了挠后脑勺儿说："是我欠你的。"

"以前不是说过了。"

"没有啊。"卓涛摇头说，"开始的时候，负气不想和你说。后来，又不敢见你。总之，这三个字一直放在心里，没和你说过。"

我笑了笑说："都那么久了，还提这些干什么，让那些不开心的事都过去吧。"

卓涛说："有些事，不能过去，要不然一辈子我都不安心。"

"卓涛，说实话，我从来没有生过你的气。我没资格。其实，应该说对不起的人是我。"

卓涛坦白地说："我以前也是这样觉得。我觉得是你背叛了我，把我当傻子。我从小到大都那么爱你，可你竟然骗我，一次不行，还要再一次。"

我默然听着，心里涌出一阵愧疚。我说："对不起，我……"

"小一，听我说完。"卓涛认真地说，"我来见你，不是要听你道歉的，也不是要你难过。我只是想告诉你，我想通了。"

我望着他，不知道他想通了什么。

卓涛说："有一个女孩儿和我说，我之所以会觉得那样委屈，是因为我把自己一厢情愿的爱情，强加在你身上。有一次，她问我，你那么爱苏一，是希望她快乐，还是不快乐呢？如果，苏一真的嫁给你，会得到欢乐吗？她的问题，我没法回答。因为我发现，其实，我始终都不想承认的一件事，就是在你心里，只喜欢蓝桉一个人。即便他给你伤害和痛苦，你都感到快乐。就像从前的我，你骗了我，我也希望你过得开心。"

我咬了咬嘴唇，忍住心里的难过，说："那个女孩儿，是周仪吧？"

卓涛嘿嘿笑了，说："你还是那么聪明，一下就猜到了。"

能再看见卓涛天然呆的笑容，真好。

其实，他是我们这些朋友里，最先，也是唯一结婚的人。他那样简单、乐天，理应得到幸福的生活。

那天，我们聊了许久，直到小店打烊才离开。卓涛执意开车送我回家。

那已是深夜，没有月光，只有暗弱的星光散在天空上。我站在楼下，对卓涛说："谢谢你，今天来见我。这么多年，你一直是我的心结。我以为你一辈子都不会原谅我了。"

卓涛说："怎么会，你曾是我最爱的女孩儿，我只会不原谅我自己伤害了你。"

他忽然张开长长的臂膀，把我用力地抱在怀里，说："加油！小一，路都是自己选的，没有后悔这一说。所以不管怎样，都要过得幸福。"

我靠在他的肩膀上，用力地点了点头。

我知道，这个肩膀已经不再属于我，但此时此刻，却给了我无比坚定的力量。因为，爱一个不记得自己的人，真的太辛苦了。我听了太多劝我放弃、不要认真的劝告。只有他，给了我诚心诚意的鼓励与祝福。

卓涛揉了揉我的头发，转身上了车。

我一个人站在安静的冬夜里，忽然无法抑制地哭了。回来之后，一直惧怕看见过去的朋友。可是直到见面这一天，才发现自己竟然这样想念，想念我们在一起的时光。

我、谢欣语、唐叶繁、洛小缇、卓涛，还有蓝桉，不论我们曾经有多么凌厉惨烈，都变成了我生命中不可拔除的一部分。

而这个用所有青春爱着我的男孩儿找到了幸福，也许是我们中最大的欣慰。

　　而我呢？

　　那个我用所有青春爱过的男孩儿，是否还会再想起我？

　　回到家里，爬上床的时候，我才看到微信上洛小缇发来的留言。

　　她说："知道我为什么叫卓涛来吗？一个那么爱你的人，都能重新开始，你为什么不能？"

　　我缩在被子里，回复她："他劝我要坚持下去呢。"

　　洛小缇只回了一个字："哼！"

蓝城
神迹
—篇—

爱是芬芳四溢的糖果，
安睡在记忆的盒子里。
记忆是多刺的植物，
生长在时光的车痕上。
时光是仓皇的旅者，
把你我遗放在彼此无法触摸的两极。

Forgetting 16：重逢

尽管命运是个古老的词，但我总觉得他仍是个顽童。但凡你钟爱的，他都要争抢不休，从不肯轻易放还在你手上。

临近寒假，学校里组织冬令营的活动。当然这种事，都会交给我们这些没什么正经授课内容的"闲人"。这一次要去土耳其的伊斯坦布尔。

这大概就是普通的私立学校与土豪私立学校的区别吧。别人还需要去英国、法国这样的老牌贵族国家镀金，可是曼德高中早已选择伊斯坦布尔这种横跨欧亚大陆的城市，来增益学生历史人文的深度。

当然，也像秦依瑶说的，他们都是从小在"老佛爷"那里挑礼物的孩子，英国、法国还有什么好去的呢？蒙娜丽莎笑得再神秘，看多了也就是一幅画。

如今我和秦依瑶的关系，变得十分亲密。不久前的学生会竞选，她成功进入了"银扣子"的行列。这给我的工作，带来了极大的帮助。比如这次冬令营，她手下的"粉丝"全程协助，只两天工夫，就统计好了全校报名人数。

校长对我的办事效率赞不绝口。

那天从校长室出来，正是午后，阳光从走廊尽头的窗口，散淡地照进来。一个纤长的人影站在那里，黑色长发披散在身后，看起来，应该是千夏。

我出声叫她："千夏，你怎么在这里，不上课？"

可是千夏却像没听到我叫她似的，转身走了。

我追过去说："喂，你去哪儿啊？"

千夏却低着头，一路向楼顶走去，黑色的长发低垂着，让我忽然想起精神卫生院里的监视录像。我的心里，立时笼罩上一层隐隐的害怕。

转过六楼的楼梯转角，我听见"吱呀"一声门响。她大概是上了楼顶的天台。我追过去，轻轻推开那扇半掩的门，一道艳金的阳光，满满地照过来。我依稀看见一个人影，正站在天台的围栏上，冷硬的寒风里，他穿着薄薄的衣服。没有温度的阳光，缠绕在他颀长的剪影上。

那一刻，我全身的血液都仿佛静止了。

我不相信地说出那个不可能的名字："蓝桉？"

那个人转过头，一个空翻，稳稳地落在我面前。

他不是蓝桉，但同样让我惊讶。我诧异地说："钟南，怎么是你？"

是的，我认识他。他是我大学时代追过我的学弟，身上有一点儿蓝桉的影子。

他微笑着看着我说："你好啊苏一，你以为我是谁？"

我被他问得窘迫，说："你刚才，看到有个女生进来了吗？"

钟南摇了摇头说："我一直在这里，没看见什么女生。"

"你怎么在这儿啊？"

"我怎么不能在这儿呢？"

我一时语塞，不知道说什么好。钟南却轻声笑了，说："不逗你了，我是来当老师的，刚刚应聘上。"

我一愣，说："你也来这里上班？"

"嗯，我是新来的理科助教，以后咱们就是同事了。"

一直觉得我的大学时代，像是一段游离在人生之外的时光。我在那所遥远的校园里躲了四年，只为了淡忘一个人。可钟南就像一个备忘录，时不时地跳出来提醒我有关那个人的点点滴滴。

钟南说："一会儿下班，咱们一起吃顿饭吧。好久不见，一起叙叙旧。"

我没理由拒绝。

晚上，我带着钟南去了一家叫"茗风"的清雅小馆，主做别致的茶食，特别是招牌的绿茶酥骨鸡，醇香不腻。钟南尝了一口，便赞不绝口。他和我说毕业后这几年的不得志，在几家公司待过，都没什么发展，后来在网上见到曼德高中的招聘广告，便投了简历。

钟南说："当老师其实也不错啊，至少稳定。你呢？之前不是听说你工作还不错吗，怎么会想起来这种世外桃源的地方？"

"我……有我的理由。"

"不想说是吧？"他倒了杯淡绿的茶酒，"不说，就是为了感情。你不会还和以前那个前男友纠缠不清吧？"

我苦笑，不知道怎样回答。

钟南用酒杯轻轻碰了下我的酒杯："苏一，人是要向前看的，要想一想未来，不能永远这样傻下去的。"

我说："我以前，就是想得太多了。怕这样，怕那样，最终错过了我一生的幸福。所以现在，我不会再多想了，只要喜欢的人在身边不就够了。今朝有酒今朝醉。"

钟南笑了笑，说："好，今朝有酒今朝醉。"说完，他一口喝光了杯子里的酒。

Forgetting 17：忘记你

那一天，我和钟南都有点儿醉了。他要送我回家，被我拒绝了，因为我还没有去看蓝桉。

走到"小白"的时候，已经八点多了。我还没进门，就听到屋子里传来砸东西的声音，大概是蓝桉又发脾气了。我连忙走进去，可是客厅里站着的，却是Icy。屋子里一地狼藉，梁姨和梁叔都束手无策地站在一旁看着他。

Icy之前温和的样子全然不见了，清秀的脸上，流露出一股阴冷的戾气。他见到我，冷声质问："蓝桉呢？"

我茫然地问："怎么了？为什么问我？"

"他走了！"

"什么意思？"

Icy突然对我叫起来："他走了！Q带着他走了！"

他激动地抓着我的胳膊，向楼上走去。

我被他直接拖进了蓝桉的卧室，房间里的柜子都被打开了，显然里面的一部分衣物被拿走了。

Icy转过头，对我说："酥心糖，你那么喜欢蓝小球，一定知道他去哪儿了，对不对？"

我一时还无法从震惊中跳出来，只能语无伦次地说："他……他会不会去了教堂？"

Icy直直地望着我，粉色的瞳眸里，像燃烧着火焰。他扔给我一张便笺，说："你不要骗我，他们去教堂是不会带衣服的，他们到底去哪儿了？"

Q在便笺上写了一句留言：

蓝桉和我在一起，放心，勿念。

我这时才渐渐明白到底发生了什么。

我不能接受这样的现实。

我好不容易才回到蓝桉的身边，可Q就这样不动声色地把蓝桉从我身边带走了！

Icy摇晃着我的身体说："你告诉我，你知道他去哪儿了！"

而我用力地推开他，大喊着："如果我知道，我为什么还要留在这里？如果我知道，我为什么还要看你在这里发疯？！你天天躲在这幢房子里，为什么看不住他？"

Icy终于松开了我，颓败地倒在蓝桉的床上。

我们再没说话，就那样无声地在蓝桉的房间里等了一夜。

晨曦微明的时候，Icy从床上爬起来，拉紧窗帘，房间里又陷入了一片阴暗。他说："看来你的蓝小球，不会回来了。"

我无力地反驳："他会回来的，他会给我一个理由。"

Icy用鼻子哼了一声："你听过蓝桉给别人理由吗？"

有吗？

好像真的没有。蓝桉这个蔑视一切的家伙，只会要求你信或是不信，不会给你任何理由。

这天，我没心情上班了，颓败地缩在蓝桉的床上。他的枕头上还留着淡淡的洗发水的味道。Icy终是散去了浮躁，失神地坐在床边，一动不动。

我忍受不住这样的低压死寂，说："Icy，你不是一直在帮蓝桉吗？你和Q不都是孤儿院的朋友吗？他们走为什么不告诉你？"

Icy轻声说："你不是他的女朋友吗？不一样也没有告诉你。"

"Icy，你们在孤儿院里，到底经历了什么？蓝桉为什么会变得谁也不信？"

Icy沉默了一会儿说："蓝桉不是变得谁也不信，而是从来就没有信过任何人，包括Q。"

在蓝桉回来之前，Icy没有朋友。

那时，Icy是孤儿院里每天被人欺负的孩子。他那么瘦小，样貌又古怪，就连修女们都说他是恶魔之子。

午后两点，通常是孩子们户外活动的时间，Icy却总是小心地躲在阴影里。医生说，晒太阳对他来说，是件危险的事。他的皮肤缺少黑色素的保护，很容易引起晒伤和皮炎。可是总有些孩子，会在修女不在的时候，把他拉到太阳下。Icy越是挣扎，他们就越开心。为首的一个叫穆海的男孩儿，已经十二岁了，他总会把Icy打倒在地，用脚踩住Icy的身体，恶狠狠地说："你这么怕太阳，一定是恶魔。我要代表全人类消灭你。"

孩子们就会像过节一样，一边用力地踢Icy的身体，一边胜利地欢呼起来。

每当那个时候，Icy就会紧紧蜷缩着身体，闭着眼，点点滴滴的疼痛，会集在心里，透出更深的疼。他不懂，他善良地对待每一个人，为什么这个世界却对他充满了恨意。

有时他真希望自己真的就是恶魔之子，可以不费吹灰之力，惩罚那些欺负他的小孩儿。

深冬一月，肃冷明亮的阳光，在教堂后面的院子里投出一方金色。穆海看修女不在，又来欺负Icy。他拖着Icy的头发，把Icy重重地摔在地上，嘴里发出鸭子般"嘎嘎"的笑声。

Icy向阴影里爬去，眼睛里充满了怯懦的泪水。他哭着说："你不要欺负我，上帝会惩罚你们的。"

穆海笑得更厉害了，他说："你搞错了吧。我是在代表上帝惩罚你这个恶魔。"

可是突然，穆海感到脑后一阵剧痛，眩晕着倒在了地上。他艰难地抬起头，看见一个男孩儿，手里提着一把木凳子，站在他的身后。穆海捂着头，有气无力地说："你是谁？"

男孩儿微微牵了牵嘴角说："我叫蓝桉，我代表恶魔惩罚你。"说着，他用力踢了穆海一脚，迈过杀猪般号叫的穆海，拉起Icy，走出阳光的边界。

那一年，蓝桉七岁，他曾经无比真诚地祈求过上帝，但得到的，却只有更加残酷的现实。

所以，他决定做一个恶魔。

那是蓝桉住进孤儿院的第三天，施罗知道后，暴跳如雷。他把蓝桉叫到办公室，他那苍老的脸上，布满了阴云。他拿着黑色皮带，围着蓝桉慢慢地踱着步子。

施罗说："你可以啊，刚回来你就给我闯这么大的祸。你知道穆海进医院，花了多少钱吗？"

"啪"的一声，施罗挥起皮带，猛烈地抽在了蓝桉身上。

可蓝桉只轻哼了一声，抬起头愤怒地瞪着他。

施罗还没见过这样不怕死的孩子，竟敢蔑视他的权威。他再次举起皮带，用力地抽过来。可他面对的，是蓝桉，一个不能用常识来衡量的孩子。

蓝桉不但没躲，反而直迎上去。当皮带抽在他身上的时候，他以极敏捷的速度，张口咬在了施罗裸露的手腕上。

施罗疼痛万分，但怎么也无法甩脱蓝桉。蓝桉就像一头发疯的野兽，要用身上唯一的武器，给对手留下恐惧的伤。

外面的修女在听到施罗的尖叫时，忙冲进来，合力才把蓝桉和施罗分开。施罗捂住手腕的伤口，尖叫着："把他送到阁楼去，关他三天禁闭，看他以后还敢不敢这样嚣张！"

而蓝桉却张狂地发出得意的笑声。

阁楼的夜晚，是最难熬的，寒冷的空气，像冰粒一样附着在皮肤上，冻得蓝桉睡不着。他缩在墙角里，身上只有一条薄薄的毯子。

那时蓝桉第一次想到了死亡，小小的他，觉得自己可能撑不过漫长的三天了。

他在地上摸到一小块碎石子，用手捏了捏，便在身侧的墙壁上画起来。蓝桉的绘画天分，就像被诅咒过一样可怕。好半天，他才画出一个穿着裙子的女孩儿。大概连他也无法认出这是谁吧，所以，他又在裙角上，歪歪扭扭地写了三个字——酥心糖。

他安静地看了一会儿墙壁上的女孩儿，说："嗨，酥心糖，好几天没见到你了。你过得好不好？我走了，还有没有人陪你逃出去玩啊？你自己还是不要跑出去，你那么蠢，一定会摔倒的，还是待在家里比较安全。"说完，他就把头靠在"酥心糖"的身边，迷迷糊糊地睡着了。

就在这时，一缕赞美诗的歌声，混着迷白的月光，从高高的天窗里飘进来。

是Icy，清澈的童音，飞扬在寂冷的夜空里。

蓝桉听到了阿贝的声音，她说："听话，回去吧。这么冷的天，会冻坏的。"

可Icy执拗地说："我不！蓝桉是因为我才受罚的，我要陪着他！"

"啪"的一声，似乎是一扇窗子被推开了，传出施罗盛怒的声音。他说："别管他，让他唱！我就看这两个死孩子能坚持多久。"

教堂的院子安静下来，只剩下Icy固执地站在那里，唱着圣洁的歌。蓝桉一声不响地听着，忽然就感觉没那么冷了。

第二天，Icy就病倒了。他的身体太弱了，重感冒引发了肺炎。他在床上昏迷了整整一天。醒来的时候，阿贝熬了粥、煮了两个鸡蛋来看他。阿贝心疼地说："你啊，以后不要惹院长生气了。"

Icy抿着嘴，点了点头，一边吃粥，一边把鸡蛋悄悄藏了起来。晚上，等大家都睡下的时候，他才拖着虚弱的身体，走走停停地爬上了阁楼。

他倚着门板，敲了敲，说："蓝桉，你在不在？"

此时的蓝桉，早已没了一丝力气，他艰难地走到门边，坐下说："病了是吗？"

Icy拿出那两个揣了一下午的鸡蛋，从送饭窗口递进去。他说："阿贝给我的，我给你留着呢。他们肯定没给你好好吃饭，对不对？"

蓝桉只拿了一个说："咱们一人一个。"

于是，两个虚弱的小孩儿，隔着厚厚的门板，吃起鸡蛋来。Icy说："蓝桉，我觉得我快病死了。如果我真的死了，你会记得我吗？"

"不会！"蓝桉一口吞下手里剩下的鸡蛋，坚定地说，"你记着，如果你死了，我就会忘记你。我只会记住活着的人，不论是对我好的，还是对我坏的。我都会牢牢记着，直到他们死掉！"

往事讲到这里，Icy哽咽得说不下去了，泪水从他浅色的眼睛里，无声地流出来。

他说："苏一，你知道吗？从那以后，我都好努力地活着，因为我怕蓝桉真的会忘记我。他这个人，说得到，做得到。可现在，我还好好地活着，他却什么也不记得了。他忘记了他爱着、恨着的人。不论是你，还是我，对于他来说，都已经死掉了。"

面对Icy，我说不出安慰的话，毕竟他曾那样深深地伤害过我。

可是那一刻，我却同情起他的身世。一个从小被遗弃、被欺负的古怪男孩儿，心里贮藏着黑暗，也并不难以理解。我现在明白他为什么那样在乎蓝桉。

因为不论蓝桉多么乖戾，在Icy的眼里，他就是离开天界的堕天使，用一身黑色凌厉的羽毛，保护着自己。

窗外的天空已经大亮了，强烈的阳光从窗帘的缝隙里挤进来。

这已经是新的一天了，可是蓝桉，再也没有回来。

Forgetting 18：希望的开始，绝望的收场

寒假很快就来了，学校安排我跟团去伊斯坦布尔。蓝桉一直没有回来，我也就没有推辞。有时觉得教师真是个好职业，别人都在为年假太少犯愁，而我们每年都有两个月的超长假期。

离开之前，我去看了谢欣语。她的笑容变得更少了，沉默的时候，脸上会隐约透出似曾相识的睿智。那一天，天气阴得厉害，谢欣语坐在窗边，一声不响地看着天空浓重危压的云层。

我说："欣语，最近你还好吧？"

谢欣语想了想，转头对我说："小一，你不要骗我，叶繁是不是真的和梁子静走了？"

我心里一惊，她竟然连梁子静都想起来了。

我慌张地说："你怎么想起问这个？"

谢欣语若有所思地说："你还记得那个教我种花的男孩儿吗？他曾经和我说，男生爱你有多炙热，他将来就会伤你有多深刻，因为男生只会爱那些盛开的花朵。所以，昙花是最聪明的花朵。再长的花期，总有凋谢的那一天，它宁可用一夜的惊艳，换取一生的永恒。"

我终于知道那个男孩儿是谁了。我拉起谢欣语的手，说："欣语，你看着我，你不要相信那个男孩儿的话，你知道他是谁吗？他是Icy。那个曾经藏起来，害我们的人。"

谢欣语停了一下，若有所思地说："原来，他就是Icy，怪不得他那么了解我。他是不是很早就开始观察我们了？"

我想，我没办法和她说清楚了。我只能把她抱进怀里："别担心，叶繁他会回来的。他那么爱你，一定会回来的。"

可谢欣语轻轻推开我："小一，以前我就告诉过你，不逃避，不要欺骗自己，那些虚妄的假象总有一天会被戳穿，那个时

候，你只会更加痛苦。就像你喜欢蓝桉，你再怎样拒绝承认，都掩盖不了事实，你只会无情地伤害卓涛、伤害蓝桉、伤害你自己……"

我突然尖叫起来："你别说了，我求你别说了！"

我终是在谢欣语的逼问中，崩溃了。有时觉得，青春就这样可笑。我们从没想过去伤害任何人，可最终我们却在年少的纠葛中，把彼此刺得遍体鳞伤。

那天，离开精神卫生院，我去了唐叶繁的墓地。我已经很久没有来过这儿了。

就像谢欣语说的，我是个喜欢逃避的人。我怕面对悲伤，面对过去，面对残酷的现实。

不知有谁来过，黑色的墓碑被擦拭得很干净，前面放着一束纯白的香水百合。十八岁的唐叶繁微微地笑着，在阴霾的天气里，劈出一道温暖的光。

我跪下来，轻声对他说："戈格（哥哥），我来看你了。你知道吗？欣语好像真的快要想起你了。我不知道该怎么办。她活在自己的世界里，很快乐。如果她清醒过来，一定会永久地痛苦。我好怕，又没办法阻拦，心里好乱。"

"你为什么不希望谢欣语好起来呢？"

我的身后，忽然响起一个女孩儿的声音。

我回转头，发现竟然是千夏。已是日暮时分，她依然穿着校服裙子，只加了件深蓝色的大衣。长长的黑发在墓地森冷的风中，轻轻飘荡着，有种难言的诡异。

我擦干眼角的泪痕，诧异地说："你怎么一个人在这儿？"

千夏说："我的哥哥葬在这里，我来看看他。"

我回头看了看墓碑，说："这是我的哥哥，他离开的时候，才十八岁。"

千夏侧头瞥了眼墓碑上的照片，说："你们长得一点儿也不像呢，他好帅。"

我不想和她解释背后复杂的关系，于是拉起她说："走吧，天快黑了，待在这儿怪吓人的。"

千夏却不太在意地牵了下嘴角，说："怎么会，这里埋着的，都是疼爱我们的人。"

千夏的手指极冷，握在手里，像握住一块冰。

我说："你穿得太少了，会冻坏的。"

"寒冷让人清醒，温暖让人愚蠢。我宁愿被冻坏，也不愿意蠢死。"说完，她就拉着我向墓地大门走去。

千夏一边走，一边又问了刚才那个问题。她说："苏老师，你不是谢欣语的朋友吗？为什么不希望她好起来？"

我叹了口气："你不知道她到底经历了什么。真的好起来，未必是件好事。"

就在我们说话的时候，孟格远远地跑过来。

我若有所指地说："你们两个……"

孟格嘿嘿笑了，好像很享受我没说出的部分。

可是千夏却看都不看他一眼，说："苏老师，你放心好了，他离我男朋友的标准还差一万级。我只是不想一个人来墓地，拉个男生来作陪。"

孟格满满的欢乐当场碎在脸上，他说："喂，就算不是，也不用这么直接吧，太打击人了。"

千夏却说："给你幻想的余地，才是更大的打击。你知道世界上最可悲的是什么吗？"

孟格傻傻地问："什么啊？"

"希望的开始，失望的等待，绝望的收场。"

那一刻，我恍如在看谢欣语。她们实在太像了，聪明得让人感到可怕。

孟格想了想，呆萌地说："哦，那我现在，还算是第一阶段吧。"

我不想说，其实他们绝配。

Forgetting 19： VIP套餐

一月，学校简单地举行了冬令营的开营仪式，然后我们就出发登上了飞往土耳其的飞机。

伊斯坦布尔是一座横跨欧亚大陆的城市，糅杂了多种多样的文化，有罗马帝国的遗迹，也有拜占庭曾经的光荣。我是第一次来土耳其，异域的风光和文化，一切都令我感到新奇。钟南作为学校里不多的、年轻力壮的男老师，也被派来跟团。

不过，对于秦依瑶来说，适应起来有点儿困难。因为考虑到学生整体的经济水平，学校只选择了酒店的标准间。其实，房间设计得很有土耳其的民族风情。可是分配房间的时候，秦依瑶的公主病就犯了。

她一进房门，就摆出头疼的姿势，说："苏老师，房间这么小，怎么住啊？"

我说："我们是来了解一个国家的文化，不是来玩乐的。原本我们打算住民居，但考虑到有些人可能适应不了，才决定住酒店。"

与她合住的女生，是她的小跟班。她拖着行李，不肯放手，说："我们就是'有些人'，可还是适应不了。"

这时，千夏在我身后说："适应不了就下去升级套房，在这里叫什么，耽误大家时间。"

秦依瑶微微皱起眉头："你以为我没去吗？没有了。"

就在这时，酒店的经理带着一位中国管家走了过来。他用带着一点儿土耳其口音的英语说："你是苏一小姐吧？"

我茫然地点点头，问："怎么了？"

经理说："真抱歉，大堂才上报您的到来。您的总统套房我们已经安排好了。这位是您的管家杜有唐，有什么需要，都可以向他提。"

我惊讶地说："你们认错人了吧？我没订过总统套房。"

经理特别诚恳地说："不会错的，您的名字，在我们的VIP名单里。您在酒店里的全部消费都由总部负责。"

杜有唐是酒店专门接待华人的贴身管家，看起来三十多岁，谈吐举止规范得体。他说："苏小姐，您不用怀疑。我们之前已由中国安澜酒店集团收购，您只要出现在任何一家安澜集团的旗下酒店，都会为您安排最好的房间。"

一听到"安澜"两个字，我大概也就明白了，多半是蓝桉很早以前就安排好的。只是我很少住星级酒店，即便有也会避开"安澜"。

钟南在一旁说："没看出来啊，苏一，你还有这样深藏不露的实力呢。"

当着学生的面，我不好和他斗嘴，只能瞪了他一眼。

杜有唐十分有耐心。他陪着我安排好所有的学生，才带着我去了总统套房。套房有两间卧室、一间客厅和一间餐厅，各种设施，极尽奢华。

杜有唐低调委婉地介绍说："客厅的这块羊毛手工地毯是我们的镇店之宝，单清洁一次就要上万美金。"

好吧，这才是高端的炫耀，秀价值就太恶俗了，秀一下清洁费又亲民又砸人。在这个房间里，好像每一步都能听见钱在唱歌。

杜有唐带我转了一圈，说："如果您有什么需要，可以直接打我电话。我会二十四小时为您服务。"说完，他倒退了两步，转身出了房间。

　　我这才甩脱了鞋子，倒在厚软的沙发上。蓝桉总是喜欢这样不动声色地为我安排好一切。

　　对我好，却不需要我知道。

　　忽然，有门铃响起来。我以为是杜有唐又找我有事，没想到门口站着的，竟是千夏。我问她："什么事？"

　　她不客气地拖着行李走来，说："苏老师，你一个人睡这么大的房间一定害怕吧，我来陪你好了。"

　　看来她和秦依瑶骨子里是一样的，肯定是受不了小小的标准间。

　　我关上房门，无奈地说："难得你这么体贴，就成全你好了。"

　　千夏微微地笑了。

　　可就在这时，门铃又响了。

　　我拉开房门，看见了秦依瑶，不用问也知道她是要干什么了。

　　秦依瑶说："苏老师，我……可以吗？"

　　我闪在一边，做了个请的手势。她兴高采烈地走进来，可一看见千夏，表情就僵住了。

　　我关上房门说："你们谁不喜欢，可以回去。"

　　千夏和秦依瑶不约而同地双手抱胸，用鼻子发出一声"哼"。

　　我又问："那你们谁愿意和我住一间？"

　　她俩再次齐刷刷地指向对方说："她！"

　　我真是败给她们了。我举手投降："好好好，你们一人一间，我睡客厅的沙发。"

　　我以为终于平息了战争，结果她们两个人都拖着拉杆箱，走到"总统房"门口，说："我要睡这间。"

我感觉自己要抓狂了，几乎是叫着说出来："谁先来的，谁先挑。"

　　千夏得意地对秦依瑶挑了下眉毛，走进去，而秦依瑶只好负气地进了"夫人房"。

　　她们"砰"地关起门，我这才想起来，她们竟没有一个人和我说一个"谢"字，看来都是平时公主当惯了。

　　我从衣箱里找出睡衣换上，厚厚的粉色珊瑚绒，上面有一只Hello Kitty。千夏和秦依瑶也都换了衣服走出来，秦依瑶一见我，就惊讶地走过来说："呀，这是哪个品牌和Hello Kitty合作的啊？好漂亮。"

　　我呵呵一阵笑。淘宝上淘来的年度大特价，还谈什么牌子呢。

　　千夏拉过我说："苏老师，咱们叫点儿吃的来吧。她这个人，六亲不认，只认牌子。"

　　秦依瑶被呛得一阵脸红，说："你再说一遍！"

　　我忙打圆场："算了，算了，老师今天请客。你们想吃什么，我来订。"

　　已经是晚上十点了，我找出杜有唐的电话，问他还可不可以订到吃的。杜有唐说："只要您需要，就一定有。"

　　所谓VIP，就是为所欲为吧。

　　秦依瑶拿着吧台上的菜单，熟练地点了一堆稀奇古怪的东西，千夏只要了一份沙拉和一瓶矿泉水。牌子真心叫不出来，我就瞥见了后面的价钱，一瓶九十美元，比较震撼。

　　很快，美食就来了。杜有唐带着一排推小餐车的服务生进来。一盘一盘的美食，都藏在银色的罩子里。

　　秦依瑶指着自己点的东西，又挥了挥门卡："这些记在我账上。"

　　杜有唐笑着摇了摇头："只要是苏小姐的朋友，都会由总部负责。"说完，他挥了挥手。

最后一辆小餐车推上来，上面摆着三个银罩。杜有唐说："根据规定，苏小姐入住当日，我们将提供三样特餐。"

我好奇地问："还有特餐？"

杜有唐一只手背在身后，一只手揭开最大的银罩。

秦依瑶"噗"的一声笑出来。其实里面就是一只普通的烤鸡，但它摆放的姿势格外别致，两只鸡翅被撕下来，鸡身却傲娇地劈着叉，扭坐在盘子里。

秦依瑶问："这是什么啊？"

杜有唐有板有眼地答："折翼的天使。"

秦依瑶笑得更厉害了，可是我却觉得有什么东西堵在嗓子里。

杜有唐又揭开了第二个银罩。那是一块栗子蛋糕，蜜香甜腻的气息缓缓飘出来，万分熟悉。其实，我已经很久不吃栗子蛋糕了。因为这个熟悉的味道，会勾起我太多的怀念。

接着，杜有唐打开了第三个银罩，里面放着一部定制款的土豪金iPad。他轻轻点击屏幕，一段视频播了出来。

我怎么也不会想到，那竟是蓝桉录给我的。

看起来，那该是高中的时候，我们还在偷偷地谈恋爱。他坐在办公桌后面，沉稳的表情，却掩不住少年的英气。

他说："嗨，酥心糖，这是我专门为你定制的计划。总是忘不了很久以前，我和你流浪在城市里找不到家的夜晚。所以，我才决定要开很多很多的酒店。你要记住，从今以后，不论你在哪儿，只要看见安澜的标志，报出你的名字，你就找到了我，找到了家。"

一瞬间，我的心脏，拧成了一团，眼泪像决堤般冲出眼眶。

这么久以来，我都不敢看从前的照片。因为我怕看见蓝桉自信而狂妄的样子，凌厉却温暖的样子，专横且执着的样子……那是永远无法追回的过去，每一丝记忆，都会带来排山倒海的疼。

可是，他竟然就这样突兀地出现在我面前，如此青春，如此年少，黑色的发尖，闪动着肆意妄为的光。

所有人都不知道发生了什么，讶然地看着我。

而我就定定地坐在那里，肆无忌惮地哭了。

Forgetting 20：注定无眠

那注定是个无法入眠的夜晚。我一个人坐在宽大的露台上，刺冷的空气，让我清醒。冬天的伊斯坦布尔，笼罩着薄薄的雾气。大大小小的清真寺尖顶，刺进暗蓝的夜空。杜有唐把iPad留给了我，我抱在怀里，却不敢再点开看。

我想，蓝桉当初一定是要给我个惊喜吧。可没想到，我们坎坎坷坷经历了那么多，"安澜"竟成了我唯恐避之不及的标志。我这个在VIP名单中存在了近十年的名字，直到今天才意外地收到他给我的礼物。

可如今，给我礼物的蓝桉呢？

他不但忘了我，还彻底退出了我的世界。

我无比嫉妒Q，嫉妒蓝桉对她的信任，对她的亲密，在他最无力的时候，成为他可以依托信赖的人。

深夜1点的时候，有人来敲我的门，竟然是钟南。他拿着一瓶红酒，说："还真没睡，也在倒时差吧。"

我开门让他进来。钟南环视了房间，看见我放在沙发上的被子，说："咱们还挺有共同爱好的，喜欢睡沙发。"

我从吧台拿了瓶起和两只杯子过来，指了指两间卧室的门说："你以为我想啊，已经被二位公主占领了。"

其实，身为老师，半夜三更放男同事进来，有些不合时宜。可是此时，我需要一个人在身旁阻止我胡思乱想。

钟南咳了咳说："刚才……你哭了。"

"你怎么知道？"我惊讶地问。

钟南隔着衣袋敲了敲手机说："你的两位公主，没把你发到微博上，算是手下留情。"

我懊恼地说："完了，明天全校都要知道了吧。"

钟南熟练地打开酒塞，倒了两杯酒说："什么事啊，哭得那么伤心。"

"不说那个好吗？"

钟南点了点头说："好。那说说我吧。其实……这么多年，我还是一个人。"

我噗地笑出来，说："你是一定要我赶你出去吗？"

钟南哈哈地笑了。他说："开个玩笑，不要当真。我只是想告诉你，不要让自己非吊死在一棵树上。就算你没有森林，还有个小树林呢。"

我坐在他面前，正色说："钟南，你听好，这是我们最后一次谈这个话题。我喜欢吊死在哪棵树上，是我的事。别再劝我。说多了，咱们朋友也做不成了。"

钟南叹了口气说："我本来就没想和你做朋友，我只想做你……"

我猛咳了一声，截断他的话头。

钟南只好无奈地笑了。

第二天的行程安排很满，我很早就起来了，组织学生去自助餐厅吃早饭。起初，我还没有发现，直到后来看到所有见到我的人，不论大小，都报以"会心"的微笑，我才想起自己大哭的劣迹，已经被曝光。

同行的另一位老师，见到我说："苏老师，你还好吧？"

我红着脸说："还好还好，昨天收到意外的礼物，太感动了。"

秦依瑶跟在我身后，一直窃窃地笑。我转身说："你干的吧？"

于是她干脆大方地笑出了声。

那天，我们先乘船穿越了博斯普鲁斯海峡，体验了从欧洲瞬移亚洲的乐趣，然后，吃了地道的土耳其餐。这个环节，秦依瑶和千夏只是看，然后时不时地问，"你盘子里的是什么啊""这个能吃吗"之类的话，搞得我大败胃口。下午，参观了托普卡普老皇宫。在一幢白色伊斯兰的建筑里，秦依瑶终于发出了感叹。因为，她在一堆宝物里，看到了一枚86克拉的美钻。

不过说实话，我最期待的，还是接下来的行程。

Forgetting 21：神域中的蓝桉

第二天，我们要去更远的凯马克利地下城。

出发前，钟南点过人数之后，递给我四张暖宝宝。他说："今天都在户外，很冷的。"

我还没说话，秦依瑶就和她的小跟班都说："钟老师，我们也很冷，我们也想要。"

我被她们闹得脸红，把暖宝宝递给她们，说："拿去。"

她们却笑嘻嘻地走开了。

我有点儿恼怒地对钟南说："喂，别在学生面前这样好吗？"

可钟南却认真地说："苏老师，每个同事我都有送，不是只给你一个人。大家彼此关心是很正常的，是你不要想太多了。"

我反而被他说得尴尬起来，说："对不起。"

钟南耸了耸肩膀，说："我接受。"

凯马克利地下城在卡帕多奇亚，要先搭飞机去凯塞利，还要再乘两个小时大巴。几百万年前的火山喷发，造就了卡帕多奇亚十分奇特的地貌。大片的玄武岩在风化中，形成了各种古怪的造型。这里曾被美国《国家地理》杂志评为地球十大美景之一。可是，我觉得不应该入选，因为它看起来，根本就是外星球。

参观过地下城，我们就在当地住下来，因为明天五点就要起床乘热气球。这简直是杀人的安排，因为冬天早晨的被窝，就是天堂。如果身份不是老师，我决不想起来。

第二天，我给手机连上五个闹钟才爬起来。不过，学生们倒是显得格外兴奋，看着他们毫无困意地在一起打闹，瞬间觉得自己老了。

冬季不是乘热气球的旺季，但也有许多气球在路边开火充气了。地陪导游是把砍价的好手，从每人一百五十欧，砍到九十欧。还好是学校包办老师的费用，要不然真心肉痛。

钟南不知道是不是带了一箱暖宝宝来，竟然每人发两张。发到我这里，他问："你怕不怕冷？"

我说："还好。"

他说："那还剩下几张，都给你吧。"

秦依瑶不知道从哪里冒出来，和她的小跟班说："看，没错吧，我们其实都是幌子，重点在这儿呢。"

和这些牙尖嘴利的孩子混在一起，真是种折磨。我们的高中时代，再叛逆，对老师还是心怀敬畏。可是现在的孩子，根本不把你放在眼里。钟南把暖宝宝塞在秦依瑶手里说："少跟我磨牙，给你们苏老师贴起来。"

秦依瑶一边撕开包装，一边说："呀，钟老师不亲手贴，诚意就显得不够了呢。"

身边的几个女孩子，都嘻嘻哈哈地笑开了。

钟南斗不过她们，干脆躲开了。

此时，我们的热气球已经充好了。几个老师，组织学生八人一组，进了吊篮。

冬天乘热气球，的确是冷。身后轰轰作响的火焰，也抵不住高空凌厉刺骨的寒风。但是随着缓缓升起的篮子，每个人都停止了对寒冷的抱怨。

因为太美了！

刚刚升起的太阳，从天际线上斜射过来，天空一半绚丽，一半湛蓝。起起伏伏的玄武岩，被阳光切割出明暗错落的图案。色彩斑斓的热气球，远远近近地散落在半空中。我们仿佛飘浮在一幅超现实的美图里。

忽然，一只黑色的热气球，缓缓地移进我的视线，在明丽如画的背景中，它显然有点格格不入。我无意间向吊篮里看了一眼，却一瞬怔住了。

吊篮里除了驾驶员，只有一个乘客。他只穿了件黑色卫衣，却丝毫不畏惧寒冷。淡金的光芒围绕着他，像俯览世界的神祇，沉静、漠然、不染俗尘。

是蓝桉吧。

他无声地向我望过来，脸上没有疑惑、没有茫然，就像从前那样冷毅中透出一丝跋扈与嚣张。

我的心脏似乎都停跳了，在这样无限接近神域的天空中看到他，我不敢相信这是真的。

黑色的热气球，慢慢地向远方飘离了，他暗沉的轮廓几乎淹没在盛大的阳光里。

我静静地看着，没有发出一丝声音。因为我分辨不出，他是真的蓝桉，还是在我强大的思念中，幻化出的影子。

降落的时候，我第一个冲出了吊篮，四处寻找在半空中看到的那只黑色的热气球。

可是，没有，没有，始终没有。

钟南追上来，问我："找什么呢？"

"你有没有……"

我说了一半就卡住了。我原本想问他，刚才有没有看见那只黑色的热气球。可很突然间，我就不想听他的答案了。

因为，我想起了谢欣语。

其实，比起残酷的真相，我们宁愿选择虚无的幸福。

钟南在我眼前摇了摇手，说："喂，有没有什么啊？"

我望着辽远的天空："没什么，想问什么来着？我忘了。"

Forgetting 22：人总要长大

伊斯坦布尔的旅行，不只是参观，还要与当地的高中进行互动和交流。我们一共住了整整三个星期才离开。

坐在返程的飞机上，我一直看着舷窗，暗暗期盼着，可以看见一只黑色热气球飞过窗口。

当然，现实不是科幻片。

我再也没有看见蓝桉——那个看起来，正常无比的蓝桉。

回来的那天，我们在机场里，遇到了孟格。他是来接机的，这种昂贵的自费项目他是不会去的。他一看到千夏就兴奋地迎上去，他说："你累不累？我是专门来接你的。"

千夏不冷不热地说："我们不是已经说清楚了吗？"

"对啊。你不做我女朋友，还不许我感动你吗？"

我没忍住，"噗"地笑出来。

我说："孟格，你当老师不存在是吧？"

"没没没……"孟格摆出怕怕的表情，"我是说着玩的。"

就在这时，秦依瑶也出来了。她家的司机来接她，不和校车一起回去了。她看见孟格，对他招手说："嗨，你过来。"

孟格迷糊地指着自己说："我？"

秦依瑶点了点头。

孟格走过去，问："干吗？"

秦依瑶从背包里拿出一只礼物盒，说："送你的手信。"

"我？我？我？"孟格一脸遭雷击的表情，说话都结巴了。

秦依瑶却把礼物盒放在他手中，说："发什么呆，给你就拿着嘛。"说完，她就和用人摇曳生姿地走了。

周围所有人都惊讶地看着发傻的孟格。学校里的著名女神，送手信给他，有点儿匪夷所思。

只有千夏微微笑了笑，低头玩手机。

孟格傻傻地转过身满脸疑惑地问我："苏老师，能解释一下刚才发生什么了吗？"

发生什么了？

大概就是秦依瑶想用对孟格的好来刺激千夏，但千夏根本不在乎这号人。我心里忍不住感叹，女生小小斗法，可怜孟格做了炮灰。我拍了拍他的肩膀，说："男生搞懂数学题就可以了，千万别妄想搞懂女生。"

孟格没什么反应，钟南却在一边"哈"的一声笑了。

钟南已经把留下的学生人数清点好了。我们组织大家一起向停车场走去。

已经是午后了，雾蒙蒙的夕阳，漫射着无力的光线，令人怀念起伊斯坦布尔的透蓝天空。

校车就停在门口，学生陆陆续续上车的时候，忽然停了下来，一起向我的身后望过去。

我下意识地转回头，看见一个人从阴影里走出来。

是Icy！

他如同玻璃般的精致美颜，令所有人都惊叹了。

我惊诧地问："你怎么来了？"

Icy走到我面前，忽然抱住我，把头埋在我的颈间说："酥心糖，你终于回来了。"

我僵在那里，不知道该抱住他，还是推开他。

而钟南在我身后，猛吸了口凉气："我去，这都什么情况？"

我被Icy直接带回了"小白"，我猜不出他这么急着找我有什么事。他一进门，就吩咐梁姨把我的行李，拿到客房去。

我说："不用了，我得回去整理衣物。"

Icy拉住我："在这里住一段时间，好吗？"

Icy像是有一种魔力，他只要静静地望着你，你就没办法拒绝他的请求。我说："你这么急着找我，就是为了这事？"

Icy露出一个甜美的微笑："对啊，这还不急吗？"

我知道用"甜美"这个词来形容一个男人，似乎不太恰当。可是面对Icy，只有这个词才最为贴切。他笑起来，就像个天真无害的小孩子，把我记忆中那个处心积虑、从不露面的Icy割裂开。

其实，经过机场的一幕，我就多少明白他为什么总是把自己藏起来了。因为任何一个陌生人见到他，都会收敛不住惊异的目光。

那天，梁姨做了几道拿手菜。

吃了那么久的牛羊肉，真是万分想念油润厚香的猪小排。Icy从花房剪了几枝海芋，插在餐桌的花瓶里。他看着我凶狠的吃相说："你……去当难民了？"

我说："外国菜吃吃新鲜可以，常吃受不了的。"

Icy打趣说："只有梁姨的菜，可以吃一辈子。"

Icy看起来比蓝桉刚离开时开朗多了，他对我说："你一直住在这里好不好？"

"为什么？"

"嗯……如果蓝桉回来，你可以第一个知道啊。"

这的确是个很好的理由，可毕竟这里不是我的家。

Icy乞求地说："拜托了，酥心糖。"

"不是告诉你别叫我酥心糖吗？"

"没办法啊，蓝桉从小就和我说你叫酥心糖。改不过来。"

我也只能拿他没办法。我忽然想起总统套房的事，问他："你知道我在安澜VIP名单里的事吗？"

Icy说："你才知道吗？"

我点点头。

"那段视频就是我拍的。其实……还有别的，你想看吗？"

我脱口而出："想！"

Icy招牌的笑容又来了，他靠在椅背上说："那……你就留下来。"

我无可奈何地答应了。

晚上，我早早地就回了卧室。三个星期的旅行让我疲惫不堪，很快我就睡着了，沉沉的，没有任何梦。可大概是时差的原因，深夜，我却不知不觉地醒来了。房间的门开了条缝隙，吹进清冷的夜风，淡弱的月光，浮游在空气里，像团半透明的棉絮。

我拽了拽被子，翻了个身，却猛然看见一个人！

他半蜷着身体，睡在我身边。

我惊声尖叫出来。

那人好像也受到惊吓似的坐起来。

他说："酥心糖，别怕，是我。"

我伸手打开台灯，才看清那竟是Icy。我怒不可遏："你有病啊！半夜三更到我床上干什么？"

这真的有些恐怖了！

我跳下床，从衣橱里拿出自己的衣箱，开始收拾自己的东西。

我绝对不能再住下去了！和一个曾经害我的人住在一幢房子里，真是脑子进水的决定。

Icy没有说话，一直坐在床边默默地看着我。我回头说："你到底要干什么！你这个人……"

我话说了一半就怔住了。

因为Icy竟然无声地哭了。大颗的眼泪从他的眼睛里滑出来，透出一种难言又怪异的美。

他望着我，说："对不起，我只是害怕。"

"你怕什么？"我问。

Icy垂下头，咬了咬嘴唇说："酥心糖，从我认识蓝桉开始，我们就从没有分开过。不论他做什么，我都跟着他、陪着他，这是他第一次和我不告而别。我真的好害怕，我害怕他永远不会回来。害怕以后再也见不到他，害怕从今以后，我都是一个人。"

Icy就像一个被遗弃的孩子，不能自已地哭了。

我看着他楚楚可怜的样子，扔下手中的衣服走过去："Icy，人总要长大的，要学会独立面对这个世界。蓝桉就算不走，也不可能保护你一辈子。"

"我不管！"Icy任性地对我喊着，他紧紧拉住我的手，"我不要一个人，酥心糖，我求你，不要走，不要把我一个人丢在这幢房子里。"

我不想承认，那一刻，我被Icy的祈求打动了。

他是那样孤独与脆弱。他依附着蓝桉才得以隐秘地成长到今天，蓝桉早已成为他生命的支柱。当蓝桉悄然离去，他的世界，也就跟着轰然崩塌了。

我突然觉得，他好像是我与蓝桉最后的纽带。

蓝桉走了，我该像蓝桉一样去保护他。

我不由自主地把哭泣不止的Icy揽在怀里，说："乖，别哭了，我不走了。"

而Icy紧紧地抱住我，哭得更凶了。

裂断
黑暗
—篇—

黑色发丝，浸染夜汁暗谧。
坚冷骨骼，私藏灰凉的髓。
须臾二千八百八十秒，
请把忧虑卸给我，
因为我，顾念你。

Forgetting 23： SD娃娃的秘密

四月暮春，卓尔亚湖在潮热的南风里，生出茂盛的绿色。不知不觉，蓝桉已经离开几个月了。渐渐地，我学会用对他的想念，替代了对他不告而别的怨念。

我和Icy成了朋友，或者说，他更像我一个有点儿小小任性的弟弟。

这真是种奇怪的感觉。我对他，没有任何异性的吸引，而是一种窝心的疼爱。有时想想，我们之所以变得这样亲密，也许是因为我们在彼此的身上，都能找到一点蓝桉的影子与气息。

5号，我陪妈妈去给唐叶繁扫墓。妈妈的身体一直很好，只是视力比从前差了很多。她一见到我，就会说她这辈子最后一个未了心愿——把我风风光光地嫁出去。

她常说，如果早知道我对蓝桉这么执拗，当初就不会把他病了的事告诉我。

为了耳根清净，我请钟南友情出演男朋友一角。钟南欣然答应了。

说起钟南，其实他也算是学校里的"抢手货"。学校的男老师太少了，又年轻又有一点儿姿色的男老师，就更少了。

可是身在"花丛"中的钟南，始终不为所动。对于这件事，我也曾开导过他。可钟南却说："苏一，我不劝你回头，你也就别劝我回头。喜欢一个人没有理由的，非要找一个理由的话，可能是因为你是我喜欢上的，第一个女生吧。"

我无可奈何。

清明那天，我们很早就去了陵园。妈妈见到钟南真是爱不释手，一路上对他问东问西。钟南也不嫌烦，还一副很享受的样子。妈妈在唐叶繁的坟前，絮絮叨叨地说了许多话。其实，有一半都是说给我听的。

后来，我们还遇到了洛小缇。我有点儿惊讶地问："你怎么也来了？"

洛小缇把捧花放在唐叶繁的墓碑前，说："我是代欣语来的。总有一天，她会自己来的吧。"

我听了，心里一片黯然。

洛小缇拜祭过唐叶繁，把我拉到一边，悄悄向着钟南的方向扬了扬下巴说："那位是谁啊？"

我贴着她的耳朵，低声说："借来的男朋友，别给我说漏了。"

洛小缇一眨不眨地望着钟南："你觉不觉得他好像……"

"蓝桉是吧？"

洛小缇用力地点了点头："你哪儿找来的？"

"说来话长了。"

那天离开陵园，我和洛小缇决定一起去看谢欣语。钟南这位冒牌男友扮演得相当认真，不但把我妈应对得喜笑颜开，还把我和洛小缇护送到精神卫生院。他说："你去看朋友吧，我在外面等你。"

洛小缇对我使了个眼色："这么好的男人，干吗浪费？先谈谈看嘛。"

我却认真地说："我已经伤害过卓涛，不想再伤害下一个。"

洛小缇耸了耸肩膀，不在乎地说："感情就是愿打愿挨的事，他不心疼他自己，你操什么心呢。"

我无语了。洛女王的世界，我等贱民，领略不了。

这天谢欣语的气色看起来很好，站在窗前花架旁边浇水。花架上已经爬满了绿色藤蔓，葱葱郁郁的枝叶，在阳光里泛着茸茸的光晕。

洛小缇走过去，拿下她手中的喷壶，说："大小姐，你累不累啊？"

谢欣语看到我们，显得特别高兴。她说："你们怎么都来了？我正好有事和你们说，我都想起来了。"

洛小缇脸色一僵，和我对望了一眼。我们谁都不敢接话。

谢欣语说："我想起，我最后的那颗钻石放在哪里了。"

洛小缇长吁了口气，她大概和我一样，以为谢欣语想起了唐叶繁的一切。

洛小缇问："什么钻石啊？"

谢欣语顿了顿说："小一，你还记得那三只SD娃娃吗？"

我当然记得，为了那只蓝色的SD娃娃，蓝小球还带酥心糖去谢欣语家偷过一次。

谢欣语说："那三只娃娃里，一直藏着我的秘密。"

落川镇的夜晚，宁静深黑，月光如同银色的水雾，凝结在窗子上。这已是四月的最后一天，各种夜虫发出奇异的调子，交织在暗蓝的空气里。谢家的屋顶上，有两个小虫子似的身影，在窃窃私语。

"你喜欢哪一只？"

"你真要偷啊？"

"怕什么，反正她还有。"

"我喜欢蓝色的那只。"

"好，你等着。"

……

不久，谢家上下就乱了。保安大喊着："有贼，向环镇河那边跑了。"

谢欣语被吵醒了，有风从敞开的窗口吹进来。

是贼进来过吗？

她胆怯地打开台灯，发现屋子里没有什么不同，只是她那三只从来不让人碰的SD娃娃，少了穿蓝色衣裙的那一只。

谁会闯进来，只偷一只娃娃呢？

大概在这镇子上，只有那两个之前睡在地下通道里的小孩儿会干这事吧。

谢欣语睡不着了。家里来了警察，乱成一团。天际刚刚放亮，她便悄悄溜出了门，找去我家。她费力地爬过院子的矮墙，看见我和蓝小球正隔着窗子的铁栏，怔怔地望着她。

我结结巴巴地说："你……你来干什么？"

谢欣语说："还给我，我就当什么事也没发生，咱们还是好朋友。"

我的脸瞬间红透了，准备了一堆搪塞的谎言都堵在嘴里说不出来。

谢欣语伸出手："小一，还给我好吗？"

我装不下去了，把藏在床底的娃娃，拿出来递给她。

谢欣语爱惜地抱在怀里，礼貌地说了声"谢谢"。

我心里失落极了。我真不懂，一个拥有几百只娃娃的人，为什么不肯送给我一只？如果我是她，我一定会和那些买不起娃娃的女孩儿，一起分享。可我从不知道，那三只娃娃里，竟藏着秘密。

谢欣语跑回家的时候，家里的警察已经离开了。空旷的房子里，只有书房传来父母的争吵声。

谢欣语跑到书房门前，从半掩门缝中偷听发生了什么。

谢金豪气愤地说："要不是昨天那两个熊孩子来闹一圈，我想起看看保险柜，还不知道那三颗粉钻丢了。说，是不是你偷了！我的保险柜的密码，只有你知道。"

常月芬怒不可遏地说："放屁，姓谢的，你还要不要脸？我从你穷光蛋就跟着你，我问你要过什么？别说三颗钻石，你所有东西都有我的一半！"

"啪——"

常月芬被一个巴掌打倒在地。她抬起头，看见了门外的谢欣语。一瞬间，刚才所有的泼妇做派，她都收敛得一干二净，眼神中也没了燃烧的怒火。谢欣语想推门进去，妈妈却对她摇了摇头。

常月芬缓缓地从地上爬起来，说："对不起，你别生气了。东西怎么会是我拿的？这么多年了，即便你不爱我了，你也应该相信我。"

谢欣语听不下去了。她转过身，飞快地跑回自己的房间。她不明白，妈妈为什么要委曲求全？这样的家，强拉在一起有什么意义。

这一天，直到晚上，谢欣语才又拿出她的SD娃娃。她把它们轻轻放在地毯上，小心地脱下它们华丽烦琐的衣裙，打开它们的身体。有三颗晶亮的粉钻，滚落出来。

它们像是匿藏的灵魂，月光下，流转光华。

谢欣语默默地看着，不由得想起白天被爸爸打倒的妈妈。妈妈望着自己的一刻，眼神也是这般深远清亮。妈妈已经猜到是谁拿走了这三颗钻石了吧。

可妈妈不能说，也不会说。

妈妈宁可自己受尽委屈，也不会说出女儿的秘密。因为在谢欣语的眼里，那只是三颗令她喜欢到想占为己有的漂亮石头。可是在妈妈的眼里，却是一份私藏的未来。她知道自己已握不住手中的爱与家庭，她要给自己的女儿，留下一笔不为人知的财富。

谢欣语收好钻石，悄悄出了卧室。

常月芬正在厨房里给谢金豪炖补品，她看见谢欣语，惊讶地说："你怎么还没睡觉？"

谢欣语轻声说："妈妈，对不起。"

常月芬面对突如其来的道歉，有点儿错愕。她愣了半晌，才拉过谢欣语，在餐桌旁坐下说："欣语，是妈妈不好。可是妈妈除了照顾你爸爸，不会别的活法。所以，你一定要独立，一定要出息。你一定要相信，总有一天，你会离开这个家，过自己想要的日子，做自己想做的人。"

谢欣语说："妈妈，你自己想做什么样的人？"

"我……"常月芬停住了，因为她早已忘了自己想要的人生。

谢欣语说到这里，停了一会儿说："知道吗？我把其中的两颗钻石卖掉了，供我生活。而最后一颗……我送给了叶繁。"

我诧异地说："你给了唐叶繁？为什么？"

洛小缇给我使了个眼色，想拦住我。可是晚了，我已经问出了口。谢欣语刚才的平静，陡然不见了，紧皱的眉头，像一把无法开启的锁。

她自言自语地说："对啊。我为什么要送给叶繁呢？为什么呢？小缇，你知道吗？"

洛小缇摇了摇头，故意岔开话题："有什么好想的，你爱他，送给他一件礼物有什么好奇怪的。"

我也配合地说："就是，你送他的礼物多了去了。哪要那么多理由。"

谢欣语紧张的情绪，这才慢慢缓和下来，她喃喃地说："也是，喜欢一个人，哪要那么多理由。"

我和洛小缇都轻吁了一口气。

Forgetting 24：Q的故事

Icy的确有许多蓝桉的视频，但他却不肯一次都给我。他是怕我走了吧。可事实上，有梁姨的好厨艺，我想走也难。

Icy的生活，非常简单。白天睡觉，傍晚起来，去花房里侍弄他的花草。他并不黏人，只要知道我住在"小白"，他就安心了。反倒是我，经常找他要那些有关蓝桉的视频。

那些视频，大多是从蓝桉十岁时拍起的。那一年，院长淘汰了一部旧DV，阿贝要来，送给Icy做生日礼物。他喜欢拿着它拍蓝桉。

那是我第一次，真切地看到蓝小球的成长。他始终那么瘦，每一个骨节，都显得突兀而坚硬。然而时间增长了他的身体，却收走了他的笑容。当大大小小的孩子在院子里疯跑的时候，他却总是一个人沉默地坐在阴影里，看不出任何表情。

周末的时候，Icy找来了一段有趣的视频。我看到了Q。

Q看起来比蓝桉他们要大一些，十二三岁的样子。一个小女孩儿依偎在她的怀里掉眼泪。

小女孩儿拿着一只被剪烂的晴天娃娃，边哭边说："小昙最坏了！"

Icy稚嫩的声音从画面外传进来，他说："谁让你拿我的东西！"

小女孩儿一边抹眼泪，一边说："是蓝桉哥哥给我的。你都不要了，为什么不能给我？"

Icy的镜头照了下一旁的蓝桉，又晃回来，说："那是我做给蓝桉的，谁也不能拿！"

我忍不住说："你小时候就这么霸道啊？"

Icy轻轻撇了撇嘴，说："你知道她是谁吗？"

"谁啊？"

"她是Q的妹妹，小T。"

我惊讶地说："Q有妹妹吗？"

此时，画面里的小T从Q的怀里站起来，生气地追打起Icy。Icy一边跑，一边拍。小T的腿有一点儿跛，始终追不上Icy。

我问："小T的腿有毛病？"

Icy点点头，说："你知道为什么吗？"

我摇了摇头，但隐隐地觉得一定会和蓝桉有关系。

……

蓝桉十岁那年，孤儿院里来了两个女孩儿——十二岁的Q和她八岁的妹妹小T。她们是从一家关闭的儿童福利院里转过来的。其实，她们也有正式的名字，但Q还是更喜欢那两个字母。因为妈妈在离世之前，曾在她们的被头上分别缝了"Q"和"T"。

那时的Q总是不厌其烦地给小T讲妈妈的样子，告诉她妈妈的故事。因为妈妈去世的时候，小T实在太小了，根本记不住有关妈妈的一切。

刚到孤儿院的Q和小T，总是被其他孩子孤立。而也被孤立的蓝桉、Icy成了她们的朋友。

第二年的秋天，孤儿院收到了一批捐赠的衣服。Q带着小T挑衣服的时候，小T忽然被施罗叫去了办公室。回来的时候，她显得有些闷闷不乐。Q担心地问她："刚才院长叫你干什么去了？"

小T说："嗯……有两个阿姨给我检查身体。"

Q到底是大一些，警觉地问："真的是阿姨吗？检查哪里了？"

小T说："嗯……听了心脏，还让我对台机器吹气，然后量身高，称体重什么的。"

Q这才放心下来，说："他们没事找你体检干什么？"

"嗯……好像是有人要领养我。"

"真的吗？"Q有点儿激动，"那真是太好了。"

小T抱住Q："可我不想离开你。"

Q说："傻瓜，我很快就要长大了。到时候，我再去找你。"

可Icy听了，却拉了拉Q的衣服，悄声说："Q，你千万别让小T去。"

Q疑惑地问："为什么？"

Icy看了看周围，用更加低的声音说："我从小就在这里，都知道的。不是所有人被领养前都要体检的，那些体检后被领养的小孩儿，后来都没有了消息。真的！以前有一个男孩儿，说到新家之后，给我们寄礼物，最后就没消息了。"

Q不太相信地问："真的吗？你别吓我。"

"真的。"Icy说，"你相信我。如果你不是我朋友，我肯定不会说的。院长知道，非打死我不可。你要想办法别让小T去啊。要不然，你就再也看不见她了。"

Q听了，心里害怕极了。她相信，Icy说的一定不是假话。可是她能有什么办法呢？她只好硬着头皮去求施罗。

那天，她找去施罗的办公室，施罗正坐在办公桌后面看书。

Q小心翼翼地问："院长，小T是不是要被领养了？"

施罗点点头说："她和你说过了？"

"我……不想让她走。"

施罗一皱眉："你这个当姐姐的，怎么不为妹妹着想呢？别人想被领养还没机会呢。明天，她就要走了，你回去多陪陪她吧。"

施罗说完，就低头看他手里的书，根本不再看她。

Q沉默地从办公室里退出来，忧心如焚。她回到宿舍，一见到小T，就紧紧抱住小T呜呜哭起来了。

那一年，她也是刚满十三岁的女孩儿，根本想不出办法来保住她的妹妹。Icy坐在一旁也跟着流眼泪，他摇着蓝桉的胳膊说："你快想办法啊。你那么厉害，一定救得了小T啊。"

蓝桉却望着抱在一起的Q和小T一言不发。

第二天很快就来了。

Q彻夜未眠，守着小T寸步不离。她想带着小T偷跑出去，可是圣贝蒂斯高高的围墙，就像一座监狱，困死她们所有的幻想。

清晨的时候，阿贝带来一些新衣服。这一天，还有几个孩子也要被领养。他们一边换衣服，一边嘻嘻哈哈地笑着。只有Q和小T止不住地掉眼泪。小T说："姐，你别哭了，说不定小昙是瞎猜的呢？说不定，我会过得更好呢？"

可Q哭得更厉害了。她看过施罗的态度，感觉Icy说得不会错。

吃过早饭，领养人陆续到来了。小T怯生生地站在所有人的后面，Icy哭着恳求蓝桉。

Icy说："你救救小T吧，我求你救救她。"

蓝桉侧头，问Q："你真要我救她吗？"

Q用力地点了点头。

"不管什么代价？"

"不管什么代价！"

蓝桉微微笑了一下，说："你猜，他们为什么要体检？"

可Q还没回答，蓝桉就已经转身走了。

那一段记忆，在Icy的脑海中，总是因为震惊和不可思议，以一种缓慢的节奏播放着——

冬日的阳光，从贴满冰花的窗子射进来，蓝桉瘦长的背影，融进迷白的光潮中。

他的手里，不知什么时候多了一根木棍，他一言不发地走到小T的身后，猛然挥起，重重地砸在她的腿上。

Icy在小T尖叫之前，清晰地听到一声"咔嚓"。

一切跟着就乱了。

Q疯了似的冲上去，抱住倒在地上的小T，院长咆哮着咒骂蓝桉，四周到处都是孩子惊恐的号叫声……只有蓝桉微笑地扔下手中的木棍，对着Icy拍了拍手，说："解决了。"

我听到这里，惊讶地问："蓝桉疯了吗？他干吗打小T？"

Icy说："对啊！我也这么问他。为什么啊？你猜他怎么说？"

"怎么说？"

"他说，他们领养前体检，说明很在意孩子的身体状况。他打折小T的腿，领养人就不会要她了。"

那一刻，我恍然明白后来十几岁的蓝桉，为什么可以在商界那么成功。因为他那么小，就有着超强的逆向思维和直达核心的分析力。而且，他不止有勇有谋，还下得了狠心，下得去手。

我喃喃地说："怪不得Q和他互相那么信任。"

Icy却不屑地冷笑了一声，说："什么互相信任。你不觉得奇怪吗？Q那么爱她的妹妹，可你从来都没见过小T。"

我一怔，问："对啊。我怎么没见过？"

"因为小T十二岁那年，被蓝桉送走了。Q根本不知道他把小T送去哪里了。"

"为什么？"

"这是蓝桉信任Q的条件。他保证小T过得很好，但不让她们见面。如果有一天，Q背叛了蓝桉，她就再也见不到小T了。"

我张着嘴，不知要用怎样的语言来表达内心的震惊。

Icy却泰然地说："酥心糖，你不用这么惊讶。在这个世界上，蓝桉只信任一个人，就是他自己。所以，你不用羡慕Q。想得到蓝桉的信任，就要付出代价。其实，你爱蓝桉爱得这么深，可你根本不知道自己爱上了一个什么样的人。"

我一瞬颓然了。

Icy说中了我的心结。

我这样爱蓝桉，却根本不知道究竟爱上了一个怎样的人。

Forgetting 25: 我是最痛苦

升进高二的千夏，依然独来独往，没有任何朋友。课间，她总是一个人坐在教室里，默默地看书。她身上仿佛有一层暗隐的气场，把吵闹的同学，屏蔽在她的世界之外。

孟格这段时间很少来找千夏，因为他忙。秦依瑶进了"银扣子"之后，把学校的网络社区建设，交给了孟格。一连串的活动，让孟格无暇顾及其他。

秦依瑶已经是高三了，但是曼德高中的高三，没有太多大考前的紧张，因为至少三分之二的学生，都申请了国外的大学。六月，学校会组团去香港参加SAT的考试。所以和我们当年高三备考，真不是一个级别。秦依瑶格外注重自己在学生会的活动，因为这是名校录取的重要指标。

春游之后，就是学校的戏剧节，秦依瑶是主要的负责人。全校共有二十多个剧目参演，最终选中五个进入最后的公演名单。孟格特别制作了推荐网页，放了核心剧目《孤独的橘子》，主演就是秦依瑶。

现在真心觉得，不让孩子们谈恋爱是对的。因为年少的爱情，热烈却短暂。之前，孟格还对千夏穷追不舍，可是自从那个"伊斯坦布尔手信"之后，他就成了秦依瑶的跟班。

这一天，秦依瑶在学校的小礼堂彩排，她邀我去看看。

我到的时候，彩排已经开始了。小礼堂里暗沉沉的，只亮了舞台上的灯光。秦依瑶穿了条橙红的裙子，显得格外漂亮。不过，让人意外的是，在空旷昏暗的观众席上，我竟然看到了千夏。

我走过去，坐在她身边说："你怎么来了？"

她没看我，只是注视着台上念着道白的秦依瑶说："我怎么不能来？"

我呵呵笑了笑，没接话。但千夏很快给了我答案，她说："这个剧本是我写的。"

"哦，讲什么的？"

"讲的是一棵老橘树，在秋天的时候，只结了一只橘子。后来，孤独的橘子幻想出了另一个自己，陪她说话，和她吵架。后来，她就有些分不清哪一个才是真正的自己了。不久，冬天来了，她橙红的外衣，变成了黑色。她想，她终于知道，哪一个，才是真正的她。"

我咳了咳说："这个故事，有点儿黑暗了吧。"

千夏转过头，看着我："怎么会呢？让人认清自己，怎么会黑暗？其实地球上只有人类，才会这么古怪，认不清真实的自己，也无法分辨别人。"

此时，台上的秦依瑶，魔术般换上了一套黑色的衣裙。她轻声念着梦呓的道白："我一直以为，我喜欢上了一个特别的人，原来，我只是喜欢上了我自己。我们总是按着自我的喜好，去挑选朋友，所以我们最终只爱上了虚幻的自己。"

我听着，心里蓦然一疼。

其实我又何尝不是一只靠幻想生存的橘子。

我真的知道自己究竟喜欢上了一个什么样的人吗？

或者，只是按着我的意愿，在心里拼凑出一个想象中的他。

就在这时，Icy发来了短信。我看了眼，"噌"地从座位上跳了起来。

Icy只发来六个字——"你猜谁回来了？"

我想，世界上真的有神灵。

他一定是听到我日夜祷告，把蓝桉还给了我。

我一路疯跑去了"小白"。凌乱的头发，汗涔涔地贴在额头上。可我顾不得什么形象了，我只想早一秒，看到蓝桉。

Q的黑色宝马就停在院子里，我的心脏一阵狂跳。

我站在大门前，深吸了口气，轻轻推开了房门。客厅里有声音传过来，是Q在安排梁姨做事。我兴奋极了，走过去说："Q，你们终于回来了。"

Q却面色一僵说："你……谁告诉你我们回来的？"

我怔怔地说："什么意思？我为什么不能知道你们回来？蓝桉呢？他在哪儿？"

Q皱起眉说："你现在，最好不要见他。"

"为什么？我为什么不能见他？"我有些控制不住自己的情绪。

"不让你见，是为你好。"

"为我好你就让我见他！"我激动地说，"你一声不响地把他带走的时候，你怎么没有想过我？"

就在这时，画室的门打开了，一个男人从里面走出来。

他穿着深灰色Huntsman高定西装，衬衫的领口微敞着，传递他的傲气与不羁。

是蓝桉吗？

我怔怔地望着，不敢相信自己的眼睛。

他看起来应该完全康复了，眉目间没有了呆滞的神情，换作了久违的英气。只是我们之间，竟有种古怪的陌生感。他像从前一样，带着拒人千里的冷峻，微皱的眉头，隆起一丝不耐烦。

我说："蓝桉，你好了？"

蓝桉看了我一眼，侧过头，低声问跟在他身旁的Icy："她是谁？"

我诧异地说："我是苏一啊。"

蓝桉对我的名字，似乎有些迷惑。他低头看了看手表："我要去公司了，回头再说吧。"

我慌神了，冲到他面前："你不认识我了？"

然而，他脸上厌烦的情绪更浓了。他说："让开。"

我下意识地抓住他的手："蓝小球，我是酥心糖啊。你不要告诉我，你忘了我。"

可是蓝桉却一扬手臂，把我甩在旁边的沙发上，说："滚开。"然后径直向门外走去。

他是在让我"滚"吗？

我震惊地望着他，心脏被他冷漠的两个字，瞬息击成了粉末。

我站起身，想要追过去，Q却拦住了我。我用掩饰不住的哭腔说："Q，你们到底去哪儿了？蓝桉怎么不认识我？"

Q说："蓝桉在知道自己中毒之后，一直在寻找治疗方案。他知道一家英国私人药品研发工作室，在这方面有了突破性的进展，所以每年都会拨款，资助他们研发。"

我忽然想起那个姓赵的董事找来"小白"的事，大概说的就是这笔资金吧。我说："他们成功了是吗？"

Q点了点头，说："其实这两年，蓝桉一直都在接受秘密治疗。像突然喜欢涂鸦这些现象，还有梦游敲窗子，都是智力恢复的一种表现。我们没有宣布，主要是因为这些药品还没有临床验证，属于不合法的范畴。半年前，我接到工作室的通知，新药已经成功。所以，我带着蓝桉去英国做最后的治疗。"

"那……蓝桉已经真正好了，对不对？"

Q点了点头："算是好了吧。他的智力是回来了，但，有关你的记忆没有回来。"

"什么意思？"

这时，梁姨从外面走进来："Q小姐，蓝先生叫你快点儿过去。"

Q回头答应了一声，对我说："你今天先走吧。有时间我再和你细说。"

"不！"我固执地说，"我不相信蓝桉会把我忘了！"

"苏一！"Q用力地抓住我的手臂，"给蓝桉一点儿时间，你这样，只会增加他对你的厌烦。"

厌烦？！

我终于等到可以和蓝桉在一起了，可我等来的却是他对我的厌烦！

我突然感到一阵眩晕，像在刹那间坠进冷暗无底的湖水里。麻木、冰冷，委顿的身体如同一截朽木，越坠越深。

Icy走过来，说："你知道的，蓝桉以前就有选择性记忆。"

是的。关于他父母去世那一天的记忆，他的大脑就帮他封存起来，永不想起。

Icy说："其实，他不记得你，是好事。因为神总是抹去他最痛苦的记忆。"

最——痛——苦。

我用鼻子发出一声无力的哼笑。这大概是世界上最大的讽刺吧——从最爱变成了最痛苦。我真是不明白，我们为什么不能像别人那样，平顺相爱，安稳相守。

这样简单的愿望，为什么会这样难？

我一个人失神地向外走去，蓝桉和Q已经离开了。阳光温和地照着葱茏的草木，空气里弥漫着暮春的暗香。

我漫无目的地走着，竟不知不觉来到卓尔亚湖。我在岸边的石头上坐下来，粼粼湖水，闪着炫目的光芒。

Icy不知什么时候找来了，他坐在我身边："别难过了，酥心糖。你知道的，他经历太多了。所以你不要怪他。"

我漠然地看着湖水，不想说话。

Icy轻声咳了一下："对了，你知道蓝桉从什么时候开始，变得这么冷酷的吗？"

我微微摇了摇头。

Icy说："就是从救了小T之后。他被施罗用皮带抽了一个小时，然后关在阁楼里，整整七天。"

我沉默地听着，心莫名地就疼了。

Icy喃喃地说："那一年，他才十一岁啊。"

Forgetting 26：七天

那一年，蓝桉十一岁。

暴怒的施罗把他绑在教堂门廊的柱子上，用皮带狠狠抽打了一个小时。

所有孩子都吓到了，站在角落里，不敢发出一丝声音。他们从没见过这样凶狠的施罗，每次挥动皮带，都像是要打出蓝桉的灵魂。可是蓝桉死死咬住牙齿，不肯发出一声乞求的哀号。

Icy怕极了。他缩在阿贝的怀里，紧紧地捂住耳朵。可是皮带划过皮肤的爆响，针芒一样刺进他的耳膜。

Icy哭着说："阿贝，我求求你，你救救蓝桉吧，他会被打死的。"

但阿贝已经那么老了，她除了陪着Icy掉眼泪，还有什么办法。

蓝桉直到昏过去，才被从柱子上解下来。那已经是傍晚了，夕阳从教堂的尖顶滑落下来，天空中的云霞仿佛浸透了蓝桉背后的血迹，绽出锋锐凌厉的红。

Icy冲出去，想要看看蓝桉的生死。可是施罗一声厉喝，吓住了他。

施罗扔掉手中的皮带，指着伏在地上的蓝桉说："你们都给我看好了，谁要是再敢给我惹事，就和他一个下场。你们这群没人要的孩子，我收留你们，你们不感谢我，还要坏我的事。活得不耐烦了，是吗？"

施罗攥起拳头说："听好了，你们要敢管他，就是和我作对，别怪我不客气！"

那天晚上，蓝桉被扔进了阁楼。Icy和Q都不敢去看他，只能趁着月夜，跪在窗前，默默地祈祷他可以活下来。

Icy喃喃地说："我的主，你是仇恨蓝桉吗？你为什么要这样折磨他？如果你真的恨他，请不要让他死。他活着，才可以任你折磨；他死了，只会属于恶魔。我求你，让他活下来。我求你。"

蓝桉仿佛真的听到了Icy的祷告，在月夜里醒过来。他不能动，只能如同死尸般伏在冰冷的地上。布满伤痕的后背，像燃烧着火焰，传来火辣剧烈的疼。过了一会儿，他才想清楚自己在什么地方。他微微侧了侧头，对着那面画过"酥心糖"的墙壁说："嗨，我们又见面了。"

墙壁上的"酥心糖"已经变得很淡了。可是在温软的月光里，却闪耀着微微的银芒。

蓝桉用力地挤出个微笑说："你不用担心，我挺好的。我还有呼吸，还有心跳，我死不了的。我还有好多事没有做，我还不知道谁害死我爸妈。我还没有再看到你，看到你长大的样子。不过，我不会再求什么上帝保护我了，他只会帮助强者，不可怜那些弱小的人。所以以后，我只会求我自己。总有一天，我会变得非常强大，非常非常强大，非常非常非常强大……"

蓝桉在阁楼里，整整被关了七天。

施罗在阿贝的苦求下，终于放蓝桉出来。

蓝桉从阁楼里走出来的时候，虚弱极了。Icy和Q走过来要扶他，可他却把他们推开了，他一个人挪着艰难的步子，一级一级走下楼梯。

正是中午时分，阳光盛大明媚，蓝桉走到院子中间，突然躺在铺满阳光的地上，发出古怪刺耳的叫声。没有人知道他是在哭，还是在笑？他就像一头发疯的野兽，用嘶吼发泄内心的愤怒与压抑。

Icy不顾强烈的日光，跑到他身边，摇着他的身体说："蓝桉，你怎么了？你疯了吗？"

蓝桉却一把揪过他的领口，凶狠地说："你给我听着，我们以后再也不要躲在阴影里，我要活在太阳下面！"

Icy惊恐地说："我我……我不能晒太阳。"

蓝桉却一把推开他，站起身说："那就滚！"

摔倒在地的Icy吓呆了。他爬过来，抱住蓝桉的腿说："蓝桉，你别吓我。你说过会保护我的，我晒太阳还不行吗？你不要不管我。"

蓝桉垂下手臂，轻轻抚摸着Icy柔软的头发，目光却远远望向二楼的窗口。那是施罗的办公室。

他一眨不眨地盯着窗子后阴暗的身影，嘴角微微露出一抹不可捉摸的笑容。

Icy望着起伏不定的湖面，说："蓝桉从那时候起，完全就变了。他脑子里想的，都是报仇的事。"

我说："那么小，又一无所有，他怎么能报复得了施罗？"

"可他是蓝桉啊。只要他想，有什么做不到的呢？"Icy轻声说着，淡色的眼瞳里，现出一缕跃动的光芒……

Forgetting 27：三亿美金

渐渐恢复起来的蓝桉，变得异常沉默。他远远超过同龄的孩子，飞速成长起来。每天，他都会用布条缠住手指，对着墙壁猛烈地挥着拳头。他不懂什么技巧，只是忍耐着疼痛，磨炼自己的身体与内心。布条烂了，换条新的。拳头上的血痂，结了又破，破了又结，他一点儿也不在乎。

一天午后，孩子们都跑到院子里玩耍去了。Icy陪着他练习。他说："蓝桉，你最近都在想什么？怎么不说话了？"

蓝桉停下来，说："你有没有想过，以前我们也惹过事，可施罗为什么从没有像这次一样暴怒？"

"因为……因为我们犯了太多的错，他太生气了吧。"

蓝桉摇了摇头说："我觉得，是和小T不能被领养有关。这件事，一定损害到他的利益了。"

不得不说，蓝桉有着与众不同的心智，那么小，却总能在激烈的情绪中，冷静下来去思考问题。这是许多成人都无法办到的事情。

Icy问："那又怎么样呢？"

蓝桉猛地挥出一拳，打在墙壁上，说："我们需要等一个机会。"

蓝桉说的"机会"，终于来了。

那一年，蓝桉十三岁，刚刚过完新年，还残留着圣诞的印迹。孤儿院里又有几个孩子要被领养。蓝桉一直表现得不动声色，直到有几对夫妇开车来接孤儿的时候，他才行动了。

他从Icy那里要来了DV，趁人不备的时候，溜进了一辆车子的后备厢。

不出所料，那几辆车子里的"父母"，并没有载着孩子们回各自的"家"，而是在一个地下车库里会合了。蓝桉悄悄地从后备厢里跑出来，全部偷拍下来。

原来，那是美国一家国际药业公司在华设立的实验室。施罗竟然收取巨额资金，私下拿孤儿院里没有人监护的孩子，给他们做新药测试。

蓝桉拍到证据之后，又重新回到了圣贝蒂斯。那已经是第二天清晨了，蓝桉径直走去了施罗的办公室。

他推开房门的时候，施罗正在吃早餐。施罗扯下脖子上的餐巾说："我正要找你呢，你昨天去哪儿了？"

蓝桉晃了晃手中的DV，说："你慢慢吃，以后，你可能都要吃不到了。"

施罗神色一紧："你拍到什么了？"

蓝桉说："我昨晚，去参观了一下领养家庭。"

施罗一惊，猛地从椅子上站起来："给我！"

"可以。"蓝桉晃了晃DV，"只要你告诉我，蓝景蝶这个女人在背后做了什么，我就把它给你。"

"我怎么知道？"施罗低吼着，"我就知道你爸妈死了之后，她拿了一千万的保险金。她怕你长大会和她争这笔保费，所以把你送到我这儿来了。"

施罗渐渐从惊慌中镇定下来，他拉开抽屉，从里面拿出一把镶着金色饰纹的手枪。他说："不要以为这是艺术品，这是真家伙。把你的DV给我，要不然……"

"要不然怎样？"蓝桉将DV直接扔给他，"你是要这一个呢，还是我在网吧里的三十个备份？"

"你！"

蓝桉忽然无比畅快地笑了。他想过会有这么一天，却没想过这一天来得这么快。他说："施罗，你杀不杀我，都要身败名裂了。想想你以后都被关在监狱里，遭人唾骂，我就好开心。"

Icy和Q为蓝桉担心了一夜。他们从阿贝嘴里知道蓝桉回来的消息，争着冲出房间，向施罗的办公室跑去。可是他们在刚跑到院子里时，就听到"砰"的一声枪响。屋顶的鸽群，"呼啦啦"地惊飞上天空。

他们吓得停住了脚步，抬头看向二楼的窗口。

一个身影缓缓浮现出来——消瘦，却挺拔，像一棵日夜疯长的桉树，开枝散叶，吐出隐暗的毒。

他缓缓推开窗子，任由凛冽的寒风蜂拥着灌进房间，涤荡着血腥肮脏的空气。

施罗自杀了。

用他那把精致的手枪结果了自己。

蓝桉在施罗的办公桌里，找到了更多他与医药公司合作的文件证据。

Q和Icy气喘吁吁地跑进来，看见毫发无伤的蓝桉，兴奋地抱住他，掉下了眼泪。

Q说："咱们报警吧。"

蓝桉却摇了摇头，说："我们拿着这些证据，还可以做更多的事。"

Icy转过头，看着我："你大概知道谢欣语小时候在酒店里撞见她爸爸的情人是谁了吧？"

我点了点头，那就是蓝桉的姑姑蓝景蝶。

"蓝桉很快就查出那个给蓝景蝶办理保险的销售员。那个怕事贪财的小人，被蓝桉一威胁就说了蓝景蝶私下找他篡改了保险金额和保险受益人的事。他后来听说蓝桉的父母出意外就知道这个案子不简单，但他害怕摊上官司，一直不敢说。蓝桉拿着拍到的视频，找到蓝景蝶。"

我不解地问："蓝桉为什么不去找警察？"

"因为……他在下一盘很大的棋。他与美国的医药公司私下联系，不但让他们把实验室里所有幸存的孩子，接到美国妥善收养，还得到了三亿美金的赔偿。"

"多少？"我以为自己听错了，不敢相信地反问。

Icy却认真地说："三亿美金。但那时候，我们都不满十八岁，蓝桉需要两个成年人来帮助他。一个来负责孤儿院的运转，那个人当然就是阿贝；而另一个是帮他成立公司的傀儡，最好的人选，就是蓝景蝶。他说，最亲的人，也比不过有把柄的人更可靠。"

我发愣地听着，大脑在接连不断的震惊中，几乎不能运转。

Icy说："对了，我给你看段视频吧。"

Forgetting 28: I care for You

Icy在他的iPad里找出一段视频，那是蓝桉去找蓝景蝶时拍下的，点开就是蓝景蝶一串尖厉的笑声……

蓝景蝶穿着真丝睡袍，斜靠在沙发上，虽然年近四十，但仍透出股妖娆的风韵。她笑够了才说："就凭你一个小屁孩儿，就能扳倒我吗？"

此时的蓝桉，已经完全是个翩翩少年了。他坐在她对面的沙发上，不紧不慢地说："参与谋杀、诈骗保险金，这两样罪名，就够你把牢底坐穿了。"

蓝景蝶面色一僵："你说的话，有人信吗？"

蓝桉说："法律不信我，只信证据。我已经拿到那个保险销售员的证词，再追查下去，一点儿都不难吧。"

蓝景蝶撑不下去了，坐直身子："你不用骗我，你要是有证据，早去警察局了。"

蓝桉微微挑了挑眉梢说："我来，是给你机会。只要你听我的，就还可以享用你现在拥有的一切。"

"什么机会？"蓝景蝶的防线完全崩溃了。

蓝桉说："你先要告诉我，我爸妈是谁害死的？"

蓝景蝶"哈"的一声笑出来，说："对啊，你不记得那一天了。我告诉你吧。你爸妈都是死脑筋，在数据上做点儿手脚有什么难呢？我已经提醒过他们，不要招惹这样的人。人家出钱买不动你，就会出钱买你的命，可他们不听，说什么不能因为私利，就毁别人。结果你也知道了。主意真不是我出的，人也不是我杀的，我只是借机发点儿小财而已。"

蓝桉愤怒了，大喊着："那是你哥哥！"

"哥哥怎么了？他养得了我吗？他能给我钱，任我花吗？这个世界就是这么现实。就像那个之前收养你的苏家，你有想过为什么？"

蓝桉微微怔了一下，眼里瞬息闪过一丝柔软的光。他说："为什么？"

"因为就是他们家害死了你的父母啊。"

蓝桉的脸色像一块冻结的石头，空气也仿佛跟着凝固了。过了许久，他才深吸了口气说："你是说，苏一的爸爸？"

"那孩子叫苏一吗？"蓝景蝶看出了蓝桉的震惊，有些幸灾乐祸，"我只知道那个害死你父母的男人，叫苏立成。"

蓝桉死死地攥着拳头，从牙缝里挤出几个字："你应该庆幸，你还有点儿用处，要不然……"

蓝景蝶被蓝桉肃杀凛冽的神情震慑住了，不知不觉地收起嚣张的气焰。

她说："知道的我都说了，你还想怎样？"

蓝桉站起身说："等我消息吧。施罗已经死了，谢家和苏家，我一个也不会放过。你要记住，只有听我的安排，你才有活路。"

蓝景蝶似乎真的被吓到了，她无声地点了点头。

回程的路上，蓝桉始终一言不发。Icy和Q怯生生地跟着他，谁也不敢说话。天空飞起了小雪，纷纷扬扬地飘落在大街小巷。蓝桉走着走着，忽然停下来，说："我现在，是真正的孤儿了。"

蓝桉心里，最后一块温暖，就是在这一天冷却的吧。

傍晚，他们回到圣贝蒂斯教堂的时候，Icy在大门旁边，看见一个小小的女孩儿，看起来只有两岁的模样。Icy拿着DV走过去，诧异地说："你是谁啊？怎么站在这儿？"

可是那个女孩儿好像不太会说话，只是睁着一双干净清亮的眼睛，无声地望着他。

Icy拉着她，走到蓝桉面前说："她爸妈肯定是不要她了，我们收养她好不好？"

蓝桉瞥了一眼，说："现在孤儿院是你的，想养你就养吧。"

Icy看着他紧皱的眉头，壮着胆子说："蓝桉，你不高兴是因为酥心糖吗？"

蓝桉脸色突然一变，一手猛地掐住Icy的脖子："以后在我面前，你少提那三个字！"

Icy的脸都憋红了。他的喉咙被死死卡住，说不出话来，只能拼命地点头。

Q冲过来，大喊着说："蓝桉，你疯了！"

小女孩儿受到了惊吓，"哇"的一声哭出来。蓝桉这才松开手，转身走了。

Icy瘫软地跌坐在地上，身体止不住地抖……

视频停下来的时候，Icy拉住我的手说："酥心糖，不要怨恨他忘掉你。如果不是你给了他不能承受的痛苦，他怎么会忘记你？有时候，放手也是种爱。所以真的，别逼自己，也别逼他。你知道我为什么叫Icy吗？"

我缓缓地摇了摇头。

Icy说："那是I care for you的缩写。耶稣曾经说过，Cast all your cares on me for I care for you（把你的忧虑卸给我，因为我顾念你）。蓝桉是个不能用常理来衡量的人，你只能用I care for you的方式陪着他，却不能奢望他给你回馈。所以，我心甘情愿做他的影子，分担他的痛苦。或许某一天，在他无法承受的时候，回过头，知道这个世界上，他并不孤独。其实，酥心糖，你已经很幸运了。蓝桉把他最美好的时光、最开朗的世界都给了你，你还有什么不满足呢？"

原来，"Icy"这个名字并不冰冷，而是充满了默默守候的温情。

我的心情，终于慢慢地平复下来。

其实Icy说得没错，蓝桉把他仅有的美好与开朗都给了我，我还有什么不满足呢。

他拍了拍我的手背，说："酥心糖，是时候放手了。上天不会无缘无故让他忘记你。也许，这是一种奖励，让他有一个平静，没有爱恨情仇的新生活。"

我紧紧地咬住嘴唇，身体在温润的空气里，冷到发抖。

我这样爱蓝桉，是该放手让他重新开始吧。爱情的意义，不就是让他过得更好吗？

　　我既然是他痛苦的源头，就此让他忘了我吧。

　　我突然抱住Icy，放声哭了。

漠爱
无悔
—篇—

如果遗忘是剂良药，
它只拯救了你的前路；
如果想念是种惩罚，
它只折磨了我的过往。
我们始终缚在命轮的两端，
绞杀在岁月的尽头。

Forgetting 29：长草花园

其实对于爱情来说，只有爱与不爱，没有放与不放。你可以永世不见，但不能不去想念。

我从"小白"里，悄悄地搬走了。

我尽量不去想蓝桉，但那只是徒劳。我必须让自己忙起来，忙到无暇安静。可是每当夜晚来临的时候，蓝桉就像空气般充斥在我的脑海里。

有时就是这样奇怪，他离开的时候，我的心是静的；可如今他回来了，我却几近疯狂地思念他。也许是因为等待可以满怀希望，现在，我却只有绝望。当我笃定用一生去爱一个人的时候，他却彻彻底底地忘记了我。

一天中午，Q过来找我。现在已经是五月了，曼德高中的学生都换了夏装，但Q依然穿着她黑色的制服。自从知道了小T的事，我对她不由得生出一丝怜悯。

我们就在学校的花园坐了一会儿。Q说："谢谢你理解。"

我说："有什么好谢的，都是为蓝桉好。"

我又问她："蓝桉还会回'小白'吗？"

Q摇了摇头，说："他最近都在忙公司的事。"

我咬了下嘴唇说："带我去见他，我只想偷偷地看看他。"

Q点点头说："好。"

那天，我向学校请了假。Q开车带我去了双子大厦，现在它已经不叫"家万"了，重新归入了安澜旗下。蓝桉把公司总部设在了这里。

Q带着我去了二楼的多功能厅，里面有一方舞台，下面坐着许多人，看起来像是个会议，有人在台上发表着演讲。我向台上扫视了一圈，看见了蓝桉。

他剪短了头发，挺括的西装，没有一丝褶皱。他仍敞着衬衫的领口，稳重中透出一点儿洒脱。他仿佛仍是我深爱的少年，可是他却再也认不出我。

我闭起眼，深吸了口气，转身离开了。

我怕自己再多坐一秒，就会流下泪来。

Q追出来，拉住我说："怎么走了？"

我别过头，说不出话。

Q叹了口气说："我送你回去吧。"

我摇了摇头说："我想自己一个人走走。"

双子大厦的绿地里，有一片我无比想念却从不敢踏入的禁地，那里封存着我太多美好与伤痛。我从旁边走过的时候，终是忍不住转了进去。

高大的老榆树，依旧茂盛，细小的光柱在树叶间斑斓地闪动着。

那块木牌还在，只是字迹有些模糊了。我喃喃地念着："长草花园。"

心里的疼痛，就像五月的潮汐，温软地浸漫上来。

"长草花园"一如从前般繁绿，可在这里疯玩的孩子们呢？我们曾约好长大，带着自己的小孩儿来这里聚会。可命运最终把我们推向了不可知的未来。

我坐在老榆树下，长长的草叶，柔软地环绕着我。蓝桉就躺在这里，第一次对我说"我爱你"的吧。而我却心怀着秘密，离开了他，从此再不敢踏进"长草花园"。

忽然，有个声音在我身后响起来："你是谁？"

我全身一颤，连心都在抖了。

是蓝桉吗？

我不敢置信地转过身。

是他，真的是他！

淡金的阳光下，他如天神般俯视着我。

我缓缓地站起来，说："我是苏一，你还记得我吗？"

"为什么来这儿？"

"因为……这里是你送给我的礼物。"

蓝桉的脸上，看不出一丝表情。虽然我知道他认不出我，可我依然被他的冷漠刺伤了。

他说："我以前认识你吗？"

我点点头。

"你……是我的女朋友？"

我再次点点头。

蓝桉伸出他纤长的手指，轻轻托起我的下巴，仔细地端详着。

那一刻，我的心里忽然燃起了一点不该有的希望。我真希望他一瞬间打开了记忆的闸门，想起有关我的一切。

可是，他却用鼻子轻哼了一声说："我以前……怎么会喜欢上你？"

我刚刚燃起的希望，在他戏谑的语气里，一瞬破碎了。

我甩开他的手，说："你知道吗？你忘掉了我，可以平平静静地生活。可是我没有了你，却只能活在痛苦的回忆里。"

蓝桉却微微笑了，说："苏一，对吧？你要知道，痛苦不只是用来回忆，还是为了刺醒未来的每一天。不论是人生，还是爱情，真正的解脱，只有忘记。"

我争辩说："你不该这样。即使你现在想不起我，也不该这样伤害我。毕竟我们曾经相爱过。"

"苏一，不是我在伤害你，是你在伤害你自己。你记住，当你渴求别人给予的时候，就是给别人伤害你的机会。想要不被伤害，只有靠自己。"

这大概是天底下最残酷的惩罚，他对我形同陌路，可我却仍然无可救药地爱着他。

我突然抱住他，用尽全身的力气抱住他。

我闭着眼，乞求地说："别说话，别推开我，只一分钟，我求你。"

蓝桉真的没有动，就那样笔挺地站着。

我把脸紧紧地靠在他坚硬的胸膛上，尽量去汲取那一点点残留的温度。

时间在那一刻停止了，耳边变得无比寂静，我只能听到自己的呼吸和他"怦怦"的心跳。

我好想就此凝滞在这一刹那的时空里，万物停转，不生不灭。

可蓝桉却用手指敲了敲我的头说："嗨，时间到。"

我瞬间泪崩了。

我奋力推开他，转身跑了。

我不想让他看见我的泪水，因为他已经不再是我认识的蓝桉，不再是爱我的蓝小球。

面对一个漠视你的人，所有的眼泪，只会换来无情的嘲讽。

其实蓝桉说得没错，我今天来见他，就是在自己伤害自己。

Forgetting 30：凄厉的橘子

曼德高中的戏剧节，进入了公演周。五个剧目，每天晚上都有一部在礼堂上演。秦依瑶的《孤独的橘子》，被安排在周五压轴。

那天，秦依瑶显得格外兴奋。我看过她的彩排，故事虽然简单，但演技相当精湛，加上她旺盛的人气，最佳女主角，肯定是非她莫属了。

七点，演出正式开幕。秦依瑶一袭橙色衣裙，坐在高高的道具树枝上。有风轻轻吹过来，拂动着她的头发和裙角。

秦依瑶赤着脚，轻轻晃动双腿，念着道白："这样美丽的秋天，为什么只有我一个人独享……"

不得不说，这剧本几乎就是为秦依瑶量身定做的，自说自话的念白，突显出她表演的功力。演出中，还设计了一些魔术环节，来配合剧情的发展。比如秦依瑶的裙子，一转身就变成了褐色，后来在一阵大风中，转瞬变成了黑色。

全剧看起来有些黑暗，但留了一个充满希望的结尾。秦依瑶慢慢地从树上"脱落"下来，滑进一个装饰成土地的箱子，最后在一片新绿色的追光里，生出一叶嫩芽。

当灯光全部暗下去的一刻，全场爆发出热烈的掌声。

可就在这时，消防警铃突然响了起来。黑暗中，学生顿时乱成一团。还好以前有过消防演习，我点亮手机，站上椅子上大喊："别怕，不要乱！像演习一样排队出门。"

其实，我自己也是慌的，可是作为老师，总要装得镇定坚强。很快，学生都陆陆续续跑出了小礼堂。

不过，小礼堂看起来，并没有起火。不一会儿，管理员从里面出来说，可能是电线短路，造成了误报。

学生大多都散开了，只有秦依瑶的小跟班跑过来找我。她说："苏老师，你有没有看见秦依瑶？"

我说："没有啊，怎么了？"

"她不见了。"

我安慰她说："别着急，我再进去找找。你回宿舍看看，说不定她先回去了呢。"

小礼堂里的警铃已经停了，但电力还没有恢复，只有消防灯亮着青白的光。礼堂里没有人了，显得格外空旷，每走一步都会发出空空的回声。我按亮手机，绕到后台，大概是大家离开得急，一些化妆品的瓶子和道具，都散落在地上。

忽然，我听到一缕窃窃私语的声音。那是从一间半掩着的化妆间里传出来的。我走过去，隔着门问："依瑶，是你吗？"

那声音戛然而止了。我轻轻地推开了门，里面竟空无一人。

我有些怕，大声喊："依瑶，你在不在？"

就在这时，走廊里传来一阵"吱吱嘎嘎"的车轮声，一个穿着校服裙的女生，推着一只大木箱，从门前走了过去。

又是她！

那个神秘的女生。

她垂着长长的头发，看不清脸。但我总觉得，她就是千夏。

我跟过去，说："千夏，是不是你？"

可是那个女生却加快了脚步，推着箱子，一路转去了地下室。

礼堂的地下室里，堆放着许多陈年的旧道具，空气里弥漫着一股潮霉的尘土味。那个女生已不知去向，只留下那只她推来的箱子，摆在零乱的杂物中间。

我正觉得奇怪，就听见箱子里传来一阵敲打声。我走过去问："谁在里面？"

敲打声变得更剧烈了，隐约有女生的呼救声传出来。

听声音应该是秦依瑶，她拖着哭腔喊着："快放我出去，放我出去！"

我连忙跑过去，安慰她："别怕，我这就来救你。"

那口大木箱，就是她演出时的"土地"，显然她进去后，就再没有出来。箱子的盖子被钉子钉死了。

我在杂物堆乱翻了一阵，找到一把撬棍，手忙脚乱地把钉死的木盖撬开了。秦依瑶从里面一下坐了起来，吓了我一跳。她浓重的妆容被泪水晕染开了，在手机幽暗的光线里，显得有些凄厉。我扶着她从箱子里爬出来，她一把抱住我，放声哭起来。

我拍着她的后背："别怕，别怕，已经出来了。你怎么会被关进去的？"

秦依瑶呜咽地说："我进了箱子之后，一会儿就晕过去了，醒来就发现自己被关在箱子里。"

我搂住她说："走吧，先离开这里再说。"

就在这时，地下室的门口传来一缕轻轻的笑声。

我警惕地说："谁在那里？"

可回应我的，却是"砰"的一声巨响——地下室的门，竟然关闭了。

我和秦依瑶都紧张起来。她止不住的哭声，都停了。我拉着她，走到地下室的大门前，用力地推了推，发觉门已经锁死了。

秦依瑶愣了一下，突然慌乱地敲起大门："救命啊！救命啊！快开门！"

可是没有人回应，只有门板传出指甲刮擦的"吱吱"声。

那声音在黑暗里听起来，格外恐怖。秦依瑶不敢再叫了，只是瞪大了眼，惊恐地看着紧闭的大门。

我壮着胆子大喊："谁在外面，快把门打开！"

"吱吱"声消失了，地下室里陷入一片死寂。

突然，大门发出"轰"的一声巨响，好像有什么东西要从外面闯进来。我和秦依瑶都不约而同地发出一声尖叫，她惊恐地拉住我，往后退了几步。

我拿着手机找信号，可是地下室的信号太弱了，怎么也连不上。我只好在一个角落里坐下来，秦依瑶紧紧地依偎着我。

她说："怎么办啊？我们出不去了。"

我安慰她："等一等吧，天亮就有人来了。"

手机的光很快就暗下去了。

秦依瑶说："苏老师，别关。我怕。"

我说："电不多了，要省着用。"

"如果明天没人发现我们怎么办呢？"

"傻瓜，怎么会呢？"

"要真没人来呢？"

我停了一会儿，说："我在高中的时候，也被关在地下室过，没有人知道。"

"后来呢？你怎么出去的？"

"有一个人，教给我一个逃出去的方法。"

秦依瑶追问我说："什么方法？"

我坐在黑暗里，不由得想起我与蓝桉一起度过的那惶惶不安的四天。他像隐匿在黑暗中的神灵，成了我唯一的信仰。后来回想起那段黑暗的时光，才恍然明白他当时的心意。他是真的要与我死在那不见天日的地下吧，从此再不必做相爱又仇恨的两个人。

秦依瑶推了推我说："苏老师，你怎么不说话？"

而我却在黑暗中，看到一束光射过来。光柱里隐约映出一个身影，消瘦、挺拔，如此熟悉温暖地向我迫过来。他走到我面前，伸出手，说："苏一，总算找到你了。"

我几乎脱口叫出那个名字。

可是身边的秦依瑶却站起来说："钟老师，你终于来了。"

我的幻境一瞬破灭了。

是钟南。他伸手拉起我，说："走吧。"

我握住他的手，真希望，就此骗过自己。哪怕是一秒，也是种快乐。

Forgetting 31： 粉身碎骨的美

戏剧节之后，学校对秦依瑶失踪的事，进行了调查。可是秦依瑶却回避不谈。校长找我去问她，是不是受到了威胁。我也这么想，可是秦依瑶却对我说："我知道是谁，只不过我不想再招惹这个人了。我承认我斗不过她。其实，你也知道是谁吧，可我们拿她根本没办法。"

秦依瑶说的，当然就是千夏。

我说："我问过她的舍友，千夏一直和她们在一起。"

秦依瑶不屑地笑了一下："后来我也问过钟老师，他是怎么进来的。他说地下室的门，根本没锁。他听说你去找我没回来，就来小礼堂找。之后听到地下室有叫声，推门就进来了。这不是很奇怪吗？那扇门明明就是锁着的。苏老师，你觉不觉得凡是和她有关系的事，都很古怪？其实，当初孟格把剧本推荐给我的时候，我就有过犹豫，但那个剧本写得太好了。"

"剧本是孟格给你的？"

"苏老师，这件事就别查了，查也没有结局。我只想安安稳稳地上完高三。"

秦依瑶大概是真的怕了，连千夏的名字都不想提。

其实，我也同意她不再追查下去，学校里总有些老师越插手，越无法解决的问题。

说起钟南，在地下室事件之后，我和他似乎发生了一些微妙的转变。下意识里，我总是把他当作另一个人。他的一举一动，都会令我产生一些不切实际的臆想。我知道这样对他有一点儿不公平，可是，如果我一生注定不能和深爱的人在一起，那么选择一个无限接近他的男人，也许是最好的结局。

洛小缇的新品，一经上市，就卖了满堂彩。她的设计算不上高端大气，但十分接地气，总能抓住年轻的潮流。Lino为她开了庆功会，洛小缇打电话给我的时候，要我一定带上钟南，语气里充满了鼓动的气息。

　　钟南对我邀请他同去兴奋不已。

　　酒会那天，他特意穿了套Aoki的西装，开车来接我，深蓝面料，配淡紫领带。

　　他在我面前转了一圈，说："怎么样？"

　　"西装很帅。"

　　"人呢？"

　　"人……还可以。"

　　我走到他面前，帮他摘掉领带，松开领口说："这样更好。"

　　"真的吗？"他疑惑地说，"不会显得不正式吗？"

　　我说："别说话，让我看看你。"

　　如果不说话，钟南真的很像他。

　　钟南僵僵地摆着造型，半天才说："看够了吗？可以动了没？"

　　我"噗"的一声笑出来。

　　洛小缇的庆功会，在一家五星级酒店的宴会厅，办得十分盛大。舞台上，有小型的弦管乐团，奏着意大利的名曲。会场有许多商界的名人，Lino有意借用自己家族的人脉，帮洛小缇助力。洛小缇一袭低胸露背的礼裙，缀满水晶。

　　她还是那么喜欢亮闪闪的东西。

　　洛小缇摇曳生姿地走过来，说："小一，怎么来晚了？"眼神却上上下下把钟南打量了个遍。

她贴着我的耳朵说："你是要把他调教成男神第二吗？"

我悄悄在她腰上拧了一把："闭上你的嘴巴。"

洛小缇咯咯咯地笑开了。

不得不说，此时的洛小缇，真是美到了巅峰，不失青春美颜，又多了女人轻熟的风情。她刚刚漾开一串笑声，全场男士的目光，便不由自主地飘过来。

Lino敲了敲酒杯，站上舞台，音乐跟着停了下来。他用蹩脚的中文说："各位先生、女士，大家好。"

大家被他的腔调逗笑了，发出一片善意的笑声。

Lino从衣兜里拿出一张用意语音标标注过的中文演讲稿，继续说："今天请大家来，一是庆祝'缇'的首发成功；二是，我们'外秀'慧中、聪明可爱、无与伦比的洛小缇小姐，将推出新一季的高端设计。"

Lino这三个成语用得真是让人耳目一新，还好他是个外国人。他对着洛小缇伸出手说："有请洛小缇小姐，为大家介绍她的新作品——'锦鳞'。"

人群潮水般退出一条道路，洛小缇把手中的酒杯递给旁边的侍者，闪耀地走上舞台。她说："感谢各位贵宾的到来，'锦鳞'的灵感，来自于国人千百年来对鲤鱼的喜爱。鲤鱼不只代表着富有华贵，一身碎金锦鳞，亦是美的化身……"

我站在台下，静静地看着洛小缇，想不到曾经"打"遍天下的女混混，竟会蜕变成真正才貌兼备的女神。

台上弦管乐团，再次演奏了起来。佩戴着"锦鳞"系列的模特，在连绵不断的掌声中，鱼贯走了出来。显然这个系列，Lino下了大手笔，为了表现"锦"字，用了大量的名贵彩钻。

就在这时，大门外传来保安"没有邀请，不能进去"的叫嚷，接着"砰"的一声，一个保安撞开大门，直摔了进来。

宾客们惊诧地转回头，看到一个男人走进来。

洛小缇脱口叫了出来："蓝桉。"

是的，就是蓝桉。他换了身暗灰西装，希腊底纹设计，泛着冷硬质感的金属光泽。他依旧没系领带，平淡的脸上挂着无法揣测的神情。我站在人群中看着他，心跳乱作一团。

洛小缇虽然早就知道蓝桉康复的消息，但看到他依然感到很惊讶。她走到蓝桉面前，说："蓝桉，你真的好了？"

蓝桉缓缓地露出笑容："小缇，你的新品首发，怎么能不通知我呢？"

刹那间，我的心仿佛洞穿过一颗无声的子弹，空落落的疼痛涌进每一根神经。

他为什么记得身边的所有人，却独独忘记了我？

Lino走过来，挥了挥手，让保安出去了。宾客明白是场误会，会场又恢复了正常。

洛小缇挑了挑眉梢，说："怎么着，来砸场子的？"

蓝桉说："今天展出的新品，我都买下，当作补偿吧。"

洛小缇夸张地笑了，说："你女朋友还在这儿呢，要不要这么铺张啊？"

"什么女朋友？"

"苏一啊，你不记得她，她可记得你哦，你可不能随便赖账。"

我知道，洛小缇是在为我说话。可是蓝桉的脸上却染上一层不快，他说："忘记就等于从没有发生。这个话题到此为止吧。"

我不想难过，但这样冷情的话，实在太过伤人。

我强撑着笑容，飞快地离开了会场，只有钟南跟了出来。他陪着我在酒店的花园里走了一会儿，说："那个……就是你前男友吧？"

"……"

"如果你喜欢，我天天穿西装，不系领带也行。"

显然他看过蓝桉，就知道我为什么让他这样穿了。

我低着头，说："对不起，钟南。"

"什么对不起？"

"我不该拿你去替代另一个人。"

"我不介意的。"钟南大方地说。

我抬起头，望着他的双眼，慢慢地说："可是，我介意。我不可能永远自欺欺人地活着，而你也不可能永远骗着你自己。"

晚上，我一个人去看谢欣语。她的窗前，爬满了绿色的紫藤，倒垂的花朵吐着花期将至的残香。她穿着白色的睡裙，坐在花下，像凝在夜晚中的冰。

谢欣语说："小一，不知道为什么，我好喜欢紫藤的香气。"

我心里一颤，不想回答。

谢欣语转过头，看着我说："你好像不开心呢。"

我想了想，说："欣语，如果有一天，叶繁失忆，忘记了你。他再也不记得你和他所有的过往，你会怎么办？你会不会很难过？"

如今，除了谢欣语，好像再没人可以分摊我的心事了。可是，谢欣语听了这个让我心痛纠结的难题，却轻声笑了。

她说："小一，你傻不傻？他忘了我，又不是我忘了他。只要他爱我的一切都保存在我的记忆里，我还有什么好伤心的。我没有了现在的他，但至少还拥有过去的他。其实，如果真是那样，他才是应该被同情的人。因为他彻底失去了一个曾经爱过他的人，一个用尽全力爱他的人。"

谢欣语的眼睛亮闪闪的，像崩裂的水晶，现出粉身碎骨的美。

她说："小一，你这样问，是因为叶繁不记得我了吗？他已经好久好久没有来过了。"

我摇了摇头，说："是蓝桉不记得我了，他已经彻彻底底地忘了我。"

Forgetting 32：苏一，加油!

第二天，洛小缇打来电话，她说没想到会伤害到我。我说，没关系，这不算是伤害。

不是吗？

这只是事实，我必须学会接受，要不然我一生都要被它残害。当然，作为事实，它还有另一种可能，就是改变。

谢欣语的话提醒了我。

至少我还记得蓝桉，记得我与他的点点滴滴。

后来的几天，我一直在网上查找有关选择性失忆的成因，还借着探望谢欣语，咨询过主治医生怎样治疗。医生说，选择性失忆，并不是绝对的失忆，更多的，是心理因素引起的。

他的话，给了我希望。

那天，我陪谢欣语坐了一个下午，听她讲和唐叶繁的那些已经说过一万遍的往事。但我并不觉得厌烦，反倒有种无以言表的决绝。

其实爱一个人，就是一种信念。

信念不死，爱情不亡。

晚上，我打了一份辞职信发送到校长的邮箱。

我决定辞职了。我来曼德高中，是为了陪伴蓝桉。蓝桉走了，我也没有留下的理由。

钟南直到第二天下午才知道消息。那时我已经开始收拾自己的东西了。他站在我办公桌前，说："苏一，为什么走？"

我不知道要怎么解释。

我说："钟南，还好我们什么都没有开始。"

"不。"钟南坚决地说，"那是你。我早已经开始了。"

"爱情是两个人的事，不是一个人喜欢就可以。"

钟南静了静，反问我："你也知道是两个人的事？"

我哑然了。

"他都已经不记得你了，甚至都不惜伤害你，你为什么要为他不顾一切？你还这么年轻，难道你要把一生都浪费给一个根本不记得你的人？"

我无言以对，因为爱情从来都是不可理喻。

我抬起头，望着他说："你觉得，你这样不是在伤害我吗？"

钟南叹了口气，转身走了。

那天，我从办公室走出来的时候，发现走廊两侧站满了学生，有熟悉的，也有不熟悉的。

秦依瑶走过来，抱了抱我："谢谢你在我们的成长中，做过我们的老师。你的决定，我们不能阻拦，我们只有为你加油了！"

走廊里响起了潮水般的掌声，男生们此起彼伏地喊着："苏老师，加油！苏老师，加油！"

我的泪水，簌簌地滑落下来。

我发现，无论世界怎样改变，所有的真诚与单纯，都依然存活在校园里。而此时的我，真的就需要那么一点少年时的执着与勇气。

当我走出那条长长的、长长的走廊，午后的阳光，清朗地铺在我的身上。

我停下脚步，对自己说："苏一，加油！"

是的，我必须加油。我离开曼德高中的目的，只有一个，就是重新回到蓝桉的身边。这或许是我一生中最大的挑战。

可是，我根本无法逃避我的爱。

每当见到蓝桉，甚至是想到他，心脏都会传来真真实实的疼。我再也不能自欺欺人地掩盖。

他忘记我，不该是我退出的借口，而是我坚持的理由。

我相信总有一天，他会想起我，想起有关我们分分合合的痛与爱。

晚上，Q打来电话，约我在"小白"见面。

有时，我真不想回"小白"，没有了蓝桉、Icy和Q，这里便显得格外冷清。

Q在客厅里等我，她帮我倒了杯咖啡，说："苏一，你想好了吗？如果蓝桉不记得你，你可能忍受不了他。"

我故作轻松地说："我都已经辞职了，不上班就要失业了。"

Q微微笑了笑，说："我只能送你直接进终审，最终还要过蓝桉这一关。"

蓝桉回公司后，第一项改革就是成立管家部，推行"贴身管家"制。这个服务项目，在国内开展得比较少，即使有，也不够专业。像一些著名国际连锁酒店，关键人物到来，都是从香港或总部直接调海外管家顶上。因此蓝桉想招募一批新人，从安澜国际酒店做起。我觉得这是重新回到他身边最好的机会。当然，就像Q说的，她只能帮我直接进到最后的面试。过不过得了，还要看蓝桉。

Q说："回城里，你要住在哪儿啊？"

"我妈带我爸搬回落川镇了。再说，唐家的老房子一直空着，我搬过去，离安澜也比较近。"

"好吧。"Q拍了拍我的手，"加油吧，苏一。"

我"噗"的一声笑了。

大概我这一辈子听到的"加油"都没有这一天多。

我说："谢谢你，Q。"

Q说："谢什么呢？其实，不记得你的蓝桉，冷得就像一块冰。"

Broken Dream

梦碎
无泪
-篇-

爱情是无爱者的游乐园，
童话是清醒者的刑法场，
时间是承诺者的笑忘录，
你，是我青春的墓志铭。

Forgetting 33: 背后花样

不知不觉，已进入六月，城市里浮动起微热的暑气。双子大厦的玻璃幕墙，反射着耀眼的光芒。我穿着浅绿洋装，在"长草花园"里站了一会儿。

这一天，我要去面试了。我想不出蓝桉见到我，会怎样。

面试安排在十八楼的小会议室里，门外有二十几个人在等待，我排在最后。看样子，他们都是专业的酒店人，说话行动，都十分得体规范。我不由得紧张起来，时不时地拿出自己整理的笔记，反复地看。

直到这个时候，我才发觉自己太天真了。对于完全陌生的职业，靠临时抱佛脚简直就是妄想。

秘书叫到我的时候，我深吸了一口气，推门走了进去。会议室里坐着五个人，蓝桉就坐在中间，他的手里正拿着我的简历。

我礼貌地说："各位好。"

然后，在椅子上坐下来。

蓝桉放下手中的简历，冷冷地说了两个字："出去。"

我几乎不敢相信自己的耳朵，他竟没问一个问题，就让我出去。

场面尴尬极了，我僵坐在椅子上，准备的所有开场白都乱了。

我昂了昂头说："为什么？你们还没有问过我问题。"

蓝桉不耐烦地皱起眉，再次说了一遍："出去。"

我忘了，没有了关于我的记忆，蓝桉就是从前那个可以暴打女生的"浑蛋"。他没让我"滚"，就算是很客气了。

我来找他，其实就是在自取其辱！当年，洛小缇伸着脸让他打，都换不来他的垂怜和真心。我凭什么呢？我忽然想起，很久以前，洛小缇就曾说过，她不是输给了我，她只是输给了我与蓝桉的过去。

　　如今，我与他已经没有了任何前情，他对我，又怎么会有一丝怜惜？

　　我用力地咬了咬嘴唇，站起身向大门走去。就在这时，有人说："苏小姐，请留步。"

　　我一愣，转回身才发现，坐在最左边的那位面试官，竟是杜有唐。

　　蓝桉不悦地说："这个人没有酒店从业资历，我不会用。"

　　杜有唐却说："做过老师就是最好的资历，耐心、细心、性格温和、记忆力好，有心理学的基础。这正是我们需要的品质。其实有经验，有时也代表对这个行业麻木，缺乏激情。作为新成立的管家部经理，我也需要一些新人的热力。"

　　蓝桉大概没有想到，有人会忤逆他的意思。他转过头说："杜先生，我找你，是要你帮我，不是要你反对我。"

　　杜有唐轻声笑了，说："蓝先生，我就是在帮你啊。我怕你错过一个人才。我做这行十几年，知道什么样的人，才有潜质。你既然把我从海外调回来，就要相信我的眼光和能力。"

　　我不知哪里来的勇气，突然张口说："蓝桉，你自己说过，我们从前都是零。那就请你把我当成陌生人，客观地对待我，听一听专业人士的意见。"

　　我一眨不眨地看着蓝桉，四周极度安静。

　　他沉静了一会儿，然后向身后一靠说："好，你被录用了。现在你可以出去了。"

　　他用他的轻蔑与不屑，轻而易举地刺伤了我。

　　我撑起微笑，向面试官道了再见，尽可能从容地走出大门，直奔洗手间。

我站在洗手台前，死死地盯着镜子里的自己，说："苏一，不许哭，这只是开始。"

是的，这只是一个开始。至少我的第一步，已经成功了。

我渐渐平复了心情，从洗手间里出来，刚好碰见杜有唐。我迎上去说："今天谢谢你。"

杜有唐说："不用谢我，还是谢谢Q小姐吧。你的事，她和我说了。她要我今天一定保住你。"

原来是Q早有交代。

我说："那也要谢谢你啊。敢得罪蓝桉的人，真的不多。"

杜有唐说："苏一，在伊斯坦布尔，我看过他留给你的视频。如果有一天，他想起从前，他一定会悔恨今天所做的事，也会感谢我留下了你。"

我再次说："真心谢谢你。"

杜有唐却说："光谢可不行啊。我替你吹了那么大的牛，入职以后可不要让我打自己的脸啊。"

我坚定地说："放心，我一定会努力的。"

告别杜有唐，我去找Q。她在酒店里有一间常年套房。

我一进门，她就关切地问："面试怎么样？"

我说："还好，杜有唐救了我。"

Q笑了笑，说："就知道他这个人有能力。"

我在客厅的沙发上坐下来，Q从冰箱拿出两罐啤酒，递给我："来，庆祝一下。"

我们拉开啤酒拉环，"噗"的一声，喷出一股愉悦的气泡。

就在这时，门铃忽然响了。

Q问："谁啊？"

"是我，蓝桉。"

Q的脸色一下就变了。

她拉起我，直接推进壁橱，说："抱歉了，别给我惹麻烦。"

我还来不及反应，她就拉上了门。我透过百叶窗的缝隙看见Q急匆匆走向门口，可是她走了两步又折了回来，拿起桌子上的啤酒放进冰箱，才赶去开门。

Q佯装自然地说："面试完了？"

蓝桉走进房间，没有坐下。他直视着Q说："记住，以后不要在我背后玩花样。"

Q紧张地说："什么花样？"

"苏一怎么进的终审，你比我清楚。"

"我……"

"不用解释，你只要记住，没有下一次。"

蓝桉的语气，冷得让人发抖。

他用眼角余光扫了一眼桌子，说："你有客人？"

桌子上的啤酒虽然已经拿走了，但仍留了两圈水迹。

Q尴尬地说："已经走了。"

蓝桉环视了一圈房间，踱步到壁橱前，停下来。

我不知道他有没有看见我，我只有屏住呼吸一声不响地站着。我们之间隔着一扇细密的木质百叶窗，但我依然感受得到他迫来的阴霾的气息。

他突然"砰"地猛捶了衣橱门，巨大的声响，吓得我几乎叫出声来。

他说："别在我背后做事，否则，你会后悔的。"

我不确定他在说给谁听，只觉得他让人冷到骨子里。

蓝桉说完就离开了。直到Q关起门，我才从壁橱里走出来，心脏仍慌乱地跳着。

我说："对不起，给你惹麻烦了。"

Q却叹了口气："唉，真不知道治好他，是对，还是错。"

Forgetting 34：触动心灵的攸面窝窝

命运就像是个诡黠的商人，总在给予你的快乐里，偷换进一份不可言宣的伤。

他把蓝桉还给了我，却抽走了他的智力；他把健康还给了蓝桉，却抽走了我。

真不知道，他什么时候会把完整的快乐，还给曾经天真无邪的酥心糖和蓝小球。

三天后，我收到安澜国际的offer。杜有唐作为管家部经理，给我们做了一个月的培训。我发现这个行业，完全不像看起来那样轻松简单。

培训的最后一天，杜有唐关掉了PPT，擦掉白板上的字，说："讲了这么久，不知道大家对贴身管家有什么理解？"

他停了一会儿，自问自答地说："其实，我们就是神棍。"

所有人都笑开了。

杜有唐开过玩笑之后，正色说："我之所以这样说，是因为我们和神棍一样，拥有强大的背调网络，收集所有VIP的个人喜好，让他们在住进任何一家安澜国际的旗下酒店，都能拥有完美一致的住店体验。事实上，不论多么豪华的酒店，总有一天会被复制，唯有不断更新的服务，才永远不会被超越。要知道，我们服务的客户，都是富豪、政要。在我们看来很昂贵的东西，在他们眼里，不过是生活的常品，真正让他们记忆深刻的，往往是那些能够触动心灵的关怀。比如，一束来自家乡的鲜花，一份充满回忆的小食，或是……一块栗子蛋糕。"

杜有唐看着我，会心地笑了。而我难为情地低下了头。

这一个月里，我很少见到蓝桉。他有他的专属电梯，专属楼层。即便我们每天在同一幢大厦工作，也很难见到。当然，我不能急于一时，接近蓝桉是个漫长的过程。Q用小T做抵押，才能维持他们的信任，而我手中还没有任何筹码。

那天，培训结束之后，我正式得到访问安澜VIP网络的权限。中午时分，办公室里没什么人。我犹豫了一下，在搜索栏，敲上了自己的名字。

我很想看看自己在VIP里究竟有怎样的备注，可是当我敲下回车的时候，却发现VIP里，已经没有了我的名字。

我失落极了。

忽然有人在我背后说："查什么呢？"

是杜有唐。

我慌忙关了页面说："没什么。"

"是在找栗子蛋糕吗？"

我站起身说："杜经理，以后不要提我和蓝桉的事了，可以吗？我现在只是个普通员工。"

杜有唐微微笑了，说："抱歉。其实我只是想提醒你，食物这个东西，最能触动人的心灵，唤醒沉睡的记忆。"

我一怔，脑子里飞掠过一道光。

我惊喜地说："谢谢你，我明白要做什么了。"

杜有唐看着我，微微笑了。

那天下班，我在大厦的门前，见到了钟南。他穿着干净的T恤，推着一辆单车。我走过去说："你怎么来了，不用上课吗？"

"今天放暑假了好吗？我来看看你。"

我恍然发觉竟已是七月了。不得不承认，天天和孩子打交道的人，就是有种朝气蓬勃的年轻气息。我才进安澜一个月，就和他有了明显的年龄差。

钟南说："请你吃饭。"

我说："我请你吧，我正要去一家特别的饭店呢。"

如果说，有一样可以唤醒蓝桉记忆的食物，那一定是莜面窝窝。那家我们曾经常去的小店，现在依然开着，还因为一档美食节目的采访变得小有名气。

钟南拍了拍单车，说："上来吧，我驮你去。"

好久没有坐在单车后座过了，虽然天气炎热，但拂过耳畔的风，却让人心底清凉。

钟南在我的指挥下，很快骑到了莜面馆。羊肉汤厚美浓醇的香味，从店里溢出来。钟南捂着"咕噜咕噜"叫的肚子说："哇，这你也找得到。"

唉，他和蓝桉总是有不期而遇的相像，我第一次带蓝桉来这里，蓝桉也是这样说。

老板娘和我已经很熟了。她一见到我，就要给食客们介绍"这姑娘吃我们家窝窝，从小吃到大"。

我带着钟南一进门，她就惊喜无限地说："呀，你男朋友好了啊？"

我尴尬地咳了咳说："他不是蓝桉。"

老板娘仔细看了看钟南，嘟囔了一句："这孩子也太像了。"

我说："老板娘，今天我来不只是吃饭，还有件事求你。"

"什么事啊，还用求？"

"教我做莜面窝窝。"

那天，我和老板娘说了原委。她觉得我一时可能学不地道，于是包了一大包的半成品给我。她还给我写了张纸，上面写着窝窝要蒸多久，煮羊肉汤下料的顺序和时间。我要付账的时候，她却拒绝了。她说："小一啊，我是看着你俩恋爱的。从偷偷摸摸的学生，就开始了。这点儿东西，就当阿姨帮你忙了。你这么喜欢他，他一定会想起你的。"

我有点儿哽咽了，只能用力地点点头。

回程的路上，我一直在想，蓝桉一定会想起我的吧。那么多萍水相逢的人，都愿意帮助我。上天一定会把这些期望会聚在一起，唤醒蓝桉记忆中的我。

钟南一边蹬车，一边说："苏一，如果蓝桉一直想不起你，你要怎么办啊？"

我要怎么办呢？

我说："我就让他重新爱上我。"

不是吗？

如果他曾经爱过我，那么他以后，也会爱上我吧。

Forgetting 35：只是不记得你

每个周三，蓝桉都会在大厦的中餐馆蝶翠厅吃午餐。这一天，他坐在老位置上，正准备点菜，却闻到一缕熟悉的香气。

他抬起头，发现杜有唐正坐在邻桌吃饭。

他说："什么东西？"

杜有唐说："在试新菜，粗粮精做，原汁羊肉。蓝先生要不要也来一份试一试？"

好吧，其实就是我做的莜面窝窝配羊肉汤，但是被杜有唐这么一说，马上就有了高端的感觉。其实，我一直躲在一扇木石屏风后面悄悄看着。

蓝桉探头看了看杜有唐的桌子，说："给我一份吧。"

我心中一喜，飞快地跑回厨房，把刚刚蒸好的"窝窝"摆进骨瓷碟，再把滚热的羊肉汤盛进玻璃汤碗。

服务生接过托盘的时候，我不放心地叮嘱："小心一点儿哦，千万别洒了。"

因为我像巫婆般在熬煮中，下了无数咒语，真希望他能一点儿不剩地喝下，然后想起我。

当窝窝摆在蓝桉面前的时候，他没有动，先是微微探身，闭起眼，嗅了嗅馥郁的香气，才夹起一只窝窝放在汤碗里，浸透，放入口中……

我躲在屏风后面，屏息看着他的一举一动，心跟着他不紧不慢的节奏，提到了嗓子眼儿。

可是蓝桉的脸上看不出什么表情，只是他细细咀嚼了一会儿，微皱的眉头，缓缓散开了。

我的心，也随着他微微的愉悦放回来。从不知道，原来偷看一个人吃东西也可以这么幸福。蓝桉把窝窝和羊肉汤吃得一干二净才停下筷子。我的眼睛却莫名地湿润了。

他是喜欢的吧，喜欢着我们童年最爱的食物。

杜有唐看他意犹未尽的样子说："怎么样，还不错吧？"

蓝桉点点头："味道很好。"

他用勺子敲了敲玻璃碗，说："要是红泥砂碗，就更好了。"

杜有唐笑了，说："蓝先生真是行家。"

整整一天，我都停留在自我陶醉的幸福中。一想起蓝桉把我亲手做的食物，吃得一干二净，嘴角就会不由自主地扬起笑容。我暗自构起一个小小的计划，把蓝桉与我所有美好的回忆，都以不经意的方式，重新呈现在他的面前。这样说不定他会在一步一步地催动下，找回我。

刚入职的贴身管家，是要三班倒的。这天下班，已经是深夜，外面下起了暴雨。看着路面汪洋的积水，我想等到雨停下再走。其实，我可以去找Q的。可是想想上次被蓝桉堵在壁橱里的经历，我不想再给她惹麻烦。

于是，我从办公室出来，一个人去了五十二楼。

我一直想来看看，但又一直恐惧。因为当年蓝桉就是从这里掉落下去，摔成了重伤。

当电梯门打开的一刻，我的心就浮出一线遥远而熟悉的恐惧。

五十二楼没有客房，夜晚只亮了昏暗的地灯。我向那扇通往天桥的玻璃门走去，忽然发现一个人影站在玻璃幕墙前。

看那颀长的剪影，就知道是蓝桉了。

我停下脚步，犹豫要不要过去。在他没有想起我之前，我有些怕与他面对面地独处。他森冷的态度，总是让我感到绝望。

就在这时，蓝桉忽然说："来了，就过来吧。"

他是在和我说话吗？

我看了看四周，确定除了我，再没有别人。我讷讷地走到他身边，和他一起看窗外如注的雨，城市的灯火像离散的萤火，明明灭灭。

蓝桉说："今天的新菜是你做的吧？"

我装傻地说："什么新菜？"

"以后不要再做这样的事。"蓝桉就是这样，永远坚信自己的判断，根本不会花时间和你争辩。

我自然也就装不下去了。

我说："你不觉得莜面窝窝的味道很熟悉吗？那是我们小时候最喜欢吃的东西……"

蓝桉厌烦地说："是杜有唐教你的这些小伎俩吧？对付那些客户还可以。"

被他这么直白地戳穿，我有点儿难堪。我说："我只是希望你能想起我。"

蓝桉不屑地仰了仰头："你纠缠我不放，是为了钱吗？想要多少，我可以给你。"

每天我都会提醒自己要坚强，可是每一次，蓝桉都会找到我最脆弱的一面，用冷漠与蔑视，鞭挞我的自尊。

我说："我不要钱，我只要你。你懂吗？我们经历了那么多磨难，不该是这个结局。这和钱没有一点儿关系，这只关系我爱你。"

我指着天桥，说："你记得你在这里做过什么吗？你曾经在这里做过一场跑酷表演……"

"要我提醒你吗？"蓝桉依旧残酷地截断我，"我记得所有的事情，我只是不记得你。"

我要被他逼得疯掉了。

我说："那你还记不记得，你在这里说过什么？你说你只要活着，就不会放过我！你现在明明活着，为什么放掉我，为什么？"

我不能回想过去，因为每一次回想，都会带我坠进溺室的寒潮。而我更不能面对现在的蓝桉，他的冷，足以冻结我全部的希望。

我无力地垂下头，心里只剩一把寒凉。

蓝桉却轻轻托起我的下巴，说："如果你真的爱过我，就该知道我曾经说过的话。"

我颤声问："什么？"

"不管你从前过得好，还是不好，千万不要回转头。"

我的泪水瞬间涌出了眼眶，我说："可是，我已经回头了，我已经变成一根不能前行的盐柱了。"

蓝桉用他漂亮的手指，抚去我脸颊上的泪痕，轻声说："真遗憾。可那是你的事，与我无关。"

说完，他就扔下我，转身走了。

我脱力地跪在落地窗前，任眼泪像窗外的大雨一样，飞落不停。

突然，一道凌厉的闪电劈开黑色的夜空，我在一闪而过的电光里，竟看见对面B座的落地窗后站着Icy。

他穿着黑色的卫衣，没有血色的面孔在亮白的电光里，显得格外阴冷。

我莫名地打了个寒战，心里隐隐溢出一丝莫名的恐惧。

Forgetting 36：哀莫大于心死

杜有唐安慰我，不要操之过急，凡事都要有个过程。他说："你知道，就像我们对客人满意度的营造，不只是一道美食，还要通过气味、陈设等一系列的细节来完成。所以，对蓝先生，你也要慢慢来。"

我长长地叹了口气："我不是怕等，我是怕还没等到他想起我，我就已经被逼得咬舌自尽了。"

杜有唐说："心态是最重要的。如果你只看到过程，很快就会乱了方寸，但是你心里抱定了结果，中间的过程，也就都不难了。"

我点了点头："谢谢你，这么帮我。做你手下，真是幸福。"

杜有唐说："帮你，不只是因为你是我手下。"

"还为什么？"

"你是我十几年的职业生涯中，唯一一个哭得那么惨的

VIP。"

想起自己在伊斯坦布尔痛哭的糗相，我的脸立时红了。

不久，我入职后第一个大项目很快就来了。安澜接下了九月的国际珠宝展，我被分配接待一位重中之重的人物，名列"最头疼"榜之首。

其实，这样重要的VIP，不该交给我这种新人。不过杜有唐将客户资料发给我之后，我就明白为什么了。显然他对我的背调也做得相当完整。

那位客人名叫秦克威，是秦氏珠宝行的董事长，旗下四十二家连锁店，遍布全球。

杜有唐说："他是你以前一位学生的祖父吧。"

是的，他是秦依瑶的祖父。

那天晚上，我正当班，拿酒店的电话找到了秦依瑶。她现在已经毕业去美国了，就住在他祖父家里。其实，当初回国读中学，就是他祖父的决定。虽然老先生在海外打拼几十年，但依然觉得国内对孩子的教育，远胜于美国。

秦依瑶听说由我负责接待她祖父，高兴极了，把她祖父的个人喜好说了个遍。比如进门一定要有一缸金鱼；特别喜爱"6"这个数；喜欢吃印度菜；睡觉的时候，要在枕头下放一把剪子，最好是"张小泉"的，德国"双立人"的也行……

我想一定是她爷爷活得太久了，积攒了无数稀奇古怪的癖好。

后来，我们聊起了她的近况。她说她不准备马上上大学，想先玩一年。我说："不好吧，还是学业要紧。"

秦依瑶说："这边都这样，趁年轻，先做点儿有趣的事。"

显然我们的眼界不在一个级别。

秦依瑶说："对了，苏老师，你还记得孟格吗？"

"怎么了？"

"演出之后，他又跑去做千夏的跟班了。"

我一怔，秦依瑶的语气里，分明藏着淡淡的怨。想不到她对孟格，竟然动了真感情。

我劝她："算了，都毕业了，就别追究了。"

秦依瑶说："我不是想追究，只是觉得自己有点儿傻，明知道孟格是千夏的'死饭'，我还天真地以为，他喜欢上了我。其实，我现在不恨千夏。当初也是我不好，嫉妒她漂亮，换包包比我还快，是我先招惹了她。"

我说："几个月不见，刮目相看啊。"

秦依瑶笑了，说："苏老师，我发现人一旦离开原来的环境，看许多事的角度就不一样了。以前和千夏就是水火不容，非要胜她一筹。可是现在看起来，反倒觉得自己好可笑。那点儿小事，有什么好争呢？而且，千夏就像是巫女镇来的女生，和她作对真是自讨苦吃。"

就在这时，我的手机响了，是酒店的客人打过来的。我和秦依瑶说："先不聊了，有工作。"

秦依瑶说："好，过几天我搭我爷爷的飞机，回国看你。"

打电话过来的，是住在十八楼的日本客人，昨天刚刚入住。

他一开门，我就闻到一股扑面而来的酒气。电影里五星级酒店里的客人，都是风度翩翩、气宇轩昂的绅士。可是现实里，肯定要失望了。特别是今天晚上的这位，更是猥琐到了极限，五短身材，龇着一口难看的牙。

我礼貌地说："武藤先生，您有什么事？"

武藤用一口日腔中文说："小姐的，有没有？"

上班以来，我还是第一次遇到这样直白下作的场面。我尴尬地说："抱歉，我们没有这项服务。"

武藤不满地说："没有？那我怎么办？"

他看着我，忽然嘿嘿笑了，那笑容让我感到毛骨悚然。我转回头，看了眼楼面柜台，竟然没人当值。

武藤趁机一把抓住我的胳膊，把我向房间里拖去。我慌了，抓住门边说："你要干什么？"

可他看起来矮小，力气却不小，借着酒劲野蛮地把我拉进房间。我真的有点儿怕，顾不得形象，大声呼救起来。

武藤却变得更加兴奋，他一只手掐住我的脖子，一只手撕扯起我的衣服。我尖叫着和他厮打，拼力保护自己，可仍然被他推倒在床上。

我怕极了，奋力挣扎着。突然，武藤的身体，从我身上直直地立了起来。

我慌乱地从床上爬起来，才发现竟然是钟南。

他抓住武藤的后领，把武藤直接摔在地上，拳头像雨点一样砸过去。

这时，保安也到了，拉开了他们。

钟南看我衣裳不整的样子，拉起床上的毯子围在我身上，顺势把我紧紧地搂在怀里。

那一刻，所有的后怕才排山倒海般地涌过来，身体不受控制地颤抖着，眼泪止不住地往下掉。

保安带着武藤和我们一起去了安保部。

蓝桉听到消息，也来了。整个安保中心，因为他的到来，变得格外肃寂。

武藤的酒醒了，一脸不在乎地说："我只是和她玩一玩。玩一玩，懂吗？"

钟南愤怒地爆了粗口："玩你妈！"

蓝桉却轻声咳了一下："苏小姐，请向武藤先生道歉。"

我以为自己听错了，不敢相信地问："你说什么？"

蓝桉说："你应该听清了吧。"

武藤大概也没想到会是这样的结果，嚣张地对我说："听到没有？向我道歉。"

钟南看着不可理喻的蓝桉，说："你脑子是不是没治好啊！有病！"

他搂过我说："咱们走。"

蓝桉却在我身后冷声说："苏小姐，明天你可以不用来上班了。"

刹那间，我恍如听见心底结冰的声响，一层层地漫上来。

他还是曾发誓要保护我的蓝小球吗？

难道他不记得我，就可以当作无限伤害我的理由吗？

我转过身，走到蓝桉面前，缓缓松开紧裹的毛毯。身上被撕扯零乱的衣服和脖颈间被抓的伤痕，像一片惨烈的战场，一寸寸暴露在他眼前。

我说："你是真的忘了我，还是要继续折磨我？如果是后者，你做到了。我今天会向他道歉，但请你看清他对我做了什么。杜有唐说，只要心里抱定一个结果，经历怎样的过程，就都不重要了。可是，蓝桉，这个过程太难了，真的太难了。从今以后，我不会对你抱有任何幻想。我只会在你身边静静等着，等着你想起我，或是永远遗忘我。"

蓝桉的目光，缓慢地逡巡过我的身体。我恍惚看见一丝怜惜，却转瞬即逝。

我不确定，那缕柔和的目光是否真的存在过。

因为蓝桉用冰冷依旧的语气对我说："你的话太多了，我只想听你对客人说三个字。"

我咬了咬牙，侧头对武藤说了声"对不起"，然后一眨不眨地盯住蓝桉说："你满意了？"

我的眼睛睁得极大，因为我想看清这个没有一丝感情的外壳之下，究竟藏着怎样的一个灵魂。

蓝桉却不在意地说："你可以走了。明天不要迟到。"

钟南从地上捡起毛毯，围在我身上："咱们走。"

我被钟南拉开了，可目光依旧倔强地不肯放过蓝桉，我说："放心，我明天一定不会迟到，浑蛋！"

从安保中心出来，我看见了Q。她也听到了消息，一直等在门外。我去她的套房，换了衣服。我站在镜子前的时候，才发现自己的眼里竟没有一滴泪水。

也许是哀莫大于心死吧。

一颗死掉的心，还怕什么伤害？戳一刀和戳一百刀，能有什么不同？

Q在我身后说："苏一，对不起。"

"为什么说对不起？"

"蓝桉他……"

我整理着衣服说："其实，今天挺好的，灭绝了我所有的幻想，可以让我踏踏实实地想想自己的未来。"

钟南一直坐在客厅里等我。他见我出来，站起身说："走吧，我送你回家。"

已经是凌晨了，夜凉如水。

钟南陪着我走了一会儿夜路，我才想起问他："你怎么这么晚来找我？"

钟南看了看表说："现在是我生日了。本来想第一时间听到你的祝福，没想到……"

"能英雄救美，也不错。"我强打起精神和他开起玩笑。

钟南嘿嘿地笑了，说："我到的时候，你同事说你刚上十八楼。我等了半天也没见你回来，就找上去了。幸亏我上去了，要不然多危险啊。"

我说："过生日怎么不早说呢？我都没准备礼物。"

"本来要你陪我一天当礼物的，不过现在，你没心情和我玩了吧？"

我默默地点点头："我会把礼物补上的。"

钟南送我回到小区，我没有让他上楼。

我打门，房间里黑沉沉的。

我踢掉鞋子，像湿透的棉花，瘫倒在床上。

我的大脑一片空白，只有蓝桉冷漠的样子，像挥之不去的梦魇，浮动在我的眼前。

这应该就是心痛到绝境的感觉吧。

没有怨愤，没有眼泪，像坠进吸纳光线的深空，冰寒、麻木。

我张着嘴，却仿佛吸不进足够的氧气。

身体枯萎顿朽成粉末，意识消弭近虚无。

唯一让我觉得自己还活着的证据，就是心口那点儿冥冥不散的疼。

如果上天还有一丝怜悯，就让我也忘记他吧。从此一拍两散，各自天涯。

Forgetting 37：青春的苍凉

第二天，我来得很早。一到公司就听同事说，杜有唐因为昨天的事，去找蓝桉了。

我连忙去了蓝桉的办公室，我不想因为我，再连累杜有唐。

秘书看见我，把我拦在了外面。不过，办公室的门没有关紧，杜有唐的声音从里面传出来，他说："你怎么还有'客户就是上帝'这种过时的服务理念？你知道一个酒店最根本的东西是什么？不是它的客户，而是它的一线员工，如果他们带着顾虑上岗，带着怨言上岗，甚至是带着恐惧上岗，我们苦心经营的形象，将毁于一旦。至于武藤这样的客人，你以为我们主流客户群，会愿意与这样的人为邻为伍吗？"

我以为蓝桉会大发雷霆，心里替杜有唐捏了把汗。可是蓝桉却平和地说："你说得对，这件事我处理得不够好。"

杜有唐大概也没想到蓝桉会这么坦然地接受了。他顿了一下说："因为她是苏一，你才偏颇了，对吗？"

蓝桉没有回答。

杜有唐说："蓝先生，你是我见过的，最年轻、最理智的商界精英。你不该让自己的个人情绪左右管理上的判断。不管苏一以前是不是你的女朋友，你现在都已经不记得她了。所以，请你把她当成一名普通的雇员来看待，不要故意刁难，和她撇清关系。"

蓝桉沉声说："你的意思我懂，但不用给我戴那么高的帽子。记住，我不是你的客户。"

杜有唐说："好吧，你是我见过的，唯一对客户心理学完全不受用的人。这句不是高帽。"

蓝桉说："没别的事，就请回吧。"

听蓝桉的口气，没有愠怒的意思，我这才悄悄地松了口气。

杜有唐从办公室里出来，看见了我，关心地说："昨天受委屈了。"

我摇了摇头说："没什么。"

我们一边走一边聊起来。

我说："其实，你不用为我得罪蓝桉的。"

"我也不只是为了你。"

我不解地问："什么意思？"

杜有唐说："'贴身管家'是今年新成立的主打项目。你昨天的遭遇，如果不能端正地对待，咱们部门的人心，很快就散了。换个位置想，如果你听到同事出了这样的事，上司又无作为，你还有心工作下去吗？"

我摇了摇头。

"所以我进门前，有意没有把门关紧，好让秘书听见，以八卦的方式传出去。这样员工就会觉得他们的头儿，会为他们出头，维护他们的利益，心也就定了。这比公司正式出个条文规范，效果好得多。因为大部分人都信八卦，要不然微博比新闻联播更有受众呢。"

我恍然大悟地说："原来是这样！"

杜有唐说："其实蓝先生也是这个意思，所以他很配合地肯定了我。以此传递他深明大义、知错能改的公众形象。"

我继续恍然："怪不得他没生气。"

不得不说，工作中的蓝桉总是有超越年龄的冷静与睿智。我说："真心觉得，你们才是天设地造的一对。"

杜有唐"噗"的一声笑了。他说："苏一，我有些心里话，想和你说。蓝先生，不是个一般的人。他招我回总部时，我们有过一次长谈。我很佩服他。他有一句话，让我记忆犹新。他说，不论你从前过得好还是不好，千万别回头。不是吗？人的眼睛，不前后各生一只，就是要你向前看。过去的事，永远不可改变，只有未来才会充满可期待、可操控的变数。"

杜有唐停了停说："苏一，你是聪明的女孩儿，你为什么一定要费尽心力去找回过去呢？未来才是你应该争取的。蓝桉只看得上聪明、有才华的人，你越是乞求他，他越会鄙视你软弱的性格。一个人活着，除了爱情，还有许多事可以做。所以，加油吧，苏一，别人的人生，你管不了，但至少可以把自己的人生，活得精彩点。"

杜有唐的话，像一簇烟火，悄悄燃亮我的内心。

是啊。我为什么要做不能前行的盐柱呢？我已经失去了过去，不该再放任未来。

蓝桉生病的时候，我期盼他好过来；蓝桉遗忘我的时候，我渴望他想起我。其实，除了蓝桉，我忘了还有一件同样重要的事，就是做好苏一。

不是吗？

蓝桉是什么？

他是我生命中，一棵无畏疯长的树。

从我五岁那年遇到他，我们就再没有停止过纠缠。

我们用整个青春，见证了爱情的苍凉。

以深爱的名义，赐予对方伤痛；以不舍的姿态，桎梏彼此的生路。

其实，我们就是命运的一对玩物，随它心情，任它摆布。

它要我们相爱，我们不能拒绝；它要我们分离，我们不能改变。

所以，我唯一能做的，就是做好自己，等待命运的下一次垂怜。

Undercurrent

暗澜
隐喻
-篇-

拥有曾经，失去现在。
抱拥希望，不思未来。
爱是迷途的河流，
皈依海洋，还是化作飞沫？
Whatever,
Who care.

Forgetting 38：独自开谢

蓝桉是什么？

我的青春？至爱？生命？神或是一切？

都不是。

现在，他只是我年轻、聪明、理智、冷酷的大Boss。

洛小缇说得没错，没有期望，就没有失望。

这几天，洛小缇经常来找Q。她希望把自己的"缇"，在国际珠宝展会上重点推荐。不过这件事，Q也帮不上太多的忙，毕竟酒店只是承办方。

如果赶上我下班，洛小缇就会顺便约我出去玩。有时钟南来找我，也会一起同去。

洛小缇每次必玩的项目，就是K歌。当然，不是因为洛小缇变得特别爱唱，而是平时根本不能唱。她那位从小在大剧院听歌剧长大的男朋友，听她在包房里狼嚎一首歌，就已经是极限了。洛小缇说："我和Lino有文化代沟你知道吗？他的娱乐项目都太高大上了。偶尔喝杯香槟、听场歌剧、看个画展什么的，还觉得新鲜，每周都是这套节目，真让人受不了，还是啤酒炸鸡最爽快。"

我越来越喜欢和洛小缇在一起了，因为她身上总有取之不尽的欢乐气息。她对烦恼的态度，就是"去他的烦恼，给老娘滚远点儿"。

钟南听了，点赞不已。他说："苏一，你应该学学小缇，看事情多洒脱。"

我用鼻子哼着说："那是你没看过她钻牛角尖的时候，她当年可是把脸伸出去……"

洛小缇扔下麦克风向我扑过来："你不想活了是吧！"

我们嘻嘻哈哈地打成一团。

这样的时光，我总觉得自己好像又回到了不知愁的少年时代，打打闹闹的日子，简单漫长，每天最大的烦恼，就是做不完的习题集。

钟南去洗手间的时候，洛小缇和我挤在一起，说："小一，这样多好。你要想开点儿，蓝桉不记得你，你也把他当作陌生人好了。我告诉你，没有期望，就没有失望。你不期待，说不定就有惊喜等着你呢。"

其实，我也是这样想的。也许是我对他渴求得太多，才把自己搞得疲惫不堪。蓝桉能恢复智力，已经是个奇迹。即便有个忘记我的副作用，又何必强求呢。

而我把蓝桉摆正了位置，相处起来，好像就没那么难了。在我眼里，他就是我严厉精明的老板，那他对我的苛刻也就没什么不能接受了。

我渐渐学会了用一种新的模式来面对他。

像Icy给我讲的那个《昙花与韦陀》的故事，以一种独自开谢的姿态，日复一日地等。

8月16号，一位叫戴何铭的VIP入住，我接待了他。

显然公司的背调并不完全，上面只写了他毕业于瑞士洛桑酒店管理学院，却没记录他是Icy的校友。他check in的时候，蓝桉和Icy都来了。我这才知道，Icy在瑞士读过一年酒店管理硕士，把蓝桉也带去疗养了一年。

不得不说，Icy和蓝桉站在一起，真是吸睛的一对，穿过大堂的客人，都不由得抛来惊艳的目光。他们的身上，都散发着拒人千里的冷，只是一个是坚硬锋利的冰，一个是冰寒蚀骨的水。他们像是一种生物变幻出的两种形态，迥异妖娆，却也有种掐不断的默契。

说起Icy，除了那次在五十二楼的落地窗后看见他，我一直没有见到过他。他跟着蓝桉，搬回那幢宫殿般的大房子之后，我与他就很少来往了。

戴何铭第一次见到正常的蓝桉，感慨万千。

我趁着他们寒暄的时候，和Icy说："没看出来，你学历这么高？"

Icy说："我是为蓝桉学的，那时候他管不了公司，我总得帮他。"

Icy的语气，透着薄薄的疏离。大概是因为蓝桉回来了吧。之前我们之间建立起的友情，都淡减不见了。其实想想，一个从前天天用心琢磨、用心整治我的人，怎么可能真的把我当作朋友。

戴何铭的房间，安排在四十八楼的豪华套房。我带着他上楼，拿出房卡帮他打开房门。

戴何铭站在门前，微微皱了皱眉，没有进去。

Icy好像明白了什么，说："对不起，苏小姐可能不了解情况，我帮你换个房间。"说完，他就给总台拨了电话。

我完全不明白发生了什么，迷惑地问："戴先生，这个房间……"

戴何铭很客气地说："抱歉，我对花粉过敏，给你添麻烦了。"

我看了眼房间茶几上的那束盛开的香水百合，立时明白了。那束百合，是我要求摆进去的，是为VIP准备的首日鲜花。

我连连道歉："对不起，对不起，是我疏忽了。"

蓝桉的嘴角，依然噙着微笑，但眼神足以把我冻成冰雕。

Icy很快换好了房间，带着戴何铭去了另一间房。

我尴尬地跟在后面。蓝桉在一旁说："苏小姐，你不用过去了，到我办公室等我。"

我心底一凉，看来我又有把柄落在他手里了。

蓝桉的办公室十分宽敞，只是暗棕色的陈设，让人感觉有些威压沉抑。一侧放置着一张宽大的办公桌，另一侧是整墙的书架和一围真皮沙发。

我在沙发上坐下来。等他的时间，我用手机接入公司内网，调出了戴何铭的资料，病史这一栏里，竟真的有"花粉过敏"这一条。

我明明记得里面添的是"N/A"，难道是我记错了？

就在这时，蓝桉进来了，我立马站起身来。他没有坐到他那张大办公桌后面，而是走过来，示意我坐下。

不得不说，这样的蓝桉，真的好帅，成熟、沉稳、纤长的眼睛，闪烁着男人自信认真的光。

他解开西服的扣子，在我面前坐下来，说："苏一，先和你说声抱歉。那天，我的确有些过分。"

我不明所以地看着他，说："你……想起我了？"

蓝桉摇摇头说："我只是想和你公正地谈一谈。之前，我对你的确很抵触。不知道你能不能明白这种感受，你对于我来说，就是个陌生人，可你却口口声声要做我女朋友，真的让我很厌烦。"

蓝桉这样坦诚地和我说他的感受，我反倒觉得是自己有些鲁莽了。我低低地说："对不起。"

蓝桉摇了摇头："你不用急着道歉，我和你说这些的意思，是想告诉你，我现在不带任何偏见地对你说，苏一，你不适合做这份工作。作为你曾经的男朋友，我不想由我辞退你，你自己辞职吧。"

我愣了半晌，才反应过来他在说什么。这就是所谓的"成熟"吧，刚才的低姿态，不过是为辞退我，做一个顺理成章的铺垫。

我说："你听我解释，我接手戴先生的时候，资料里就没有花粉过敏这一条。"

"戴先生是我从英国请回来的酒店方面的专家，他还在考虑要不要过来帮我。你的疏忽已经直接影响他对我们酒店的感观和判断。苏一，如果你真的做过我女朋友，应该知道我是个怎样的人。我决定的事，不需要听别人解释。"

我还能说什么呢？

我努力告诉自己，眼前这个人，只是你的Boss。他现在不想用你，你最好别再争辩，乖乖闭紧嘴巴。

我僵直地站起身，走到门前。

蓝桉忽然叫住我："苏一。"

"什么？"我停下来，没有回头。

"明天别忘了交一份辞职报告给杜有唐。"

我哼地发出一声冷笑，拉开办公室的门，却看到Icy正站在门外，刚收起偷听的姿势。

他无声地让在一旁。

我说："没听清吗？我告诉你，我明天，主动辞职了。"

Forgetting 39：虫洞时刻

八月的日光给城市披了身闪亮的金甲，周身流转着耀眼的光。我没有回办公室，直接走出了大厦，走进狰狞的暑气里。

我打电话给洛小缇："出来K歌。"

"啊？"洛小缇惊讶地说，"现在啊？Lino他……"

我口气散淡地说："不用为难，来不了就算了。"

"来。"

洛小缇从来都是舍命陪君子的典范。那一天，还能找到的人，就是暑假赋闲在家的钟南。

不是休息日的午后，偌大的歌城只有我们三个人。钟南要了两打喜力。我说："不，要二十打。"

洛小缇和钟南不约而同地说："啊？！"

洛小缇说："你疯了，小一，就咱们三个人。"

我拿起麦，大喊一声："今天喝不完，就别走！"

我们鬼哭狼嚎了两个小时，人就开始犯晕了。钟南还好，一个人站在立麦前，扯着脖子狂喊林肯公园的老歌。

我和洛小缇依偎在一起，像一对快要化掉的冰激凌。洛小缇半眯着眼说："说吧，怎么了？"

"我辞职了，不该庆祝吗？"

洛小缇坐直身子说："真的假的？为什么啊？"

"他逼的。"

洛小缇的脊柱又软了下来，斜倒在我身上，说："他妈……的！"

我"噗"地笑出来，可心里也"噗"地穿出一个破洞，凉飕飕的。

从此，我就算真的退出他的生活了吧。

这样简单，没有挣扎。

也许，在我的内心里早就知道会是这样一个结局，只是我强撑着，不去正视它。

洛小缇对着钟南招了招手说："嗨，那位小哥，你过来。"

钟南迷迷糊糊地走过来说："干吗？"

洛小缇拍了拍身边说："坐这儿。"

钟南更迷惑了，坐下说："到底干吗？"

"我好想揍你。"

"为什么啊？"

"因为我以前被某人欺负得太久了。"

洛小缇突然尖叫了一声，骑上钟南的大腿，挥起拳头向他打过去。

钟南当然不会还手，只能双手护住头说："你喝多了！"

而我在一旁看着，突然心血来潮，一把推倒钟南，也向他的后背打过去，嘴里大喊着："让你欺负人！让你欺负人！"

钟南只有抱头鼠窜的份儿，从沙发一直滚到地上，砸翻一片瓶子。

他从地上爬起来，把我们推坐在沙发上说："够了啊！不带你们这么欺负人的！"

而我和洛小缇就那样哈哈笑着，笑到声嘶力竭，笑到涕泗横流。

钟南傻傻地看着我们，说："你们俩今天都什么毛病？疯了！"

我们不是疯了。我们只是觉得爱上某个人，真是太辛苦了。

第二天，我睡到中午才起来。脑子昏沉沉的，有根神经在一蹦一蹦地疼。我趿着拖鞋，从卧室里出来，吓了一跳。

钟南竟然就睡在沙发上。他赤着上身，洗过的T恤挂在敞开的窗口，轻轻地摆动着。

依稀记得昨晚他送我回来，被我吐了一身。

他睡得很熟。

我走过去，跪在沙发前的地毯上，静静地看着他。

他安静的样子，真的太像蓝桉了。

如果是蓝桉深睡在我的客厅，就是我最大的幸福吧。

这样简单，这样美好，像所有普通的男朋友一样，照顾他酒醉的女朋友，守护她的安全。

忽然，钟南睁开了眼睛。

他离我那么近，我有一瞬的呆愣，他便欺身吻住了我。我想逃，可意志却涣散了。

明亮的阳光从窗口流泻进来，漫散出潋滟的金色，空气里浮动着旧日盛夏的气息。

我有些分不清眼前的人是谁了。

他仿佛穿越时间的虫洞，溢满往昔的记忆。

我闭起眼，心脏在唇峰柔软的纠缠中，悄然碎成细细的粉末。

钟南敏感地停下来，轻轻抚着我的脸颊说："想起他了？"

"以后别这样好吗？"

"对不起。"

钟南从沙发上站起身，从衣架上拿下衣服，离开了。

我坐在沙发上，没有动，头在纷杂的蝉鸣里，变得更痛了。

下午，我把打好的辞职报告，用E-mail发给了杜有唐。他打来电话说，这件事发生得太突然了，没时间挽回。

我说："谢谢你，杜经理。这都是早晚的事。他想我走，我就没机会留下。"

杜有唐也有些无奈。

下午两点，洛小缇来敲我的门。

我打开门，被她的样子吓了一跳，眼睛肿着，头发胡乱地梳了个发髻。她一进门，就问："咦，钟南那小子呢？"

"中午就走了，你找他干什么？"

"说好我来了再走嘛。"洛小缇一头栽在我床上，不想起来。

想起中午"误吻"那一幕，我有点儿脸红。我说："干吗非要你来了他再走啊？"

"我们决定无接缝式看住你啊。"

"神经！你以为我会自杀啊。"我也倒在床上，"早就被某人打击习惯了，死不了的。"

洛小缇说："我就剩你一个谈得来的朋友了。我怕你成下一个谢欣语。"

我抱住洛小缇，把头埋在她身上待了一会儿，说："你好像胖了呢。"

"去死！"

于是我们嘻嘻哈哈地拿着枕头打闹开了。

有朋友真好，胡乱地开些玩笑，心情也就没那么差了。

洛小缇倒在床上，说："你闲着也是闲着，要不来我的工作室吧。我给你开工资，怎么样？"

"我能做什么啊？"

"国际珠宝展马上就要开始了啊，怎么说你和安澜那么熟，这件事就交给你办了。"

我想了想，反正也不知道干什么好，不如就跟着洛小缇混吧。

Forgetting 40：奢望的藤蔓

因为Q的帮忙，洛小缇的"锦鳞"挤进了珠宝展的重点展区。重点展区设在A座最高的八十八楼展示厅，大块大块的玻璃天顶，把天空分割成明蓝色的碎片。

洛小缇只分到了十分不起眼的角落。不过，能和N多顶级品牌放在一起，洛小缇已经很满足了。

洛小缇请设计师把自己的展区，设计成水墨山水。从效果图上看，清淡的背景色，反倒把彩钻饰品衬托得无比鲜丽。而我顺理成章地成了她的监工。

洛小缇的工作室，有五位年轻设计师。洛小缇一般只出创意和设计理念，大部分的细节完善，都是由其他设计师完成的。作为一个新出道的设计师，她已享受到了顶级大牌设计师的待遇。

洛小缇说："没办法啊，谁让'幕后黑手'是我男朋友呢？"

洛小缇这个爱慕虚荣的女子，从来不掩饰自己挥舞金钱大棒的乐趣。那段时间，钟南天天来陪我当监工。洛小缇这位闺蜜级Boss恨不得我在上班八小时之内，就闪电般地开启新恋情。

八月的最后一周，装修基本完成了。验收方面，钟南显示出男人优越的基因。我看到的都是灯头摆没摆正，胶水有没有擦干净。可钟南看到的都是线路铺得合不合理，插座位置是不是到位。钟南足足检查了半个小时，才让我在验收单上签了字。

我签好说："小缇请我真是赚到了。"

钟南说："为什么啊？"

"花一份钱，请两个人。"

钟南半开玩笑地说："那让她也把我请过来吧。咱俩又可以做同事了。"

就在这时，一个熟悉的声音从大门传过来。

是蓝桉和戴何铭。

蓝桉说："这是我们第一次承办珠宝展，希望你能帮我推荐一位有经验的安保顾问。"

戴何铭说："没问题。这方面我还是有些朋友的。"

他们经过我身边的时候，蓝桉侧头说："你怎么在这儿？"

我指了指牌子，说："我现在帮小缇做事。"

蓝桉点了点头，走了过去，仿佛我就是与他毫无关系的旧员工。

我背过身不去看他，可是心里却泛起一股浅浅的躁意。我忽然看见背景墙上一幅创意水墨画挂歪了。我对钟南说："那个歪了，你上去扶一扶。"

钟南拿过梯子，爬了上去，轻轻地推了下画框的一角说："这样呢？"

我摇头，说："是右边……又高了……左边再上去一点儿，再移一点儿……又高了……"

钟南泄气地说："唉，到底是要怎样啊，大小姐？"

其实，我也不清楚是真的没挂好，还是烦躁的情绪让我觉得没挂好。

我不耐烦地说："算了，你下来吧。我来。"

钟南爬下梯子说："喂，你行不行啊？"

"有什么不行的。"

我赌气地爬上去，胡乱推了推画框。其实那么近，我根本看不出它到底正不正。洛小缇刚好打来了电话，我一只手扶着梯子，一只手从衣兜里掏出手机。可手机却像鱼一样从我手里滑脱了，直飞到地上。

钟南追过去说："我来，我来。"

而我气恼地准备从梯子上下来，谁知道高跟鞋上梯子容易，下梯子难。一不小心，鞋跟就挂在了梯子上，身体也跟着失去了平衡。我尖叫了一声，挥舞着胳膊，拉着梯子一起向后仰去。

钟南眼疾手快，转身就向我奔过来。

可是，有人比他还要快。

我只看见一道黑影，单手一撑，就敏捷地跃过身侧的工作台，然后顺势踹飞挡在他面前的滑轮椅。那椅子箭一样滑过我身下，直磕在钟南的腿上。钟南"呀"的一声，倒在了地上，而我却稳稳地落在一个坚实的怀抱里。

这是蓝桉回来之后，第一次这样用力抱住我吧。

我看着他清俊的脸庞、深黑的瞳眸，似乎浮动了久违的关怀。我不敢出声，怕惊动了这一刻的温情。可是蓝桉却轻咳了一声说："可以下来了吗？"

我仿佛从五彩的虚幻世界，一直跌进冰冷的现实。

钟南一瘸一拐地走过来，对蓝桉说："喂，你这个人也太过分了吧？"

蓝桉放下我，像是没看见他似的，掸了掸衣襟上的灰尘，转身走了。

那天晚上，我睡不着了，满脑子都是蓝桉接住我的那一瞬。

看来他注定是我的劫数，我拼命告诫自己，不要有幻想。可是我的心脏依然裂开无数细小的缝隙，滋长出奢望的藤蔓。

爱情也许是世上最不可理喻的陷阱，明知就在眼前，却总是不由自主地迈进去。

第二天，我没去上班，反正展区已经装修好了。我打电话和洛小缇请了假，她说："还请什么假啊，搞得这么正式。一会儿我和钟南找你去玩。"

"钟南在你那儿？"

洛小缇顿了一下，说："啊，他找我商量点儿事。"

我嘟囔着："他不是也要到你公司上班吧？"

"没有，怎么会？"

"我和你说，你别给我惹麻烦了。你要对他多放放电，让他喜欢上你，就算是帮了我大忙了。"

洛小缇发出一串"呵呵呵呵"的笑声，听起来好像很心虚。

下午的时候，洛小缇和钟南才过来。

他们一进屋，洛小缇就兴奋地说："嗨，昨天发生什么情况了？我竟然没赶上。"

我狠狠地瞪了钟南一眼，又不是女人，这么八卦。该不是他找洛小缇诉苦去了吧。

我说："也没那么夸张的，就是我从梯子下摔下来，蓝桉接住了我。没想到，蓝桉的身手还那么好，真是永远不败的男神啊。"

洛小缇怅然地说："就是……还记得以前，他从教室窗子跳出去，真是帅死了。"

我也不由得想起高中时的蓝桉，说："可不是吗，那时候觉得他是世界上最酷的男生了。"

钟南猛咳一声，愤懑地说："你们有病啊？两个人喜欢同一个男人，还喜欢得这么有默契。"

我和洛小缇不约而同地白了他一眼："关你屁事。"

钟南顿时灰暗了。

Forgetting 41：告诫室里的女孩儿

这几天，钟南找到了新乐趣，组队参加剧情密室逃脱。他怕我没心情去玩，先去找了洛小缇当说客。其实，我怎么会没心情呢？我现在最怕的，就是一个人在家里胡思乱想。

钟南订的密室是"贝克街"的主题，可是到达之后，机关却出了问题，临时调换到了"吸血鬼"。洛小缇听了，反倒更高兴了。店家送给我们三副荧光森森的大白牙。

第一间密室，布置得像个宫廷卧室，光调得很暗，时而有忽强忽弱的声音划过头顶。地上躺着一具"女尸"，惊恐地张着眼睛和嘴巴。脖子的伤口中，有"鲜血"喷溅了一地，大概是混了荧光剂，在低暗的紫光中，折射着明红的光。

洛小缇马上得出结论："吸血鬼一定是吸了一半就逃跑了。"

我问："为什么呀？"

"你没看过电影吗？吸血鬼都是把人血吸得一滴不剩。这个人喷了这么多，肯定是吸血鬼吸了一半，就遇到了情况，先跑了。"

钟南在一旁黑着脸说："姐姐，这是剧情版好吗？不用自己编的。"

钟南按了门口的按钮。

有个阴森森的声音，慢悠悠地讲了前情。大概是说，十七世纪欧洲某国的公主，半夜被吸血鬼咬了。吸血鬼在吸血的时候，"吸血鬼猎人"出现了，吸血鬼仓皇逃窜。飞遁前，吸血鬼把猎人们封在了公主卧室里，必须找到"解咒卡"，才能出去。

显然，我们就是"吸血鬼猎人"了，但不明白为什么发给我们三副大獠牙。

洛小缇听完，立时高兴地叫起来："听到没？听到没？和我说的一个样，吸一半就跑了。"

钟南又败给她了。他说："姐姐，咱们是找出去的方法，不是推理剧情好吧。"

洛小缇对他挥了挥拳头说："你要敢再叫我姐姐，我就把你打成和那位公主一个样。"

其实谜题不是很难，洛小缇在公主的手里发现了一块布条。钟南在化妆镜前，呵了口气，发现了写在上面的字母……我们根据线索，很快就找到了藏在石砖下的"解咒卡"。

我一看，这也太眼熟了，就是酒店的门卡啊。我拿着它在"十七世纪"的老门锁上一划，"咔嚓嚓"一声，那扇门竟自动打开了，有白色的烟雾和强光喷射而出。

刹那间，我们被震撼了，仿佛真的开启了一扇通往魔幻世界的大门。

随着谜题难度的增加，我和洛小缇也渐渐融入了剧情，在闯过了"蝙蝠山洞""魔界森"等一系列的密室后，终于来到了最后一间——"末世之夜"。

当密室门关闭的时候，我们才发现，这个房间竟然是全黑的，没有一丝光。

我和洛小缇拉起了手，谁都不敢移动。

那个阴森的声音，再度响了起来——"猎人们，这是黎明前最后的黑暗。你们只能移动三件圣物，来打开光明之门，否则将永远地困在黑暗里。"

"啪"的一下，闪过一道白光，像闪光灯暴起的白芒。

接着，又是"啪"的一下。

我"啊"的一声叫出来，因为我在一闪而过的白光里，看见一个穿着校服的女孩儿，垂着密黑的长发，站在我身边。

钟南和洛小缇都被我吓到了，惊慌地问："怎么了？"

"有人！"我几乎都在尖叫了。

可是当白光再度闪过的时候，那个女孩儿又不见了。

房间缓缓地开始透进光芒。那是从一扇高高的彩窗后面射出来的，昏黄的光线，像是落日最后的余晖。

洛小缇说："哪里有人？"

我惊魂未定地环视四周，除了我们三个，真的再没有其他人了。

这间密室被布置成了教堂的样子，墙上挂着古旧的十字架，下面有排长椅。靠着墙角还有一间告诫室，菱格的木窗，漆成斑驳的深棕色。

洛小缇说："你是不是看错了呀？"

我心有余悸地说："也许吧。"

此时，彩窗的光线已经变得有些暗了。钟南说："快点儿找吧，要不然我们就出不去了。"

我们先在出口的大门上研究了一下，上面浮刻着十分诡异的六芒星图案，中心有一个六菱形的洞，大概是要把什么东西放进去。

洛小缇说："这应该不太难吧。咱们一人找一样放进去。"

于是我们分头找起来。

说实话，我不喜欢这间密室，因为它有些像圣贝蒂斯，让人觉得阴暗压抑。洛小缇第一个找到了"六菱形"的东西，是个放在抽屉里的八音盒，打开会叮叮咚咚地响起《致爱丽丝》。

她迫不及待地塞在大门的洞口，彩窗外的光线，突然骤减了一半，可是大门却纹丝不动。

洛小缇说："不是吧，竟然错了。"

钟南说："唉，你在门口等着吧，还剩两次机会。"

密室的光线变得更暗了。我和钟南分头找起来。我打开那间告诫室的门，探头分别看了看。其实就是一间小木间，用镂花的木板，隔成了两间。里面除了凳子，什么都没有。

就在这时，钟南找到了一只铁艺的烛台。如果不注意，很难发现它的底座是六菱形的。他把它小心翼翼地插在大门上。

"咔"的一声，大门竟真的打开了，外面有温暖的光线透进来。

洛小缇给了他一拳说："嗨，真行啊你。"

两个人一并走出了门外。钟南对落在后面的我招了招手，说："快点儿。"

可是突然，那扇门竟然"轰"的一声关闭了。

我一怔，才惊觉自己被关在了密室里。

密室隔音极好，只能隐隐传来钟南和小缇在另一边用力拍打房门的声音。

我把门上的烛台拔下来，复又插上去，可是那扇门却毫无反应。我拿起手机，给洛小缇打电话。她安慰我："别急，机关出了问题，已经去找人修理了。"

我说："快点儿啊，一个人在里面很可怕的。"

"你别挂电话，我陪你……"

洛小缇的声音，渐渐被"刺刺"的干扰声替代了。我大声地说："喂，喂，小缇，你还在不在？"

可是电话里，却完全听不到洛小缇的声音。

我真的有些怕了，想起刚才在闪光里出现的女孩儿，一缕寒气，凉丝丝地从后背爬上来。

忽然，昏暗的告诫室里亮起了烛光，摇曳的光晕中，依稀有个人影坐在里面。

她应该就是刚才那个女孩儿吧，低着头，黑色长发直垂在脸前。我颤声说："千夏，是你对不对？"

那个女孩儿却没有回答。

我壮起胆子走过去，直觉一定是千夏在吓我。我咬了咬牙，用力拉开告诫室的门。

那个女孩儿低着头，一动不动地坐在凳子上，隔间的台子上，放着一只玻璃瓶，里面燃烧着黑色的蜡烛。

我抓住她的手臂，极度的凉，皮肤像浸着一层水，现出滑腻的苍白。

我说："你不要再吓我了千夏，我不是秦依瑶，不会怕你这些小把戏。"

那女孩儿缓缓地抬起了头。

那绝不是千夏！

光秃秃的眉毛下面，竟是一双没有瞳孔的眼睛。她用那双全白的眼球望着我，咧开嘴笑了，露出一口黑色的牙。

我吓得几乎瘫倒在地，转身向大门跑去。

我用力拍打着门，狂喊："让我出去！让我出去！"

而那个女孩儿，却在我身后凄厉地笑起来，她突然反反复复地说："嗨，酥心糖，我们是该说再见了。嗨，酥心糖，我们是该说再见了。嗨，酥心糖，我们是该说再见了……"

大门猛地打开了。

我第一眼就看见了钟南。

我惊恐地逃出密室，一把抱住了他。

他也紧紧地抱住了我，拍着我的背说："没事了，没事了，已经出来了。"

洛小缇看着我慌乱失措的样子，问："怎么了？出什么事了？"

我这才从钟南的身上滑下来。我转过身，指着告诫室说："有……有鬼！"

可是告诫室里，却空无一人了。

Forgetting 42：六年前的隐喻

晚上，我去了洛小缇家，我不敢一个人住家里。Lino过来找洛小缇去外面吃饭，洛小缇死命拉上我这枚电灯泡。其实，平时我肯定不会去的，但这一天，我真的怕了。因为有我的存在，Lino和洛小缇只吃了顿大餐，就没有安排其他节目。

Lino送我们回去，显然有点儿扫兴。这段时间，他也忙。这位在意大利懒散成性的豪门小开，在中国创立了自己的事业。他正正经经地开了家贸易公司，生意越做越大。他再没那么多时间天天和洛小缇腻在一起了，所以格外珍惜约会时光。后来，他听说我和洛小缇要睡在一张床上，那脸色就别提有多古怪了。

他狐疑地问："你们……是不是……"

洛小缇不耐烦地说："是不是什么啊是不是，中国女生都是这样的。闺蜜懂不懂？不懂快点儿回家查一查，今天不想看见你。"

无奈的Lino被她赶出了门。

我们洗漱之后，换了睡衣，并排躺在床上。

洛小缇说："你今天到底怎么了？"

我想了想，没再提看见那个女孩儿的事。这种没道理没逻辑的事讲多了，我怕别人把我当成精神病。

我说："可能是害怕一个人，自己吓自己吧。"

洛小缇说："你别老是吓唬我好不好，你不知道你的样子有多可怕。要不，你干脆搬过来和我住算了。"

"才住一天，你那位就以为我勾引你成蕾丝了。我要是搬过来，他还不活活掐死我啊。"

"谁管他。"洛小缇不在意地说，"对了，你还别说，钟南这个人还挺Man的。"

"哪儿Man了？"

"嗯……反正就是一种感觉。"

我爬起来，盯着她说："你不是喜欢上他了吧？"

"啊？别胡扯，他比我小好吧。我怎么会喜欢小屁孩儿？"

"刚才你还说他Man呢？"

"神经了你。"洛小缇一把拉倒我说，"他是你的，别把我拖下水。看你今天害怕的时候，他把他抱得那个紧哦，就差爬上去了。"

"小缇，你猜欣语要是在这儿，会说什么？"

"什么？"

我学着谢欣语的口吻说："骗自己，有意思吗？"

"喊，学得一点儿都不像。"洛小缇不想和我说这个话题，抱住我说，"快睡觉吧。今天真是累死了。"

这一天的确让人疲惫不堪，却也让人惊恐万分。

我不敢回想白天的那一幕。

可是那个可怕的女孩儿，却悄然潜进了我的梦里，像一只游魂，如影随形地跟着我。

我想逃，却无法前行。

心脏在跳动间，失去挣扎的力气。

我的意识模糊了。

身体像分解的粒子，流转飞散。

空气里，忽然有了早春蛰动的气味，阳光繁密地织就出淡金色的迷网。

似乎有人握住了我虚无的手，说："嗨，酥心糖，我们是该说再见了。"

我一瞬从梦中惊醒过来。

依然是深夜，洛小缇甜甜地睡在我身旁。

我悄悄坐起来，一丝隐暗的恐惧，从遥远的时空，侵袭而来。

我终于想起，在哪里听过这句话了。

是蓝桉掉落双子大厦的那天吧。

昏迷中，有人在我耳边说过同样的话。

从此，我与蓝桉再无缘分，六年不见。

这是个隐喻吗，还是我们不可逃脱的征兆？

难道我真的要和他，再也不见。

洛小缇也醒了过来，她攥住我冰冷的手说："怎么了？"

我喃喃地说："没什么，做了个噩梦。"

但愿，它只是个噩梦。

但愿，它不会应验。

桉之
浮影
－篇－

请让我长在你的背面。
我的残缺，是你的满盈；
我的黑暗，是你的璀璨；
我的微笑，是你的孤单；
我的依附，是你的陪伴。
扯一匹暗夜的丝绸，缠绕你我，
请让我，留在你的背面。

Forgetting 43： 知恩的姑娘

九月，国际珠宝展如期而至。繁忙的工作，让我无暇他顾。不论感情，还是那个令人不安的预言，都统统放在了一边。

现在回想起杜有唐的话，还是蛮有道理。一个人除了爱情，其实还有许多事情可以做。我的爱情空白了，不代表我的人生就要全部空白。别人我管不了，但我至少可以让自己做得更好。

钟南这段时间，不能常来了。因为曼德高中已经开学了，只有周末他才会过来。我们会一起吃饭、看电影，做一对貌似情侣般的朋友。

其实，自从"误吻"之后，我反倒看清了我们之间的关系。他不是蓝桉，我不能永远靠虚幻的影子，来伪装爱着另外一个人。

一次，我们看完电影回来，他陪我走了一段夜路。九月的天气太好，空气干爽清凉。路边早放的桂树，吐出馥郁的香。

我说："钟南，你何必在我身上浪费时间呢？"

他反问："那你又何必在那个人身上浪费时间呢？"

我停顿了一下，说："我和他不一样的。从前，我总是因为各种各样的原因，不得不躲躲闪闪。而他总是霸道地、坚定不移地爱着我。现在，也许是种变相的惩罚吧。其实我一生最后悔的事，就是在我拥有他的时候，没有勇敢地、不管不顾地爱过他。"

"我……"钟南拖了一个长长的尾音说，"对不起。"

"呃？"我摸不着头脑地说，"干吗说对不起啊？"

钟南说："你那么爱蓝桉，就好好爱他吧。如果，我以前做过什么伤害你们感情的事，请原谅我。"

"傻瓜，爱别人需要道歉吗？拒绝别人才要道歉呢。"

钟南默默地点了点头，说："苏一，你知道你的什么最让人喜欢吗？"

这大概是每个女人都想从男人那里知道的问题吧。

我好奇地问："什么？"

"和你在一起，没有任何压力。真实、自然，让人放松。"

我说："你这是说我，还是说沙发啊？"

他认真地说："我说的是真的。"

"好吧，那你继续。好久没听别人这么直接地夸我，感觉真好呢，继续夸。"

钟南朗声笑了，说："你还特别漂亮、特别迷人、特别高贵、特别冷艳、特别有气质……"

那一天，我第一次觉得和钟南相处这么融洽。也许是因为我们之间终于卸下了有关"爱"的盔甲。

钟南说："以前没人滔滔不绝地赞美过你吗？"

他这样说，让我忽然想起卓涛了。他是世界上，最喜欢赞美我的人吧。

我说："别问了，再问我就要难过了。"

这段时间，洛小缇一心扑在珠宝展上。毕竟这是一个难得的平台，可以把自己这块新牌子，和世界顶级珠宝品牌放在一起。

珠宝展开幕的前一个星期，杜有唐专门来参观"锦鳞"的展区。他提醒洛小缇："挤进这个区，可是把双刃剑，对于品牌来说，的确是个提升身价的好机会。但是客户的比较，是在所难免的。如果自己的作品不够精湛，放在大牌中，立见高下。"

洛小缇听了紧张得要死，杜有唐点中了她的死穴。怎么说，她在这行才发展了几年，和人家百年名店比起来，不心虚才怪。

她追着杜有唐问："那怎么办啊？"

杜有唐说："你知道'苹果'是怎么打败诺基亚的吗？"

洛小缇一脸茫然地说："怎么打败的？"

"经典代表老旧，你要抓住自己唯一的特点。"

洛小缇继续茫然地问："我有什么特点？"

"一个字——新。你要把自己的客户群定位为那些刚刚涉猎珠宝界的新贵。他们对品质做工的要求，还没有那么苛刻。他们更需要一款充满新意的作品，来表达自己与众不同的眼光。"

洛小缇恍然大悟地说："天啊，你说得太对了。我干吗抢土豪呀，新贵才是我的菜啊。你怎么不早和我说呢？"

杜有唐说："哦，对了，我还有件事和你商量，你能把苏一借我几天用用吗？"

洛小缇满脑子都是"新贵"，随口说："好好好，拿走拿走。你要常来，帮我多出点儿主意。"

杜有唐笑着说："一定的。"

接着，他转过身对我说："苏小姐，跟我走吧。"

他可真是名副其实的"老狐狸"，讲了那么多，关键都在by the way（顺便）上呢。

我说："你们当我是货品啊，一个借一个给的。"

杜有唐说："你老板都放人了，你就不要拒绝了吧。"

杜有唐借我回去，主要是因为秦依瑶的祖父秦克威。这位脾气古怪的老头儿，听说我辞职了，十分生气，指名非要我做他的贴身管家。

杜有唐说："没办法了，反正你最近也要天天在安澜，就当帮我了。"

我说："杜经理，你直接说，我也肯定会帮忙的。当初你那么帮我，我不会忘的。"

杜有唐说："嗯，看来你是个知恩图报的好姑娘。"

我"噗"的一声笑了。

Forgetting 44：小缇的新贵

珠宝会展开幕的前两天，秦克威带着秦依瑶来了。秦依瑶一下车，就拉住我说："终于又见面了，苏老师。"

我说："怎么还叫老师啊？"

"那叫什么啊？叫一姐？那也太牛了吧。"

我被她逗笑了。

这时，秦克威也从车子里走了出来。他看起来完全不像是七十岁的人，身材不高，但精神格外矍铄，一身黑底百福金的唐装，显出十二分的贵气。

我忙迎上去说："您好，秦先生。我是……"

"苏一，对吧，依瑶和我说过许多遍了。她一回来，就和我夸你如何如何好。全世界最好的老师，非你莫属。"

显然秦克威比我想象中的要好相处多。

我不好意思地说："哪里，都是小孩子乱说的。"

我带着他走进大门，后面礼宾、助理、保镖跟着一群。他说："我这个人看人很准的，一眼就知道好坏。一看你就是实心眼儿的姑娘。"

说话间，我们已经进了大门。可是秦克威忽然脸色一暗，"啪"地打了个响指，说："错了，重新来。"

说着，他又转身走出门外，后面的人群自然都"哗啦啦"地退了出去。秦依瑶轻声说："我爷爷进门得先迈左脚，错了就得重新来。刚才光和你说话，可能忘了。"

我轻轻点了点头，看来我把他老人家想简单了。

我跟着走出大门，陪秦克威重新进了一遍，他脸上的笑容，果然又回来了。

忽然，我想起杜有唐培训时的名言——必须学会处变不惊的笑容，因为这个世界上有太多意想不到。

后来，陪秦克威进电梯的时候，我果断先迈了左脚。秦克威瞥了一眼说："孺子可教。"

那天，秦克威休息之后，秦依瑶找我陪她吃夜宵。我们就去了安澜的行政酒廊坐了坐。

秦依瑶只要了份金枪鱼和干白。

我刚想拦着她喝酒，可忽然想起，她已经不是小女生了。

她说："在国外，就好想你。没有一个人能分享心事。"

"你在那边不是交了新朋友吗？"

"是啊，可是毕竟成长的环境不同，思维也不太一样。比如有一次我和几个朋友去玩，一个男孩儿说了一个笑话，大概是说一头猪装了条木头腿什么的。说完大家都笑了，就我一个人没笑，我不是听不懂那个笑话，而是我觉得根本不好笑。笑点不同，真是没法做朋友。"

就在这时，一串笑声从门口传过来。

秦依瑶看了一眼说："那不是钟老师吗？"

那正是钟南，身边站着笑声不断的洛小缇。我对他们招了招手。钟南走过来惊讶地说："真是你啊，秦依瑶。"

秦依瑶调皮地说："怎么了，钟老师，嫌我又做了你的电灯泡了？"

钟南没好气地说："嘴巴还是这么厉害。"

洛小缇走过来，对我说："杜有唐告诉我们，你在这儿招待VIP呢。"

"哪有，是我以前的学生。VIP在房间里休息呢。"

洛小缇转身对秦依瑶说："秦氏珠宝的唯一继承人，怎会不是VIP呢？”

　　到底是名门出身，秦依瑶的气度瞬间有了变化，她站起身，伸手和洛小缇轻轻握了握说：“您好，您是……”

　　“我是苏一的朋友，做珠宝设计。”

　　“'锦鳞'对吗？”

　　我和洛小缇都感到有些意外，没想到秦依瑶刚从国外回来，竟了解洛小缇的新作。

　　洛小缇惊奇地说：“你知道？”

　　“回国之前，我们做过背调。我爷爷说，你能挤进重点展区，真是个奇迹。”

　　洛小缇呵呵呵地笑了。我猜她和我一样，根本体会不出这一句是夸，还是贬？她和钟南坐下来，说：“原来你们已经知道了，我本来还想请你向你爷爷引荐呢。”

　　秦依瑶说：“你既然是苏老师的朋友，我就说实话了，你别生气。”

　　“什么实话？”

　　“我爷爷这次亲自回来，就是想在国内找几位设计新秀，推进国际市场。因为现在中国元素很红嘛。可是……他根本看不上你的作品，他嫌太花哨了，不够大气。”

　　洛小缇一瞬泄气了：“唉，我就知道。”

　　“但是……”秦依瑶小小卖了个关子，“我喜欢。你有没有兴趣和我合作呢？”

　　“你？”洛小缇有点儿不太相信地说，“你才多大？”

　　“十八岁啊，我爷爷说，今年可以让我挑个喜欢的项目来做，试试水。”

　　“哇哦，你就是我的'新贵'吧。”洛小缇转头对我说，“小一，你还是回去做老师吧，你的学生都好有才啊。”

Forgetting 45：海蒂喷泉

安澜的这一次珠宝展，承办得相当成功，获得了业内的一致好评。戴何铭功不可没，他以顾问的身份，帮了不少忙。

一天中午，我忙里偷闲，跑去咖啡厅休息。参加会展的人太多，座位爆满，很意外地，我看见了蓝桉。他一个人坐在桌子旁翻手机。想起之前"英雄救美"的经历，我决定试试他是不是对我有些改观。

我走过去说："能坐吗？"

蓝桉看了我一眼，点了点头。

我坐下来说："我不是跟踪你啊，真是刚好碰见，又没位置。"

蓝桉依旧点了点头。

我有点儿自讨没趣，点了杯Espresso，提提神。

我看着安安静静的蓝桉，忍不住又问他："你是不是觉得我总是故意接近你？"

这次蓝桉连头都不愿意点了。

我叹了口气说："好吧，你为什么不愿相信我呢？"

蓝桉大概是不想听我啰唆了，站起身说："对不起，我只相信我自己。"

说完，他转身走了。尽管我已渐渐习惯他的冷漠，可是看着他的背影，心里依然有种说不出的怅然。

咖啡喝到一半的时候，戴何铭也来"偷闲"。他见我一个人，便坐过来和我聊天。他说："对不起，因为我，害你辞职。"

我说："不是你的原因。我只是和蓝先生有些私人问题。"

戴何铭说："最近看你的工作，做酒店真的很有天分，要不要我和蓝先生……"

"不要！"我连忙阻止，"你不知道具体情况。"

"我只是惜才。"

我真的有点儿好奇了，因为杜有唐也说过我有天分的话。我说："戴先生，冒昧地问一下，你说的'天分'是指什么呢？我自己都不清楚。"

戴何铭说："亲和力。你看洛小姐漂亮吧，可是她做不了我们酒店这一行。因为，如果男人见了她，容易起遐想；女人见了她，特别是VIP的女人见了她，就会生出敌意。而你会给人以自然随和的感觉，不易引起客人的反感和戒心。蓝先生不用你，是他的损失。"

好吧，最近这是第二位男士夸我了，真是让人沾沾自喜。

我说："谢谢你，戴先生。我原以为，你是蓝先生专门请来找我碴儿的。"

戴何铭笑了，说："对了，问你一件事，'酥心糖'是不是你？"

我一愣，说："你怎么知道？"

"我猜就是，解了我多年的谜团啊。"

"什么意思？"

"当年Icy带着蓝先生在瑞士的时候，我经常去看他们。Icy虽然和我们一届，但年龄要小很多，就像个孩子。如果没安澜做背景，恐怕都进不来。他和其他人都没有共同语言，挺孤独的，只有我去帮他，毕竟都是华人嘛。有一次，我带着他们去阿尔卑斯山远游。你知道'海蒂喷泉'吧，就是那个因为小说《海蒂》出名的地方。平时蓝先生很少说话，但那天他站在海蒂的石像前，忽然就不走了，看起来好像很担心的样子，一个人念叨着'酥心糖''危险'什么的。我一直不知道'酥心糖'是什么意思，现在看，一定是你了。"

我默默地点了点头。

那天晚上，我回到家，在网上找来"海蒂喷泉"的图片。我从小就读过《海蒂》的故事，看过秀兰·邓波儿出演的那部电影。初中的时候，还一度迷恋宫崎骏的《阿尔卑斯的少女》，可是，我从来不知道，世界上还有个叫"海蒂喷泉"的地方。

那是阿尔卑斯山的西麓，大片的原野，像是牧神广袤的花园。

鲜草为榻，佳果为食，羊群大朵地飘游在山谷之间。

石刻的"海蒂"趴在一块巨大的岩石上，探看下面一泓清澈的泉水。

她紧紧抓住岩石的姿势，就像多年前的一个小女孩儿，快要从屋顶掉下来的样子。

她那么笨，穿着碎花的布裙子。

透蓝的天空在她头顶摇摇晃晃。耳畔的风，夹杂着夏日木槿的花香。

远处的男孩儿，像一支带着啸风的箭，向她奔来。

可是，她真的坚持不住了呀，重重地摔下去……

我的耳边，恍如响起那个男孩儿的厉喝：不许哭！

但我的眼泪，却止不住地掉下来。

我看着屏幕上永远不会长大的海蒂，喃喃地说："蓝小球，你怎么就可以忘掉酥心糖？"

Forgetting 46：最后的希望

可能是因为秦依瑶的关系，秦克威这个被列入酒店"最头疼"榜的重点人物，并没有让我感到头疼，反倒让我觉得他是很有童心的老头儿。比如有一天，他突然想吃冰糖葫芦，说那是他小时候最爱的东西。

可天还没冷呢，上哪儿买呢？

我就从网上找来制作的方法，请厨房做"拔丝冰激凌"的高手，跑到冷库里去做。我还扎了"复古"的大草棍，中心塞上干冰袋子，把糖葫芦一根一根地插上去。有传统山楂的，有夹了核桃仁、橘子、红豆沙的，还有草莓的、葡萄的，以及比较古怪的杧果的、榴梿的。

那天晚上，秦克威见完设计师回来，一进门，就看见了那根霸气的"大草棍"上，在干冰袅袅的冷烟中，像孔雀开屏似的绚丽斑斓的糖葫芦。

他当场就哭了，而且还是泪崩大哭。

那是我第一次感受到，杜有唐说的，服务行业的幸福感。

秦克威一边哭一边吃，一边还要对我说："谢谢你，苏小姐，这些吃不完的，你都给我打包冻起来。我要带回美国慢慢地吃。"

我以为这次会圆满漂亮地完成任务，可是没想到临到会展结束的时候，还是出了纰漏。

我把秦克威私人飞机出入境的报关事宜，交给了一家私飞地面代理来做。可是在离境的时间上竟然出了差错。原本秦克威在会展前一天就要离开了，可是E-mail到代理公司上的日期却晚了三天。

对于秦克威这样的身份，晚三天真是可小可大。如果真耽误了一个合同，把我卖十遍也赔不起。

杜有唐向我询问情况，我肯定自己没有写错。可是当我登录邮箱的时候，才发现那份邮件竟然被误删了。

杜有唐叹了口气说："唉，这就不好说了。"

他带着我先去找秦克威道歉。秦克威倒还和善，说："你们酒店让我住得很舒服，就多住几天吧，反正也不急。"

秦依瑶在他身后对我挑了挑眉毛，我猜她肯定在背后帮我说了不少好话。

从秦克威的房间出来，蓝桉的秘书就打来电话，叫杜有唐过去。显然这件事，蓝桉也知道了。

杜有唐嘱咐我再联系代理公司确定日期，然后自己一个人去找蓝桉。

我回到办公室，和代理公司再三核对之后，才挂了电话。我心里有些不是滋味。其实这一次，我做得这么努力，有一部分原因，也是想让蓝桉为辞退我，而感到那么一点点的后悔。可是现在，他一定不会后悔把我打发了。杜有唐只"借用"了一次，就惹下了麻烦。

想起杜有唐，我心里有些内疚，没想到自己又把他拉下了水。我想了想，决定去找蓝桉说清楚，反正也不在安澜工作了，不想让杜有唐替我背黑锅。

我离开办公室，走进大堂的时候，刚好看见蓝桉和杜有唐从电梯里出来。看神情，蓝桉并没有生气，只是眉头微微地皱着，像在思考着什么事情。我下意识地避开了。

杜有唐说："那我就先告辞了。"

蓝桉点了点头，可又出声叫住了他。

蓝桉说："杜经理，有件事问你。"

杜有唐转过身说："什么事？"

"你见过苏一在VIP里的记录是吗？"

杜有唐说："是，苏一一直是安澜VIP名录里的NO.1，我是第一个启动这个项目的人。之前她从没入住过我们旗下任何一家酒店。"

"从我回来，为什么就没看过她的记录，是你删掉的？"

"没有。你调我回总部前，我还没有这个权限。"

我在一旁愣愣地听着，这才知道自己在VIP里的名字，不是蓝桉删掉的。

杜有唐说："还有别的事吗？"

蓝桉摇了摇头说："没有了，你走吧。"

我愣愣地站在原地，没有出声，脑子里反反复复在想着一个问题——蓝桉为什么要找我在VIP里的记录？

难道他是想看过去的视频，来证明我的存在吗？

我的大脑里，跳跃出一簇火花，迅速地燃起了希望。

有什么能比用他自己唤醒他自己更有用呢？

我飞奔着去找Q。

蓝桉不外出的时候，Q总是在她的套房里。Q打开房门，看见气喘吁吁的我，诧异地说："出什么事了，急成这样？"

我进屋关上门说："Q，我想起一件事，我第一次来'小白'的时候，你给我看过一段你手机里的视频，就是蓝桉给我的留言，你传给我好吗？"

Q说："你怎么想起要这个？"

"我想给蓝桉看看，说不定他就会想起来了呢？"

"你那天不还说心死了吗？"

我脸一红说："有希望，还死什么心啊。"

"要是能看，我早给他看了。"

"什么意思？"

"我的手机之前中过病毒，视频都被恶意删除了。那个时候，你和我要就好了。"

我抿了抿嘴："那个时候，我不敢看啊。我做梦梦见他那个样子，心里就会好痛。谁知道会有今天。"

Q说："其实，蓝桉康复之后，也问我要过以前的视频。"

"啊？他自己主动和你要过？"

Q点了点头，说："我猜他也是在想办法恢复自己缺失的记忆吧。但是很奇怪，不论是公司，还是家里的电脑里，统统都被清除了。"

"怎么会这样？"我不敢置信地说，"Icy不是有吗？之前他还给我看过。"

Q说："是吗？之前我问过Icy，他告诉我，也被删除了。要不……你再去问问他吧。"

我沉默地点了点头，心里忽然浮起一抹挥之不去的隐忧。

Forgetting 47： 最后的记忆

我打车去了蓝桉的家。

我不喜欢那里。

那幢大房子，让我生不出一丝好感。

曾经，十六岁的我站在门前，只有难堪和自卑。

它总让我觉得，自己和蓝桉，天差地别。

秋日的阳光，明亮柔丽，弥散在宽敞的客厅里，Icy穿着一件暗蓝的卫衣，站在中心的圆桌旁插花。那是一只白色的、英国手绘古董花瓶，Icy选了深红海芋，跳脱鲜明，像素描本里的一抹血色。

Icy不疾不徐地摆插着花枝，仿佛没看见我走进房间。

我说："Icy，我有事找你帮忙。"

他的眼风漫过我："先等一会儿。"

自从蓝桉回来之后，我们忽然就变得极疏远了。也许是之前彼此依赖的前提不在了。他找回了蓝桉，而我却彻底地失去了。

Icy拿着一枝海芋，摆弄了一会儿，似乎怎么也不满意，于是拨出来，扔在桌上："心浮气躁，插不好了。"

"现在可以说话了吗？"

他这才转过身，看着我："什么事？"

"你之前给我看过的视频还在不在？"

"怎么了？"

"我想给蓝桉看看。"

"为什么？"

"他看了，说不定会想起什么呢。"

Icy微微笑了笑说："酥心糖，你受的伤还不够吗？你离开他，两个人过得不是很好，为什么要自讨苦吃呢？如果他看了，仍然想不起你，那你就只剩下绝望了。"

"Icy，如果现在的蓝桉忘记的是你，就算只有万分之一的机会，你会不会争取？我求求你，这可能是我最后的机会了，你帮帮我好吗？"

Icy想了想说："好吧，你跟我来。"

Icy带着我去了车库，开出一辆黑色的Mini，载着我去了"小白"。

我好像已经很久没有回来了。

卓尔亚湖低低的水声，让人安静，也让人悲伤。

因为"小白"没有人住，梁姨夫妇也已经离开了。他们每周会回来打扫一次。

Icy带着我，去了他二楼的卧室。

那已是傍晚时分，夕阳的残色，把房间晕染成绮丽的紫红。Icy打开他的衣橱，横推开挡板，那竟是一扇拉门，后面有一个十分宽敞的衣帽间，柔和的射灯自动亮了起来。

不过衣帽间里没有一件衣服，中间放了一张木桌，上面极整洁地排列着酒瓶、遥控器之类的杂物。我讶然地环视着四周的墙壁，心底泛起一层层的震惊。

墙壁上贴着无数大大小小的照片，而照片的主角只有一个——就是我。

有十三岁的我，十五岁的我，十七岁的我，二十四岁的我，二十六岁的我……

我颤声问："这些……都是谁拍的？"

"这还用问吗？"

"那你为什么不拿给蓝桉看？"

Icy散淡地说："酥心糖，蓝桉之前就问我有没有过这些照片和视频，但我告诉他没有。"

我一怔，说："公司VIP的名单是不是你删的？还有发给代理公司的E-mail，是不是你改的？你为什么这样做？"

Icy默认地说："我这是帮你啊。我不是和你说过，你不该再去见蓝桉了，你应该离开他。你们是彼此的劫数，在一起只会有灾难。"

"我和蓝桉的事，你不用管！"

"你们说得倒还挺像。"Icy拿起桌子上的遥控器，轻轻一按，房间里的灯就暗了。屋顶的投影仪，在布满照片的墙壁上，投出一方光影……

那还是初中的时光，空气被熏蒸出透明的光晕，蝉隐身在树枝里，鼓噪着缓缓上升的温度。

我和唐叶繁正坐在"长草花园"的草地上。

唐叶繁说："哎，卓涛怎么没来？放学还看见你们在一起说话呢。"

我说："他被代课老师叫走了，据说这次测验，他选择题得了零分呢。"

镜头渐渐地拉远了。

那是从破旧的木马上拍下来的，镜头前，一个少年穿着薄薄的衣衫，任风吹动他如墨的黑色头发。

那是蓝桉，如隐匿在净空中的天神，垂视人间。

Icy拿着DV，说："喜欢，为什么不去见她？你这样偷偷看她有什么用呢？六年了，她从不知道？"

"你的话好多。"蓝桉有些不耐烦。

Icy却笑了，他随手捡起一块石头，远远地向"长草花园"掷去。蓝桉微皱眉，反身揪住他的领口，将他直摔在木马的天棚上。

他伏下来，紧压在Icy的身上，冷声说："我和苏一的事，你不用管。"

老木马"吱吱呀呀"，晃响了一阵，落下一片灰尘。

Icy弯了弯单薄的嘴角，透出捉摸不透的笑意。他的鼻尖，离蓝桉的面颊那么近，浅浅喷散着低暗的药香。

Icy说："我只是怕你再不说，她就把你忘了。"

"忘了又能怎样？她很快就会想起我。"

蓝桉的眼睛，瞬间闪动起光芒。那光芒，让Icy感到一阵隐隐的不安。

这是我初中最后的一个夏天吧。

简单、快乐、悠长，仿佛空气里都浮动着闲散无忧的绒毛。

我有永远宠溺我的唐叶繁，有守护我如猎犬的卓涛，有可以交换任何秘密的谢欣语。

他们就是我十五岁的全部。

Icy按下暂停键，撕掉整墙的照片。光洁的墙壁上，定格着蓝桉明澈的眼睛。

他说："看到了吗？这是他决定进高中的前一天，你看他的眼睛里，是爱你多一点儿，还是恨你多一点儿？"

我张着嘴，却无法回答。

他有理由爱我，也有理由恨我，我分不出他会做出怎样的选择。

Icy拿起遥控器，又选择了一段视频。

这一次，DV固定在了暗处，我认识那个地方，应该是施罗的办公室。

……

冰冷的月光透过古旧的高窗，匍匐在地上，像块毫无血色的皮肤。Icy一声不响地坐在暗影里。

蓝桉突然从外面走进来，重重地摔上了门。Icy在巨大的声响中，浑身一颤。

蓝桉的脸上凝着肃杀的神情，他说："给我滚过来!"

Icy僵直地站起身，走到蓝桉面前。

蓝桉说："在鬼屋里恐吓苏一的是你吧？"

Icy没有回答，只是直直地看着他。

"打苏立成的事，也是你干的吧？"

Icy仰起下巴，说："是我。"

"管好你的谢欣语，苏一的事，你少碰!"

"心疼了是吗？"Icy僵硬的脸上，渐渐露出一丝狠毒，"你放心，你下不了手的事，我会帮你。以后，我还有更多的手段对付她。"

蓝桉忽然掐住他的脖子，恼羞成怒地说："你敢!"

Icy的喉咙被挤压出古怪的咯咯声，可依然挤出几句话："我为什么不敢？！你别忘了，你回来找她，是为了报复，不是为了让你爱上她!"

蓝桉用力一推，把Icy摔在了地上。

不过Icy看起来，并不在乎，反而露出一种古怪的得意。他揉了揉脖子，说："蓝桉，你要记住，是苏——家害死了你的父母，你是因为她才会遭受这么多苦难。你要恨她! 你必须恨她!"

"住嘴！"蓝桉怒吼了一声，随手抓起施罗挂在墙上的皮鞭，凶狠地抽过去。

可是Icy却站起身，倔强地昂着头，说："你打吧。你打我，只因为你知道我说得对。你有资格喜欢苏一吗？你喜欢她，对得起你的父母吗？你和她在一起，不觉得内疚吗？"

蓝桉在他的逼问中，失去了理智。皮鞭像雨点一样，疯狂地抽在Icy的身上。

Icy死咬住嘴唇，不发出一声乞求，只有眼泪从他淡色的眼睛里，倾泻而出。

突然，Icy哈哈地笑了，指着蓝桉说："你看看你自己，你看看你自己！你可真不愧是施罗养大的孩子！"

蓝桉高举皮鞭的手，一瞬僵在了空中。

人类真是地球上最奇怪的生物，总是在不知不觉中，成长成自己最讨厌的那个人。

他曾那样痛恨施罗，可他却把施罗的暴戾和凶残，无影无形地复刻进自己的性格里。

蓝桉重重地把皮鞭摔在地上，转身走了。

黑暗里，Icy轻吁了口气，像一条失水的鱼，软软地滑脱在地上，有鲜血从他薄薄的衣服中透出来，氤氲一片。可他就那样一声不响地坐着，像一尊残破而悲伤的雕像。

Icy缓缓地解开上衣的扣子，露出他清瘦的身体。

时间已经相隔这样久，但依然可以看见那些触目惊心的鞭痕。

那显然不是一次留下来的。

我颤声说："他以前经常……"

Icy一眨不眨地望着我，说："我不恨他，因为我知道他内心的煎熬。现在你应该能明白什么叫作I care for you吧。只有我，才能转接他的痛苦。所以酥心糖，你告诉我，你为什么要让他想起你？为什么要让他在恨与爱中挣扎？你放过他吧！放他无风无浪地生活。他没有你，不过是冰冷无情，可是他想起你，就只会痛苦和暴戾！"

我的眼泪不自知地滑下来，但不知是在为谁悲伤。

蓝桉？

Icy？

还是我自己？

命运的把戏永远是我无法逾越的鸿沟，一遍又一遍地轮回在我的生命里。

Icy在我发愣的时候，拿起一只移动硬盘。他扯掉上面的数据线，投影瞬间变成了蓝屏。

他说："酥心糖，蓝桉失忆的这几年，是我最平静的几年。我有时间去做一些自己喜欢的事，不用再为了报复你，去学什么黑客。没错，有关蓝桉的过去，我都删掉了。它们现在只储存在这个小东西里。原本，我是留给我自己的。可是我发现，回忆真的太痛苦了。我为什么要留着这些痛苦呢？"

他从桌上拿起一瓶纯净的伏特加，拧开盖子，喝了一口，余下的尽数倒在掉落的照片上。然后把硬盘，扔在上面。

我惊疑地问："你想干什么？"

Icy从衣袋里拿出一只打火机说："酥心糖，我们都不要回忆了，好吗？"说完，他就点燃了打火机，扔在了照片上。

我大喊着："不要！"

可是晚了，烈酒像破解了封印的妖物，变作欢跃的火焰，蹿跳起来。Icy抓住我的胳膊，把我直接拖出衣帽间。

我尖叫着说："你放开我！"

可是滚滚的浓烟，却呛得我不停地咳嗽。

Icy说："走吧。都结束了。"

我猛地推开他，说："你走开！"

我看见他床上的被子，想也不想地披在了身上，然后头也不回地冲进火光冲天的衣帽间。

那个密闭的空间，早已被浓烟盈满了。

我看不清路，却也没有害怕。

我只是知道，火光最凶猛的地方，一定是在灼烧着蓝桉的记忆。

那是他大脑里有关我的最后的备份，我不能任由它烧成灰烬。

我冲过去。它就躺在火焰里，周身烧得炭黑。

我不顾一切地把它捡起来。

皮肤和烧焦的塑壳，瞬间纠缠在一起。

可我仿佛感觉不到疼痛。

我的心里，只有一个念头——我一定要带着它逃出去，逃出去，逃出去……

我不知道自己是不是已经冲出了衣帽间，四周都是翻滚的黑烟。

我已经无法呼吸了，飞散的火花，引燃了我身上的被子。头发在炙热的空气里，脆黄卷曲。

我是要死在这里了吧？

怀抱着蓝桉最后的记忆。

Forgetting 48：蓝桉的影子

"苏一，苏一，苏一……"

我听到有人在叫我，声音像隔着漫远浩渺的水，闷闷的，不清晰。

我感到周身传来或深或浅的疼。

我想睁开眼，可是眼皮困懒得抬不起来。

世界忽明忽暗，像坠进一个恒定的结界，没时间的概念。

我以为，这是死亡。可是，手指传来分明的疼痛，烫灼着我涣散的意识。

我感觉有人坐在我的身旁，昏黄的光晕，点缀在黑暗里。

是蓝桉吗？

我看不清，眼睛从微露的缝隙里，只能分辨出他的轮廓，棱角分明的脸上，有弱暗的星光。

那是他的眼泪吗？

还是因为，这里是天堂。

我挣扎着醒来，却发现已经是清晨了，阳光淡淡地照进来。

钟南伏在我的床边睡着了。

原来是他。

我想复苏的人，都是被渴醒的吧，嘴里干得连唾液都没有。我想伸手推醒钟南，可刚一动，整条手臂就传来尖刺的剧痛。

我发出一声无力的呻吟。钟南一下就惊醒了，他抬头看见我，惊喜地叫出来："你醒了！"

我点点头，吃力地说："硬盘呢？"

钟南按了召唤医生的按钮，说："什么硬盘？你差点儿送命了知不知道？我在学校里看见'小白'冒烟，就往这边赶。晚一步你就危险了，整个房子都被烧掉了。"

"我手里……有一只移动硬盘的。"

此时此刻，我只想知道硬盘在哪里，别无他求。

可钟南却不明所以地说："到底是什么硬盘？"

我闭上眼，心里一片死寂。

钟南说："你冲到火里，就是为了拿那个东西吗？那里面存了什么，那么重要？"

现在存了什么，都已经不重要了。因为它都成了再不能复生的灰烬。

我说："谢谢你，钟南。"

钟南说："谢谢你自己跑到客厅吧，我一进门就看见了你。"

这时医生和护士，已经陆陆续续赶来了。

钟南让到了门外，护士给我喂了水，换了药。医生和我介绍病情。他说我还好，烧伤并不是特别严重，没有伤到筋骨。昏迷主要是浓烟引起的。他说我真是命大，有人提早发现了我。

洛小缇和Q知道我醒来的消息，不久都赶来了。钟南这才回去休息。

Q最在意我的脸，捧着看了又看说："还好没事，以前就整过，再整怕要承受不了。"

我默默听着，心里莫名的悲凉。

洛小缇说："好好的，你去'小白'做什么呀？那里面都没人住了。"

Q对我暗暗摇头。她大概猜到和Icy有关，示意我不要说出来。

我说："我去拿东西，没想到里面失火了。"

洛小缇想多陪我一会儿，可Lino来电话把她叫走了。

Q这才坐过来，和我说话。她说："对不起，我不该让你去找Icy。"

我问："其实，你一直知道他恨我，对不对？"

Q没说话。

"我还傻得和他做朋友。"

Q忽然开口说："Icy的智商高达185，所以不能用一般的思维来理解他。他一生只有一件事，就是做蓝桉的影子。你知道影子代表什么吗？"

我摇了摇头。

"Icy说，影子是一个人的另一半。你越明亮，它就越深黑。它弥补了你在这个世界缺失的另一面。所以，蓝桉做不来黑客，Icy就去学编程。蓝桉管不了公司，他就去学酒店管理。你根本想不到，他拿过多少学位，但没有一样是他喜欢的。"

我说："他不觉得自己可怜吗？从没做过真正的自己。"

"你错了。"不知什么时候，Icy也来了。他站在门口，像块脆薄的银片。

他说："做真正的自己，就是一句谎言。这个世界上，有人可以做真正的自己吗？没有。当你开始学会爱的时候，就已经不能再做真正的自己了。你爱你的父母，就要听他们的话；你爱你的朋友，就要迁就他们的想法；就算你爱一盆花，也会担心它能不能挨过下一个冬天。所以，一个没有爱的人，才有资格说做自己。酥心糖，你有资格吗？你还是可怜你自己吧。我做不了自己，但至少我快乐。你呢？"

是啊，我呢？

我爱上一个人，却从此收获了永无止境的痛苦。

Icy走到Q面前说："你以为你是在帮她吗？你是在害她。你不断地给她希望，再让现实一一击穿。你是有多恨她，才会这样残忍？"

Q冷颜说："你胡说。"

Icy用嘴角轻轻抖落一个微笑，说："要我说实话吗？你只是想帮自己。你不希望蓝桉没有一丝感情。因为冷酷的蓝桉，永远不会把小T还给你。其实，你和我一样清楚，苏一爱蓝桉的后果只有一个，就是深陷痛苦，永不超生。"

"住嘴！"Q激动地说，"不是每个人都像你一样玩尽心机，把谎言也可以说得这么漂亮。"

"你还记得蓝桉说过什么吗？"

"什么？"

"谎言无害，真相伤人。"

Icy转向我，说："酥心糖，你仔细想想，是什么摧毁了谢欣语？又是什么才让你痛不欲生？是谎言吗？其实我对谢欣语，就像蓝桉对你一样，从没有说过谎。我们只是花许多年去调查，然后告诉你们从不知道的真相。人活在谎言里才会幸福，因为现实只有残酷。你以为蓝桉偷偷拍下你的一切是暗恋吗？不，他只是在寻找你的弱点、你的痛处。他从十三岁起，就开始筹划报复的计划了。他不相信谎言的力量，因为人们看穿谎言后，会变得更坚强。只有不可改变的真相，才无坚不摧。不是吗？我们只是在恰当的时候，把所有人的秘密一个一个地摆出来，就轻而易举地摧毁了你的哥哥、你的朋友、你的父母和你。酥心糖，你原本有多幸福啊，可是在真相面前，都是美好的虚像。"

我以为，时间早已将过去的伤痛抚平，可这一刻，心里尘封的血痂，却被凶猛地撕开了。

我强撑着说："我不信。我不信蓝桉没有爱过我。"

Icy却笑了，说："我从没有否认他爱过你，我只想告诉你，他自始至终，都没有停止过恨你。"

我张着嘴，却发不出一丝声音。

因为Icy终究给了我致命的真相。

我千方百计地去唤醒蓝桉的记忆，难道就是为了让他恨我吗？

我看着微笑的Icy，说："你也不用得意，人总会有没有影子的时候。"

Icy俯下身，贴在我的耳边说："人只有在黑暗里才没有影子，那时候，影子会与他，融为一体。"

我从牙缝里挤出一个字："滚！"

Icy却如孩子般萌萌地笑了。

他说："好。那我就不打扰你休息了。好好养病吧，酥心糖。"

青春
祭奠
-篇-

盛美青春，在岁月里仓皇。
张狂誓言，在年华里荒凉。
咫尺相爱，漠情天涯。
不是结茧织衣，就可以蜕变成蝶，
也许只是吐尽寒丝，为他人做嫁衣裳。

Forgetting 49: 一个人

我们总是喜欢追问真相，却很少清楚得到真相又会怎样。其实，真相并不可怕，它们只是残酷而苍凉。

我在医院里住了半个月。洛小缇、钟南、秦依瑶和Q，总是轮班来探望我。卓涛也来过，还买了许多从前我爱吃的零食。医生看见了，骂了他一顿，吓得他又统统装了回去。

他说："小一，我没让他们告诉你爸妈。你妈知道了，也是瞎急，帮不上忙。你说对吧？"

我点点头说："谢谢你，卓涛。"

他说："虽然咱们不常见，可不代表咱们变得生疏了。怎么说，你也是我的初恋呢。"

卓涛的玩笑，让我一瞬就心疼了。

他看着我低落的样子，说："如果寂寞不开心什么的，就给我打电话。我来陪你。"

我无声地点了点头。

其实，那一段时间，我谁都不想见。我只想一个人静静地梳理自己的感情。

我不想听信Icy，可是当我渐渐冷静下来，却觉得他也许是对的。

我和蓝桉，是天生的劫难。相生相克，永无幸福。

九月的最后一天，我办理了出院。我烧伤的右手，已经不用再缠着绷带。刚刚愈合的伤口，长出粉嫩滑腻的皮肤。它们还很脆薄，轻轻抚摸，仍会刺痛。

我没有告诉任何人，独自回了家。因为有些伤痛，只能自我疗伤，别人的关怀，只会徒增厌烦。

家里太久没人居住，有股久不透风的霉味。我推开窗，放进新鲜清冷的空气，然后倚着窗子坐了一会儿。天色渐渐暗了，阑珊的灯火，星星点点地亮起来。于是孤独与寂寞，从那些散着灯光的窗口，丝丝缕缕地透出来，盘桓在我的身旁。

天完全黑下来的时候，电话忽然响了起来，我接起来，对方没有说话。

我问："谁？"

可是没人回答，听筒里传来一阵窸窸窣窣的声音，好像电话是不小心拨通的。我看了一下来电，竟是个陌生的号码。忽然，有一缕不太真切的叹息传过来。

她说："唉，怎么这么早就开始枯萎了呢？我以前种的，总要绿好久。"

我心下一惊，是谢欣语吧，她怎么会无缘无故地打电话给我。

我说："欣语，是你吗？"

可是，电话却被挂断了。

我有点儿担心，出门去找她。

晚上，卫生院已经不接待家属了，主治医师也不在。还好组织学生做义工的时候，我和当班护士比较熟，她同意让我探看。

谢欣语的房间里，没有开灯。

窗子开着，她坐在窗前那一小片月光里，看垂下来的紫藤。那些老绿的蔓枝，竟提早现出衰败的迹象。

谢欣语听见我的脚步声，转回头，看着我说："你来了，小一，过来陪我坐一会儿吧。"

那一刻，我有十二分的诧异。因为她看起来，太过平静，太过正常。

我缓缓地坐在她身边，说："欣语，你……"

谢欣语看着那些摇曳的枝叶，说："叶繁他……已经不在了，对不对？"

我的心，一瞬沉了下去。

谢欣语没等我回答，又问："现在是什么时候了？"

"呃……晚上八点了吧。"

谢欣语叹了口气说："是许多年后的八点吧。"

她是真的清醒了。

我下意识地捂住嘴巴，不敢置信地看着她。

谢欣语缓缓拉开抽屉，从里面拿出一颗石头放在桌子上。

那石头，在月光里晶莹剔透，像一个复苏的魂魄，散着粉色的流光。

这应该是她最后的那颗粉钻吧。谢欣语用手指拨弄着，轻声说："小一，你知道吗？我是给过他机会的。"

"谁？"

谢欣语微微笑了，说："那一天的夜晚，也像这样美……"

Forgetting 50：另一个世界的唐叶繁

那一天，月下的紫藤，初次开放，紫色的花瓣，颤颤巍巍地镀着银芒。十八岁的唐叶繁拖着行李来敲谢欣语的门。

他没进屋，只是站在院子里说："欣语，我是来和你告别的。"

谢欣语像是没听见似的："进屋说吧。"

她冲了自己晒的茉莉花茶，还从冰箱里找出了小点心。

唐叶繁说："欣语，不用弄了。我明天一早就要走了，想要和你告个别。"

　　谢欣语给他倒了杯茶，隔着微微的水汽看唐叶繁。

　　他还是那个自己深爱的少年吧，眉目清朗，身材挺拔。她说："你要去哪儿？"

　　"我和梁子静一起去考音乐学院。"

　　谢欣语说："你想过，自己真有音乐的天分吗？"

　　"我最近练得很好。"

　　"唐叶繁，你是想骗我，还是要骗你自己？"

　　"有没有天分是我的事，这是我的选择。"

　　"是梁子静的选择吧？"

　　唐叶繁被逼问得无法回答。他说："欣语，就这样吧。我已经决定了。我来，也只是跟你告个别。"

　　"唐叶繁，我可以允许你不爱我，但是，我不允许你毁掉你自己。"

　　"这个……不关你的事了。"

　　谢欣语渐渐收起脸上的微笑，说："即便我不是你的女朋友，总还是你的朋友。我知道什么是帮你，什么是害你。如果梁子静真的爱你，她不会让你在人生最关键的时候，自毁前程。她只想自私地拥有你。唐叶繁，爱一个人，就是希望他好……"

　　唐叶繁有些不耐烦了，打断她："子静不像你想的那样。"

　　"子静？"谢欣语波澜不惊的面具，终于被这两个字刺出了斑痕，"你傻不傻，我一心一意为你，可你把我当作束缚。她一心想要把你缠住，你却觉得她给了你自由。你总有一天会后悔的，会看清她的真面目。一个偷偷和男朋友私奔的女生，能是什么好人！"

　　"够了！请你不要再侮辱子静。你根本不了解她，凭什么这样说？"唐叶繁叹了口气，"唉，你总是这样，认为自己很聪明，可以看透所有人。其实都是你自己的臆想！"

"叶繁，你变了。"

"谁都会变的，没人可以永远不改变。欣语，你也应该向前看。"

谢欣语抿了抿嘴唇，说："我不想向前看，你也不要离开这里。如果你出了这个门，我就会给你父亲打电话。你们一定走不了。"

唐叶繁愤怒地站起来："你敢！"

"我为什么不敢？！"谢欣语拿出手机，望着他，拨通了号码。

唐叶繁一把抓住她的手腕，厉声说："给我！"

谢欣语却死死握着手机，倔强地说："别做梦了！唐叶繁，我不会给你的！"

"啪"的一声。

唐叶繁竟扬手打了谢欣语一个响亮的巴掌。

两个人顿时静止了。

唐叶繁半晌才回过神来，说："对不起，欣语，是你逼我的。你总不给别人一点儿余地。你能不能别再用自己的标准，去衡量其他人？你知道吗？别人好与不好，不需要你来审判。人家叫你女神，你就真把自己当成神了吗？这只能叫作刚愎自用。我来看你，是因为我曾经爱过你，可是你却变得这么不可理喻。你疯了吗？你还有没有理智……"

谢欣语静默地看着他，忽然就有些听不清他在说什么了？世界变得虚无缥缈，只剩下脸颊传来热辣的疼。

他还是那个温雅谦和的唐叶繁吗？他还是那个为自己拉着提琴、驱散恐惧的唐叶繁吗？

不，他已经不是了。

那个曾经关心她、呵护她的唐叶繁已经死了。

站在她面前的，只是一个没有感情、没有灵魂的替身。

谢欣语忽然在无休无止的责备中，缓缓露出了笑容。

她说："唐叶繁，你可以走了。"

是的，她可以放他走。

如果，他还是从前的唐叶繁。

唐叶繁发愣地看着她，不明白发生了什么。他疑惑地说："那……我就走了。不要给我爸打电话好吗？"

谢欣语点了点头，说："对了，我有东西送给你。"

"什么？"

谢欣语走到柜子旁，拿下她最后的SD娃娃。她从里面拿出那颗粉色的钻石，送到唐叶繁面前。

唐叶繁说："这个……"

"是真的，从我爸那里拿来的。"

"那我不能要。"

"你先拿去吧。你和梁子静在外面，肯定要用钱的。以后，你挣钱了，再还我。"

谢欣语的脸上带着盈盈的笑意，背在身后的手，却悄悄摸出抽屉里的剪刀。

她相信，真正的唐叶繁绝不会为了钱，低下高贵的头。

可唐叶繁只犹豫了五秒，终是拿起那颗粉钻，转身走了。

那一刻，谢欣语忽然觉得，唐叶繁真的不再属于她了。

他已经被梁子静同化成另一个世界的人。

她那样爱他，怎么能容忍他就此堕落？

她望着唐叶繁的背影，说："你一定不记得我们第一次相遇吧？"

可唐叶繁根本没有停下脚步，甚至都没有回头。

他是那样迫不及待地想要寻找自己的自由，却终是以最惨烈的方式，留下来……

谢欣语扔掉剪刀的时候，唐叶繁已没了声息。

他伏到血泊里，俊美的脸上凝固着不解与恐惧。

谢欣语跪下来，轻柔地抱起他的头，泪水像碎裂的冰晶，滑了下来。

她说："你为什么不肯听我说完呢？那时候，我们还那么小，你站在花园里拉琴的样子，就像童话书里的天使。你和我说大人都好烦。其实，做大人真的好烦啊。又要争着相爱，又要急着背弃。也许你说得对，一个人到自己喜欢的地方去，就真的再没有烦恼，永远地开心了。"

月影西移，地上温热的鲜红，缓缓凝结成黑褐色。

有清瘦的人影，出现在门前。

是Icy。他说："要我帮忙吗？"

谢欣语仰头看他，透白的皮肤，泛着微亮的银芒。

她说："有一天，你也会离开的，对吗？"

Icy微微笑了，没有回答。

Icy在紫藤花下挖了深坑，帮谢欣语把唐叶繁埋葬。

当天光微明的时候，谢欣语的小屋，重新回归如常。紫藤依然娇艳，花蕊的暗香，驱散晨雾中残留的血腥。

谢欣语说："坐一会儿再走吧。"

Icy摇了摇头："再见了，谢欣语，我的任务完成了。"

是的，他的任务完成了。

干净，漂亮。

谢欣语的目光，从紫藤委顿的叶子上收回来，轻声说："现在我终于知道我的紫藤为什么可以开得那样好、那样久。原来，是叶繁滋养了它。"

我坐在一旁，早已泣不成声。

谢欣语用手指擦拭着我的泪水，说："别哭了，小一，明天你带我去看看叶繁吧。"

Forgetting 51：醒来的谢欣语

那一晚，我留在卫生院里，陪着谢欣语。

我们躺在一张床上，聊了一些往事。我小心地回避着唐叶繁，可谢欣语却不太在意。

她说："你知道吗？教我种花的少年，再也没有回来过，可是我却并不感到孤单。我总是觉得冥冥之中，叶繁从没有与我分开，他的灵魂依旧留恋在我的屋子里。有一年，我妈带着弟弟来找我。我不敢给她开门，因为那个屋子里埋着秘密啊。她就站在外面，肆无忌惮地骂我，骂我忘恩负义，骂我没有人性，骂我无耻下贱。她是我的妈妈，那个曾经鼓励我走出去的妈妈啊。我不懂是什么让她变成了一个泼妇。我想找你、找小缇，可是你们都离开了这座城市，只剩下我一个人。我只好给卓涛打电话，求他把我妈带走，可他也正在忙。我只能坐在沙发上，等了好久，好久，好久……后来，我听到有人说，别怕，有我在呢。我抬起头，就在夕阳橙红的光线里，看见了叶繁。他还像从前那样，明朗、温暖。他走过来，坐在我身旁，我就真的不怕了，也不再感到难过。后来，他就留在了我的世界里，再也没有离开。我渐渐模糊了那个可怕的夜晚，分不清虚幻与真实，有时，我告诉自己他已经死了。可有时，我却相信他仍然活着……"

谢欣语的声音，渐渐变成纤弱的呼吸。我与她头碰着头，却睡不着了。

我悄悄从床上下来，去找当值的护士。她正坐在值班室里玩游戏。我走过去，问："打扰你一下，最近有什么人来看过谢欣语吗？"

我之所以这样问，是因为谢欣语的那颗粉钻来得太过突然。是它的出现，才唤醒了沉迷幻象的谢欣语吧。

护士连记录都没翻，就肯定地说："谢欣语啊，除了你，就是以前你那个学生总来看她。"

"哪一个？"

"叫千夏的那个啊。"护士说，"你来之前，她刚走。"

我心里一紧，那个陌生的电话，应该就是她打的吧。那颗粉钻，会不会是她带来的？

我心里涌起一阵隐隐的不安。

因为千夏总是给我带来太多暗黑的谜团。

第二天清晨，谢欣语检查了身体，见过了她的主治医师。大家都为谢欣语的清醒感到惊讶。后来，主治医师签了字，允许我带着谢欣语离开了。

我趁着她检查的时间，帮她买了新衣服。那是一条素净的白裙子，是谢欣语一直喜欢的式样。她换下病号服，仿佛换了一个人。

我们打了辆出租车去陵园。谢欣语看起来很平静，一路都不曾说话。

我们到达的时候，已经是午后了，漫山的松涛，传出潮汐般的声响。

我带着谢欣语，爬上半山，找到唐叶繁的墓碑。

她慢慢地跪下来，一声不响地看着墓碑上唐叶繁的照片。

我静默地陪在她身旁，心如刀绞。他们是我最亲密的亲人和朋友，却彼此伤害到不留丝毫余地。

我轻声说："哥，欣语来看你了。"

谢欣语伸出手臂，轻抚着照片，说："好可怕。我以为自己只是做了一个梦，醒来才发现，大家都已经老了。只有他一个人，还留在十八岁。"

我说："怎么会，咱们都还年轻啊。你应该去看看小缇，她比从前活得还漂亮。"

谢欣语缓缓站起身："送我回去吧。"

"去我家好不好？我把小缇也叫过来。"

谢欣语忽然轻笑了一声，说："我好起来了，是不是连卫生院也没资格住了？"

说完，她就一个人向山下走去。

回程的时候，天色渐渐暗下来。已经是十一假期，到处是欢乐的游人，炫目的霓虹，次第燃亮了整座城市。

谢欣语倚着车窗，寂静地看着。车子路过麦当劳的时候，她说："停车。"

我说："干什么？"

她指了指窗外说："钱包借我，我去买汉堡。"

"我们一起去吧。"

谢欣语摇了摇头，说："我要自己去。"

她是在里面住得太久了吧，渴望一个人做点儿什么。

我把钱包递给她，说："好吧，我要一个麦鱼汉堡套餐。"

谢欣语像个第一次独自买东西的小女孩儿，露出淡淡的欣喜和期待。她接过钱包，对我说："好，你乖乖等着吧。"说完，她推开车门，挤进了熙熙攘攘的人群。

我拿出电话，打给了洛小缇。

我说："小缇，欣语清醒了。"

"啊？！"洛小缇惊叫起来，"什么时候？"

"昨天晚上。"

"怎么才告诉我？"

"上午陪她检查，下午她要去看唐叶繁。这会儿才有时间给你打电话。一会儿我带她回家，你过来吧。"

"马上带到我这里来，咱们三个好好庆祝一下！"

我说："好。"

挂了电话之后，谢欣语还没有回来。可能是节日，人太多了吧。

我又等了一会儿，却依然不见谢欣语回来。

我有些着急了，下了车子去麦当劳里找她。可是拥挤的人群里，根本没有谢欣语的影子。

我找到当班的经理，向他描述了谢欣语的样子。在一旁打扫的保洁员插嘴说："你讲的那个女孩子，是不是刚进来过呀？"

我忙点头说："对，对，对，你看到她了？"

保洁员说："她买完汉堡，从侧门出去了。"

我霎时乱了。

显然，谢欣语是有意甩掉我了。

我急匆匆地跑出侧门，站在川流不息的人群中，大喊着："欣语！欣语！"

可是，我只徒劳地收获到诧异的目光。

洛小缇忽然打来电话："嗨，你说晚上，我们准备点儿什么惊喜送给她？"

我颤声说："不用准备了，欣语出走了。"

Forgetting 52：重聚402

整整三天，我都没有谢欣语的消息。她像一颗落入海水的冰粒，消失得无影无踪。我和洛小缇，没日没夜地找她，仍然没有一丝音讯。我们报了警，监控录像也有她离开麦当劳的那一段。

卓涛和钟南也赶来帮忙。

第四天的清晨，卓涛载着我在加油站加油。我已经在他的车子上过了两天了。

他从便利店里买了杯关东煮给我。我捧在手里，透出微微的暖意。卓涛坐进来说："一会儿，我送你回家吧，你需要休息。"

我摇摇头，说："都是我不好，不该放她一个人去买东西。她刚刚好起来，怎么能让她一个人去呢？"

"你不要自责了。欣语有意甩开你，你根本看不住的。要不，你再回忆一下，她走之前，都和你说什么了？"

我想了想，说："她说她病好了，就不能回卫生院住了。还说自己就像做了场梦，醒来后发现我们都老了。"

卓涛突然灵光闪现地说："小一，欣语会不会回了咱们三中啊？"

我一愣，忙说："快，快去看看。说不定她真去了那儿！"

卓涛载着我，一路疾驰到高中。

我已经很久没有回来这里了。好像毕业那天，撕碎了全部的习题集之后，就没有回来过。这里有我太多的美好与伤痛，我万分留恋，却又不敢回头。

此时正是十一期间，学校只有值班老师。她听情况紧急，又看在我和卓涛是校友的份上，放我们进去察看。

我想，如果谢欣语真的回了学校，一定会去一个地方，就是我们曾经的宿舍——402。

我和卓涛跑到女生宿舍楼，那扇原本应该上锁的大门，竟然开了。跟过来的老师诧异地说："呀，这是谁把门锁弄坏了。这幢楼明年春天要翻新整修，现在已经没学生住了。"

可我心头却一喜，一定是谢欣语了，她一定是想回来看看我们的过去。

洛小缇就在这时打来了电话，声音带着沙沙的哑音。

这几天，她也快要累到崩溃了。她说："你在哪儿呢？"

我说："快来402！"

洛小缇尖叫了一声，说："啊！三中？我刚想起找找咱们以前常去的酒吧，怎么没想到找找咱们学校啊？"

我说："快来。"

洛小缇兴奋地说："很快的，我就在附近。"

我收起电话，飞快跑进楼道。

那老旧宿舍楼，和我上学时没什么两样，只是灰白的墙壁，挂着厚厚的积尘。我跑到402的时候，发现房门竟然虚掩着，有细弱的阳光，从里面漏出来，照亮缓缓飞动的灰尘。

我气喘吁吁地说："欣语，你在里面吗？"

可是宿舍里，没有人回答。我轻轻推开门，亮白的阳光，在空气里织出一片雾气。房间里空落落的，木桌上放着一只麦当劳的外卖纸袋，几张不知谁遗落的卷子，掉在地上。老旧的铁架床，搭着光秃秃的木板。

就在谢欣语曾经睡的上铺，我看见了她。

她闭着眼，平平地躺着，像是睡得很熟。她换了身不知从哪里买来的旧校服，高高的马尾，梳得整齐干净。

我好久没有看过这样的她了，像十七岁那样，清高、漂亮。

我轻声叫她："欣语，你怎么睡在这儿啊？"

可她依旧一动不动，没有丝毫反应。

那一刻，我仿佛预感到了什么，全身微微地颤抖。

我说："欣语，你不要吓我，不要吓我。"

卓涛推开我，走到床前，伸出手指，放在谢欣语的鼻子前，良久，良久……终是对我，摇了摇头。

我强撑了许多天的精神，刹那间崩溃了，身体失去了全部的力气，瘫坐在地上。

这是我一直担心，又不敢说出口的隐忧。我没日没夜地找她，就是怕晚了这一步。

卓涛发现谢欣语的胸前，放着一页信纸。他拿起来，递给我。

我轻轻展开，上面是熟悉的笔迹——

小一：

别为我难过，能在最后的时间里见到你，是件很欣慰的事。

有时觉得自己真的很可笑，最不能容忍的，就是自欺欺人，可我却被自己的幻觉，欺骗了那么多年。这是上天对我的惩罚吧。让我醒来的那一刻，无可救药地痛恨自己。

其实，我就是一个错误。上天给了我看透世事的智慧，却没有给我一颗超脱凡俗的心。

我不该爱上那个人，却又不可自拔。

不过，直到今天，我仍然不会后悔，曾经，现在，仍然爱着他。

是他，让我在孤独漫长的青春里，有过温暖与鲜活。

与他在一起的日子，每一秒都值得珍藏。

只是太可惜了，我们的一生，都是这样短暂。

小一，和你离开卫生院的时候，我才发现自己的一无所有。我的爱情、我的亲人，都弃我而去。还好有你和小缇，才让我不会这样孤单。

可是，我离开人间太久了，久到我已经认不出这个世界。它喧嚣狰狞的样子，让我恐惧。

这几天，我去了很多地方，我去看了"长草花园"，那时候我们多快乐。我还去了卓尔亚湖，我们曾经露营过的水岸，依然那样漂亮。原本，我还想去学校的天台看一看，可是我怎么也打不开那扇门啊。他就在那里吻过我的，有很美、很美的夕阳。

其实，我还想去很多地方，可我知道，来不及了。你们终是会找到我，不是吗？

小一，站在人生的最后一秒，我想对你和小缇说，不要后悔自己走过的路，即便错了，也是铭刻我们成长的图腾。那些路上的荆棘，终要被你我踏平。那些无法舔舐的伤口，会化作前行的力量。就算走到终点注定要遍体鳞伤，可那又能怎样呢？

至少我们曾经那样执着勇敢地爱过！

只是，我的终点已经到了。

我太累了。

反抗命运的方法，不一定只有坚持到底，还可以选择不给它折磨你的机会。

所以，再见了，小一，那个人在天堂等我等得太久了。我不想见到他的时候，是一张衰老的脸。

对了，帮我和卫生院的医生道个歉吧。体检的时候，我偷拿了他的药。还有，也要和你说声对不起，替你买的汉堡现在才给你，已经凉了吧？

不辞而别的欣语

走廊里忽然响起一阵奔跑的脚步声，是洛小缇赶来了。她一进门就问："欣语呢？"

可她看了看床上宁静的欣语和地上被泪水浸透的我，问题就不再需要答案了。

洛小缇走到谢欣语身边，用力地摇着她的胳膊说："欣语，你干吗要走这条路，我还要等着和你K歌、喝酒呢？你好不容易清醒过来，为什么不等我？"

而我捂住脸颊，突然放声哭了。

其实，我曾做过无数遍和谢欣语、洛小缇重回高中校园的梦。可谁知402宿舍的三位"公主"，最终竟以这样的方式，重新聚在一起。

Forgetting 53：爱情不会比人生长

晚上，我去了洛小缇的家。我们喝得酩酊大醉。

我不喜欢喝酒，可我喜欢酒醉后的感觉，那些克制的壁垒，溃散在酒精的麻醉里。不论快乐还是悲伤，都被无止境地放大。

我和洛小缇头对头地躺在地毯上，天顶的吊灯，在我的眼睛里，摇晃旋转。我们早已哭到流不出眼泪。

洛小缇醉醺醺地说："小一，欣语选择这条路是对的吧，她清醒地活着，每一天都是痛苦。"

"可是她活着，至少还有我们。她死了，只能一无所有。她那么优秀，可什么都没留下。除了我们，还有谁记得她吗？以前那些把她当女神的男生，还有谁记得她的名字？她本来不该是这样的结局。"

洛小缇叹了口气说："其实她好傻对不对？"

我用力点了点头："对，她好傻。她那么聪明，应该考进名牌大学做学霸，进500强做高管，可是她却亲手毁了叶繁和自己。爱情算是什么东西，给你三分钟的快乐，要你三生三世的痛苦做偿还。小缇，我们三个只有你活得漂亮，因为只有你懂得什么时候收手，什么时候放弃。"

洛小缇伸手拍了拍我的脸颊，说："是，我早看开了。爱情就是个浑蛋。"

我说："对，爱情就是个浑蛋！"

我们就这样你一声我一声地喊起来。

声音嘶哑了，却依然声嘶力竭地咒骂着。

有时觉得，人真的好傻。年少的时候，总是把为爱燃尽自己当作最美的浪漫。可是，火焰的盛美终要以一生的冷灰做代价。

第二天醒来，已是中午。Lino打来电话，叫洛小缇去公司。

洛小缇扔下电话，仍然一动不动。我们像两只干瘪的口袋，没有半分力气。

十分钟之后，Lino的电话又来了，他在听筒里面叫："知道你肯定没动，快起来，真的有事。"

洛小缇这才拖着疲惫的身体爬起来，她俯身拍了拍我的脸说："振作点儿，欣语的终点到了，我们还远着呢。"

我对她点了点头，"振作"地爬到床上，继续一动不动。

一想起谢欣语，难过就像一团毛球堵在喉咙口。洛小缇洗漱之后，胡乱套了件衣服就离开了。

我一直趴到午后，才从宿醉中恢复过来。卫生院的医生打来电话，要我过去清理谢欣语的遗物。

我真不想听到那两个字，可是又不得不去面对。

谢欣语的主治医师，从我一进卫生院的门，就在埋怨我的大意，怎么让一个刚好的病患离开自己的视线？我无言以对。

谢欣语的遗物不多，都是简单的日用品和衣物。我沉默地清点着，心里涌起一阵酸楚。

生时繁华，死时落寞，青春再美，也装不满一只皮箱。

收拾抽屉的时候，那颗粉色的钻石，"啪"地从一堆杂物中掉出来。我望着它凛冽的光芒，忽然就想起了千夏。

原来她一直都与谢欣语有着联系。真不明白她为什么会对谢欣语这样关心，为什么一定要唤醒沉迷幻觉的谢欣语？

千夏是帮她，还是恨她？

这个谜一样的女孩儿，让人捉摸不透。

从卫生院回来，我决定去找千夏。

曼德高中已经开学了，我在宿舍里，找到了她。同宿舍的女生主动去了图书馆，她一个人戴着耳机，坐在床上听音乐。

我关上门说："千夏，有些事，我想问你。"

千夏见到我，没有一丝意外，反倒有种早知我会来的样子。

她摘下耳机说："问什么？"

我从衣兜里拿出那颗粉钻，放在她面前的桌子上，说："这是不是你给谢欣语的？"

千夏看了一眼，说："是。"

"你怎么会有这颗钻石？你到底为了什么关心谢欣语？"

"苏老师，你用词不够恰当啊。我不是关心她，我只是要唤醒她。"

"为什么？"

"谎言无害，真相伤人，这句话，你该听过吧？"

我心里一颤。我也是不久前，才听过这句蓝桉的"名言"。

我惊讶地问："你怎么知道？你到底是谁？"

千夏微微地笑了，她站起身："你真不认识我了吗？"

我看着她鬼魅的笑容，不确定地问："我们……以前见过？"

千夏没有回答我。她走到她的储物柜前，打开门，从里面拿出一件令我震惊的东西。

那是一个晴天娃娃，眼睛是幽秘的黑洞，嘴角染满了干涸的血迹，轻轻飘荡的裙摆上，写了一行血红小字——如果你爱上她，我就杀了她。

千夏提着它脖子上的细线，送到我面前。

我结结巴巴地说："你……你是当年教堂里的那个……小女

孩儿？"

千夏对我眨了眨眼睛说："你终于想起我了。"

我仿佛一瞬跌进眩晕空无的深洞，记忆的碎片，在大脑里零乱飞散，无法拼装出真相。

我说："你一直都在帮Icy？"

千夏静静地看着我，似乎默认了一切。现在那颗粉钻的出处，已经不言而喻了，一定是Icy掩埋唐叶繁时拿走的。

我说："Icy曾经说过，他的任务已经完成了。你为什么还不肯放过欣语？"

千夏好像并不急着回答我的问题，她慢悠悠地说："你一定听过唐叶繁和谢欣语第一次见面的故事吧。他们还那么小，真是天定的姻缘。可是你知道，唐叶繁的父母为什么吵架吗？"

"那时候还没有你吧。"

千夏抚了抚自己黑直的长发，说："你到底想不想知道？"

"讲。"

"因为唐叶繁的妈妈有了外遇。她为了所谓的爱情，放弃了她的家庭。现在你该明白，你从小到大为什么都没有见过唐叶繁亲生母亲的照片了吧。你妈说是她嫁过去的条件。其实，她不过是要给唐近文保留一点儿面子。"

这些一定都是Icy告诉她的。看来他的确把我们每个人的秘密，调查得一清二楚。

我说："你告诉我这些，到底和谢欣语有什么关系？"

"苏老师，听故事，要有耐心啊。"千夏依旧不疾不徐地说，"唐叶繁的母亲，爱上了一个比她小七岁的男人。他们也有过很幸福的时光。可是，那个男人拿到了英国读博的奖学金，离开之后，就再无音讯。而唐叶繁的妈妈，却有了身孕。于是，她就在打掉胎儿，还是等男人回来的矛盾中，生下了孩子。那时候，她一个人，过得真的很辛苦。她乞求唐近文，帮帮她。可唐近文为了名声与面子，不愿再接纳她。"

"这些事，我和叶繁怎么从来都不知道？"

"因为有些人一直活在安逸的谎言里，有些人却要活在惨白的真相里。"千夏的眼睛里，忽然闪过一线黯然，"唐叶繁的妈妈生了一个很漂亮的女儿，她带着女儿独自生活了两年。她和你的妈妈虽然长得很像，但她们真的不是同一类女人。她实在熬不下去了，最终决定放弃生命。不过她在离开之前，把自己的女儿送到了圣贝蒂斯教会孤儿院。"

千夏的口气很淡，像在讲述一个与自己毫不相关的故事。但我听着，内心却震惊到无法平复。

我说："你就是Icy捡到的那个女孩儿？"

千夏望着我，没有回答，但她如墨的双瞳，却已默认了一切。

我忽然想起曾经在她的档案里看到的"千日云"，竟从没想过"日云"就是一个"昙"字。我的大脑在逆转的剧情里快要跳线了。我木讷地说："那天在陵园，你……也是去拜祭唐叶繁的吧？你是他同母异父的妹妹。"

千夏依旧一声不响地望着我，似乎在等我一点点找出答案。

我不敢置信地质问她："那你为什么还要让Icy害死唐叶繁？他可是你的哥哥！"

"是我吗？"千夏说，"是谢欣语那个疯子吧。Icy只是想让唐叶繁离开禁锢他的父亲、刻薄他的女友，以及你这个赝品妹妹。然后送我和他相认，做他唯一的亲人。"

到底是Icy养大的孩子，他在千夏的性格里，究竟倾注了多少偏激。我说："你要与他相认，就要清除他身边所有的人吗？"

"你觉得，唐叶繁有一个从小疼到大的妹妹、一个温柔漂亮的女友、一个博学儒雅的父亲、一个貌似母亲的保姆，他还会在意一个从未见过面、突然跳出来的妹妹吗？你觉得，他那个连一张他母亲照片都不肯留的父亲，会允许他接纳我吗？他只有一无所有的时候，才会珍惜我。可是，谢欣语却……"

"谢欣语怎么了？她做什么了，这都是被你们逼的！"

千夏却突然笑了，说："苏老师，真要追溯起来，你才是真正的源头吧。其实你已经够幸运了，平白享受了那么多年唐叶繁对你的呵护。而我才是他真正的妹妹，却没有等到与他相认的那一天。原本那一天，真的很近了。他只要坐上那列开往南方的火车……"

千夏低下头，静了静说："所以，不要问我为什么唤醒谢欣语。她亲手结束了唐叶繁，却自己编织起幻觉，幸福地活在谎言里，而我呢？不得不日复一日清醒地面对这些残酷的现实。凭什么我从小就被母亲遗弃，被父亲厌弃？！凭什么我唯一的哥哥，要去给别人做兄长？！苏老师，你有什么资格来指责我？如果我是你，我会用一生去珍爱他。可是你呢？他到临死，都没有听你再叫他一声哥哥！"

千夏的话，像一根锐利的刺，直戳进我的心脏。

我还能说什么呢？

她竟是唐叶繁的妹妹。她说得一点儿没错，我占用了她哥哥那么多年，却从未珍惜过。

千夏拿起桌子上的粉钻，放在我手里说："拿走吧，我从没有想过害死谢欣语。我只是不愿看她活在自欺欺人的幸福里。是我枯萎了她窗前的紫藤，用这颗粉钻，点醒了她的意识。你知道她想起一切的时候和我说了什么吗？她说谢谢我，谢谢我让她找回了尊严。苏老师，谢欣语不是你，生存的意义，不只是为了活着。对于她来说，世界上还有一件比死更难受的事，就是被人怜悯、被人施舍。她是公主啊，她可以散尽身外的荣华，却不可以丢掉内心的骄傲。"

不知不觉，我竟然就落泪了。我说："你说这些做什么呢？

说到底，她不过是爱上你哥哥，这有什么错？"

"性格决定命运，这句话，你应该听过吧？没人能真正左右她脚下的路，最终的选择还是她自己。其实，谢欣语和我妈妈一样，都是生活的弱者。她们那么聪明，却不懂得爱情的无常。爱情就是场骗局。只有蒙住双眼，才能无怨无悔地走下去。她们既然摘下了眼罩，就该接受惨淡的真相。没有谁可以永远爱谁一辈子。所谓天长地久，只是个愿望，能走完一生一世的，统统都是爱未死，人早亡。所以，苏老师，你也不要对蓝桉再抱有什么幻想。他现在想起你，又能怎样？爱情不会比人生长，结局不是你折磨了我，就是我折磨了你。你又何必执迷不放呢？"

我不是来质问千夏的吗？却被她反诘得哑口无言。

千夏拉开房门，说："再见了，苏老师，希望你找到了你要的答案。"

Forgetting 54：如他所愿

从曼德高中出来，我漫无目的地走到卓尔亚湖畔。

深秋的风，透着森森的潮凉。

我需要静一静，这些天，接踵而至的事情，实在太多了。我的世界，仿佛在一夜间，被击得千疮百孔。

我沉默地在一处岩石上坐下来，傍晚的余晖，浮在湖面上，跳跃着粼粼的光芒。

"苏一，你怎么在这儿？"

我听见有人叫我，回转头，看见了钟南。他提着水桶，扛着鱼竿走过来。

我问："你喜欢钓鱼？"

"没事钓着玩呗，没有你的日子，得学会打发寂寞。"

我用鼻子"嗯"了一声，开不出玩笑。

钟南咳了一下，换掉轻佻的口吻说："那个……谢欣语的事，我听说了。你要节哀啊。"

我点了点头。

十月的天，黑得很快。钟南弄好他的钓具，就已全然黑透。他抛出一只夜光钓，在湖面上，浮沉了几下停住了。

钓鱼真是件疗伤的娱乐，不用说话，只需陪伴。不一会儿，鱼钓一沉，钟南竟真的钓起一条鱼。

钟南说："看，这湖里的鱼都学聪明了。白天怕抓，都藏起来了，晚上才出来找吃的。"

"你好像很有经验呢？"

"那是。"钟南不客气地说，"小时候我爸常带我钓鱼，他说男人要有耐性。"

"没看出来。"

钟南"噗"的一声笑出来，说："等我和他一样老的时候就有了吧。"

就在这时，秦依瑶打来了电话。她说："苏老师，我要走了。明天回美国去。"

我说："怎么突然就走了？"

"不算突然吧，我和洛小缇的合作已经谈得差不多了，今天我们谈了最后的事宜。"

怪不得Lino今天那么急着把洛小缇叫走了。

秦依瑶说："对了，苏老师，你知道孟格的事吗？"

"怎么了？"

"他被曼德高中开除了。"

我有点儿惊讶："为什么？"

"他用干扰器干扰教室的监控摄像头，帮同学作弊。"

我怔了一下，忽然明白秦依瑶为什么和我说这件事了。当初她被反锁进重症区，卫生院里的监控录像，凡是有千夏的镜头都被干扰了，这和孟格一定逃不开关系。如果这样推断，后来小礼堂和密室逃脱的闹鬼事件，也多半是他们的"杰作"。看来所有不可思议的背后，都有一个极简单的理由。而我刚刚知道了千夏的身世，现在也就无所谓惊讶了。从小陪着Icy装神弄鬼的千夏，从来就是这方面的一把好手。她不但成功地恐吓了我，还顺便整治了欺负她的秦依瑶……

　　想到这儿，我突然愣住了，一个隐隐萌发的念头，缠上我的心头。因为有一个人，总是与千夏若即若离地发生着牵连，千夏为我设下的每一个局，都仿佛是他的铺垫。

　　我说："对不起，依瑶，我这会儿有急事，一会儿再和你联系。"

　　秦依瑶说了声"好"，就收线了。

　　我转过头，对钟南说："嗨，问你件事。"

　　钟南看着他的鱼钩，说："什么？"

　　我想了想说："我从没有和你说过蓝桉失忆吧，为什么你第一次见他不感到惊讶？"

　　钟南怔了一下说："你没说过吗？"

　　我又问："你能告诉我，在小礼堂的地下室，那扇锁着的门，你为什么一推就会打开？"

　　"我……也不清楚。"

　　看着他的神情，我也就渐渐确定了心里的感觉。

　　我说："怪不得，你会和蓝桉那么像，一定是有人在指点你了。其实，从我重新见到你的第一天，就是一场戏，对吗？我明明看着千夏上了阳台，可你却告诉我什么也没看见。那只能说明一件事……"

　　"什么？"钟南低声问。

"你们是默契的搭档。她是有意引我上去，看你表演蓝桉的吧？"

钟南垂着头，神情死寂。

我问他："说话啊，为什么不再说甜言蜜语了？"

钟南忽然抬起头，说："没错，是Icy找我来的。那时候，我正失业，没有工作。他说，他会帮我，让你忘掉蓝桉，喜欢上我。"

我淡漠地补充："你忘了说，他还给你开了忘记良心的价码吧？"

钟南脸上闪过一丝难堪，说："我是拿了他的钱，但是，苏一，我也是不想让你陷在得不到的感情里无法自拔。"

我觉得，自己真的累了，心像失去水分的草木，枯缩成一团。

面对Icy，我根本就不是一个合格的对手。我只是他掌心里一只永远无法逃出去的虫子。

钟南抓住我的手："对不起，苏一，你说过，你会原谅我。"

我抽出手，猛地扇了他一个凶猛的巴掌。我说："我求你，不要再伤害我了好吗？我真的承受不起了。"

钟南说："对不起，我真的没有想过要伤害你……"

我不想再听他狡辩，脑海里一片苍茫。丝丝的寒意，缠绕住我的身体，冰封住我的心脏。

我问他："我的硬盘呢？我用命抢出来的硬盘呢？"

钟南张着嘴，没了声息。

看来，只能我来替他回答了。我说："你给了Icy对不对？钟南，你的确是把钓鱼的好手。"

我转身走了，钟南追上来："你听我解释。"

我甩脱他说："帮我最后一个忙吧，替我转告Icy，放过我。他赢了。我不再奢望蓝桉想起我。如他所愿，我要走了。"

百日
恋情
—篇—

有了寒冷，才可以见证温度；
有了等待，才可以见证想念；
有了冬夜，才可以见证孤独。
有了你，
才可以见证年少与爱过。

Forgetting 55：我曾深爱的少年

欣语说得没错，反抗命运的方法，不一定只有坚持到底，还可以选择，不给它折磨你的机会。

我决定离开蓝桉，离开这座城市。曾经我离开过，也过得很好。

我不得不佩服Icy掌控剧情的能力，不紧不慢的节奏，让我一层层地衰败中，心如死灰，对爱情不再抱有任何幻想。

我向洛小缇提出了辞职。她不同意，说："你不见蓝桉就算了。为什么非走不可呢？"

我说："如果我知道他就在身边，我又怎么可能不会有幻想？"

洛小缇抱着我，彼此难过得说不出话。她说："这一次，不论去哪儿，都不要和我断了联系。"

我靠在她的肩上，点了点头。

离开洛小缇的工作室，我回了落川镇。

现在的落川镇变了许多，建了新的房子，但我们的小院子还在。妈妈说："还好房子没拆到咱家。我和你爸在这儿住惯了，总觉得这儿才是家。"

我默默听着，心里有了些哀伤。

这些年，来来去去，我的家究竟在哪儿呢？落川镇肯定不是了，从我八岁那年搬走，就再也不是了。唐近文留给我的房子？人走楼空，也只是个寄住的蜗壳。我突然发觉，自己长着长着，就长成了没有家的人。

总以为，有爱就有家，却从没想过无爱家在哪儿。一个人，一箱衣服，一张大到可怕的床。

　　爸爸看见我回来，特别高兴。他拉着我"呜噜呜噜"地说着我根本听不懂的话。

　　他真的已经老了，老到连话也说不清了。

　　妈妈在一旁帮他擦着下巴，说："哎哟，说不清就不要说了，看看这口水流得，你要吃了你女儿啊。"

　　可他仍不依不饶地拉着我。

　　我拿过妈妈手里的手帕，帮爸爸擦着嘴角说："我懂的。你要我赶快找个男朋友嫁了，对吧？"

　　爸爸"呜呜"地用力点着头。

　　我说："放心吧，你女儿现在可厉害了，有好多人追，有点儿挑花眼了呢。"

　　妈妈瞥了我一眼，暗暗地叹了口气。

　　晚上，妈妈陪着我一起睡觉。她说："小一，蓝桉要是好不了，你就不要再等了。女孩子有多少青春可以陪他这么耗啊。"

　　其实，我的青春早已耗尽了吧。

　　我躲在她的怀里，像小时候一样藏在她的颈间。妈妈的身上，总有一种令人熟悉而说不出的香味，让人安宁。

　　我说："我决定要离开蓝桉了。"

　　妈妈抚了抚我额头的碎发，说："真的？你要真能想开就好了。"

　　十月的第二个周末，我和洛小缇为谢欣语办了个小小的葬礼。来参加的，都是她身边的人，多半都是卫生院的医师和护士。

　　那一天，谢欣语的母亲常月芬也来了。这么久以来，我是第一次见到她，她穿了一身黑色的套装，身边跟着个干净清秀的男孩儿。他走过来，礼貌地和我们打招呼。他说："你好，小一姐、小缇姐，谢谢你们一直照顾我姐。"

我一怔，他竟然是谢欣语的弟弟谢家万，没想到他竟长成了这样彬彬有礼的大男生。真没想到，Icy会网开一面，放过谢家这个孩子，让他安安静静地长大。

我说："这几年，你和你妈过得还好吧？"

谢家万说："还好，艰难的时候都过去了。我妈和我姐的关系你们也知道的，她不让我管我姐的事。多亏有你们。"

洛小缇拍了拍他的肩膀，说："你才多大，管得了什么。能陪你妈熬过难关，就算不错了。"

常月芬也走了过来，说："我这几年，虽然没去看过欣语，但她的情况，我多少也都了解。我受他爸拖累，自己也不好过。说实话，我怕见到她。我都不相信，那是我骄傲的女儿。她把我关在门外的时候，我真的恨死她了。可是事情过去后，我也替她难过，到底是我身上掉下来的肉啊。"

我从手包里找出那颗粉钻，放在她手里，说："欣语留下来的。"

常月芬紧紧地攥着，沉默片刻，才说："她走得，还算平静吧？"

我点了点头。

常月芬忽然就哭了。

那一天，是我最后一次见到谢欣语。我和洛小缇给她换了崭新的校服，那是欣语最美好、最快乐的时光。所有的光华，都灿烂在她的青春里。

我们把她葬在离叶繁不远的山坡上，素洁的汉白玉墓碑，两两相望。

他们之间有过多少爱恨纠缠，都入土为安吧。

十二月的时候，骤然冷了。阴沉不定的天，终是下了场纷纷扬扬的大雪。洛小缇拿出了她签约秦氏之后，第一批设计草图。黑白两色美钻，纠缠在一起，像两条鲜活生命的挣扎与不舍。

洛小缇给这个系列命名——"繁语"。

那天晚上，我悄悄去了安澜。因为，我已经买好了离开的机票。

我想再去看看蓝桉。

我坐在二楼水吧的围栏边，开阔的视野刚好可以看见大堂。已经是晚上八点，蓝桉从电梯走出来，看不太真切他的样子，只有美好的轮廓。他和身边的戴何铭，说着什么，一起离开了。

我安静地看着，直到他的背影走出我的视线，才轻声说："再见了。"

是啊。

再见了，蓝桉。

我把全部的青春用来爱你，这是我一生最傻，也是最幸福的事。

直到现在，我依然会梦到你小时候的样子，梳着光溜溜的小球头，在铺满阳光的屋顶，跳来跳去。天空像一整块蓝色的玻璃，空气里都是夏天的花香。我始终觉得，那个小小的蓝桉才是属于我的。因为酥心糖长大了，依然是块普普通通的酥心糖。蓝小球却在时间里，淬炼成我认不出的样子。

蓝桉，这一次，我不会回头了，如你希望的那样，完整地退出你的生活。我不是不再爱你，我只是不想让残忍的现实，覆盖那些美好的记忆。

我还有一些积蓄，想先玩一玩再去找工作。我准备到澳洲的塔斯马尼亚岛去看一看。据说，那里是世界的尽头，有一万年前不化的寒冰和亿万年前闪耀的星空。它远远地遗落在浩瀚的太平洋上，保护着许多古老的物种，比如，古怪可爱的鸭嘴兽；比如，疯长无限的蓝桉。

是的，它是蓝桉的故乡。我想看看它们真实原生的样子，想知道它们是否真的可以肆无忌惮、无牵无挂地生长千百年。

谢欣语曾经对我说，只要爱保存在记忆里，就没有什么好伤心的。没有了现在，至少还拥有过去。

如今想起来，或许她是对的。

从今以后，在没有你的路上，还好我有许多许多的回忆，来填补空白的未来。

再见吧，蓝桉。

再见吧，我曾深爱的少年。

Forgetting 56：武藤先生

离开的那天，我没有通知任何人，一个人去了机场。

已是深冬，城市上空，囤积着凝重的云层，偶尔有淡金的光棱漏出来，像天使窥探人间的目光。

飞机延误，换登机牌还有一段时间。我站在巨大的玻璃幕墙前，看飞机在跑道滑行起落。

忽然有人走到我身边，说："酥心糖，怎么一个人？"

听声音，就知道是Icy了。他穿着VISVIM的浅蓝大衣、雕花的布洛克鞋露出明蓝的袜子、灰色的七分裤，在冬日里显得有些伶仃。

我没有太多的意外，说："来监督我有没有离开？"

Icy摇了摇头，说："我是来送行的，不想你一个人。"

我用鼻子哼了一声，不想与他说话。

Icy说："酥心糖，只要你离开。我们还是朋友。"

"你有朋友吗？你身边所有人，都是你的工具吧？"我反问他。

"有没有朋友其实无所谓了，我有蓝桉就好。"

我觉得，自己与他真的无话可谈。我只想远离这个人，越远越好。我说："送行你已经送过了。你可以走了。"

Icy笑了笑："没想到，你会这么恨我。"

有时候，我真想冲上去扯掉他的脸，看看他天真无邪的面具后面，究竟有着怎样的面目。他怎么会在伤害了别人之后，仍能摆出若无其事、云淡风轻的样子。

我说："Icy，你伤害了我的哥哥、我的朋友、我的亲人，让我与自己深爱的人，再不能相见。你告诉我，我怎么会不恨你？曾经，我想过忘掉过去，与你做朋友。因为我觉得你那么脆弱，害别人也是为了帮蓝桉。可是我错了，脆弱不过是你裱装的外壳，其实里面藏着颗无比强悍恐怖的心。我怕了你。请你离开我，越远越好。"

"好吧。你既然这样讲，我就先走了，希望以后还有机会见到你。"Icy对我摆了摆手，转身离开了。

其实，他真应该庆幸，我还是个有理智的人。否则，我会和他拼到两败俱伤！

可是，Icy只走了两步就定在了那里。

我顺着他的目光望出去，竟然看到了一个令我不敢相信的人。

我脱口叫了出来："蓝桉！"

好久没有看过他身上出现这样鲜明的颜色，银蓝西装，翻出斑马纹的衬衫。Icy惊诧地说："你怎么来了？"

蓝桉说："是我该问你，你来做什么？"

"苏一要走了，我送送她。"

蓝桉说："我也有朋友要走，也送送他。"

"我怎么不知道？"

蓝桉侧了侧身，他身后不远的地方，站着一个男人，竟是武藤。

Icy的笑容，终于匿迹在嘴角。他说："武藤先生……是要走了吗？"

"是。"蓝桉一眨不眨地看着Icy，"能和我解释一下，作为一个留学生，武藤怎么进入VIP名册，住豪华套房？"

"他……是留学生吗？"

"这个你回答不了，那就和我说说，那天钟先生是怎么恰到好处赶过来的吧？"

"……"

"当然，你想说说那天楼面当值，为什么会被撤掉，也可以。"

"我……"Icy被蓝桉逼问得哑口无言。

蓝桉慢慢踱到他的面前，说："Icy，从前我就告诉过你，谎言无害的道理，你怎么忘了呢？"

Icy深吸了口气说："蓝桉，我是为了你好。"

"为我好可以，但不要在我背后玩花样。"

"我没有。"

"有没有，你心里清楚。咱们两个，还需要多言吗？"蓝桉伸手揉了揉他的头发，"Icy，你已经长大了，是时候离开我了。"

Icy终是急了，他抓住蓝桉的手臂，说："你不要开玩笑，我不会走的！"

蓝桉放在Icy头上的手，忽然收紧五指，抓住他脑后的头发说："我不是和你商量，只是告诉你我的决定。别违背我的意思，也不要挑战我的脾气，去收拾你的东西，我回去，不想再看见你。"

Icy在蓝桉冰冷的语气里，浑身都在发抖。他直直地看着蓝桉的眼睛，仿佛要迫进蓝桉的灵魂。

Icy说："你真的赶我走？"

蓝桉松开手，说："走吧。"

Icy死死地看着他，淡色的眼睛，充满了不甘与怨愤。

可他最终只看到心意已决的蓝桉，头也不回地离开了。

Forgetting 57：只相信

大厅里响起了换登机牌的通知，正是我延误的航班。

蓝桉走到我面前，说："还是要走吗？"

我发愣地看着他，不知道他怎么会为我"沉冤昭雪"。我看着他的眼睛，黑色的瞳眸，像深邃的星空。

我不太确定地问："你……想起我了？"

蓝桉摇了摇头。

"那……谢谢你了，蓝先生，替我平反。我要……准备登机了。"我提起箱子，低着头，不敢再看他的眼睛。

我怕再看下去，就没了离开的勇气。

可是我想绕开他，他却偏迈进一步，仍堵在我面前。我抬起头说："还有什么事？"

"请你做我女朋友。"

我的心脏仿佛如一块落进沸水里的冰，发出冷热不均的爆裂声。

我以为自己听错了，又问："什么意思？"

蓝桉说："做我女朋友。"

我告诫自己冷静下来，才说："如果你没有想起我，请你不要说这样的话。你知道吗，就在不久之前，我刚让自己下定决心离开你。我的青春，大部分时间，都用来挣扎要不要爱你。这真是一件很折磨人的事。我不知道你为什么会突然心血来潮说爱我。可我真的玩不起了，蓝先生。"

"不算心血来潮，是有人告诉我，你是我的女朋友。"

"哈。"我忍不住笑了，"已经有很多人告诉你了好吗！"

"但这个人不一样。"

我怔了一下，问："是谁？"

蓝桉抬手，"啪"地打了个响指。

大厅里那块巨大的广告屏，忽然跳闪了一下，一个邋遢的、穿着睡衣的男生出现在不断闪动的画面里，看起来像是损坏修复好的视频。几道黑色横纹"刺刺"跳动了几下，里面的男生，开始胡乱地挠头发了。

他说："嘿，苏一，和你这样说话很奇怪。我不知道，你有没有机会看到这段视频。"

"刺刺……"

"对不起。我不该去找你的。可是，你知道的，我脑子越来越不清楚了。常常会莫名其妙地发脾气，有时还会忘掉许多事。所以，我想……趁着自己还算清醒，去看看你。因为只有在你身边，我才感觉自己是真实的，是会说、会笑、会高兴、会难过的蓝小球。

"哈，我真够笨的，是吧。浪费了那么多时间和你斗智斗勇，现在想珍惜，却已经没机会了。原谅我的不告而别吧。你的伤，让我怕了。我怕我在你身边，只能给你带来更大的伤害。"

"刺刺……"

"哎，说到哪里了？Q，我说到哪里了？"

……

"算了，就结尾吧。"

……

"对了，还有一件事，苏一，你相信，我爱你吗？"

……

"我真的……真的……"

视频播到这里就卡住了。大屏幕又切换了正常的广告。旅客闹哄哄的，不明白发生了什么。只有我站在蓝桉面前，落泪了。其实，我不想哭的，可这大概是我一生最不能回放的片段。每一次想起，都痛彻心扉。

我低声说："是钟南给你的？"

蓝桉点了点头说："硬盘损毁得很厉害，只修复了这一点儿。"

"这点儿就够了吗？"

"我告诉过你，我只相信我自己。"

我抬起头，擦干脸上的泪痕说："蓝桉，从你恢复之后，发生了太多的事，让我不得不重新来看待我们。这不是一个心血来潮的决定。如果，你想不起从前的我，我不确定你是否真的会爱上我；如果，你想起从前的我，我怕你不一定想爱我。所以，不要因为一段不完整的视频，就要找我做你女朋友。我们给彼此一段时间好不好？青春有限，再疯狂，我就老了。"

蓝桉看了看我说："好，你走吧。希望回来的时候，能听到你的决定。"

我拖着行李，走过蓝桉的身边，心里翻涌着惊涛骇浪。

我一边赞叹自己的坚定，一边想要抽自己的嘴巴。

回到蓝桉身边，不是我一直想要的结果吗？

可是这个结果，真的会如我想象的那么好吗？

如果蓝桉想不起我与他的过去，我有什么魅力可以吸引住他？我再不是十七岁的苏一了，可以不思后果地爱一个人。我已尝尽失去爱情的痛苦，看过欣语无爱后的重伤，我又怎么敢把自己轻易交给一个根本"不认识"我的人。

换登机牌的时候，我停下来，回头偷偷看了看蓝桉。

没想到他竟已走了。

我忽然就有那么一点儿庆幸自己刚才没有答应他。

Forgetting 58：升舱的福利

澳洲航空的新制服很漂亮，空姐也温柔大方。我贴着窗，看渐渐远离的城市，心情难免有些黯然。飞机平飞之后，有空姐过来找我说："是苏一小姐吧？"

我被她黄头发、绿眼睛配标准中文的组合震惊了。

我点点头说："是我，有什么事？"

她说："请跟我来，我们为您免费升舱。"

我诧异地说："你们搞错了吧？"

她对我甜甜地笑了一下说："没有错。"

早听说过国际航班有升舱的好事，一个人往返四万的"高贵"票价，没想到就这么莫名其妙地摊上了。我跟着她到了头等舱，里面贵得的确不同凡响，宽敞、漂亮，人也少得可怜。有一只超大号的Nike鞋，伸到过道里。

我看着，心下一颤，忽然想起了某个人。

空姐带着我，走到那只大Nike鞋旁边，停了下来，说："这里是您的座位。"

看来我的预感一点没错，那就是"某个人"，只是他脱了西装，换了条随意的卡其裤，斑马纹的衬衫，敞着领口，露出笔直好看的锁骨。

我承认，我看呆了。

因为我已经好久没有见过这么随性的蓝桉了，卸去正装的束缚，多了许久不见的玩世不恭。

蓝桉拍了拍身边的座椅说："坐。"

我说："我们刚才不是说清楚了吗？"

"坐。"

我只好先坐下来。

他说："你说的，我考虑过了。要你做我女朋友，是有点儿突兀。其实我也不确定，会不会爱上你。所以，在你变老之前，我们再疯狂一百天吧。我给你一百天的时间，让我爱上你。如果无爱，就算我们缘分已尽，再不奢望。"

到底是蓝桉，要我做他的女朋友，还要我自己想方设法、极尽所能地让他爱上我。

天下不会再有比他更不讲理的男人了吧。

一百天，我不会老去。但一百天，我必会深陷。

可是，如果上天注定我们不会在一起，我为什么不用这一百天，给这段感情留下最美的回忆？

蓝桉对我扬了扬下巴说："成交吗？"

我咬了咬牙说："成交。"

蓝桉微微笑了。

那笑容仿佛一束春日的光，驱散我心底盘桓不去的雾霾。

他指了指自己的嘴唇。

我一怔，才明白了他的意思。我不好意思地低下头说："干吗？"

可蓝桉仍固执地望着我，又指了指嘴唇。好像在说，我是他女朋友，就要做女朋友该做的事。

没办法了，我只能慢慢凑过去。

这是梦吧。

我已经有多久没有与他这样靠近了。

他清俊的面庞依然漂亮，只是泛着淡青的胡楂儿，让他多了时光的印迹。

我停顿下来，任他温热的鼻息，轻轻喷洒在我的脸上。

我说："蓝桉，告诉我，这不是梦。"

蓝桉说："如果是梦，我叫醒你，你不后悔吗？"

是啊，就算是梦，我为什么要在这一刻醒来？

我闭上眼，把自己的唇，贴在他的唇上，似乎有细小炽热的火焰，溢散出来。世界无耳无声，万物匍匐在盛大的静谧里。只有我与他，凝停在三万尺的高空。

蓝桉离开我的嘴唇说："嘿，第一天，我好像就要爱上你了。"

而我坐回座位，轻抚酥痒的脸颊，才发现自己竟然落泪了。

蓝桉侧头看了看我说："怎么又哭了？你以前也是这么爱哭吗？"

我擦去泪水说："问什么问啊，你以前可不是这么爱八卦。"

蓝桉听了，突然笑了。他说："酥心糖，我开始有点儿明白以前为什么会喜欢你了。"

Forgetting 59：榨干一百天

其实到现在，我也不明白蓝桉为什么会喜欢我。小缇说："这还不明白，月老在你俩脚脖子上，绑了根铁链子一样粗的红线。你们扯都扯不断。"

我说："你就别胡扯了。"

洛小缇在电话另一边，笑断气。她说："小一，你时来运转了吧。"

　　到达墨尔本的第一天，我躺在酒店的大床上，给洛小缇打电话。这二十四小时里发生的事，实在太不可思议。我和她讲蓝桉、Icy、武藤、钟南。我说："你要是碰见钟南，帮我谢谢他。没想到，他会把硬盘给了蓝桉。"

　　洛小缇说："我已经帮你谢过了。他来找过我，说了他的事。他说在火场里看到你的时候，就抽了自己两个嘴巴。其实，他原本只是想劝你回头，自己也能赚点外快，没想到会搞成这样。还有就是武藤的事，之前说好就是摆摆样子，没想到武藤那么龌龊。他要我帮他和你说说好话。"

　　我说："我现在也不生他气了。我知道他也难，谎言一旦开始就收不住了。"

　　洛小缇哑着嘴，怪声怪气地说："唉，正主到手，其他都不算事了。哈。"

　　"别闹。"我打断她说，"你觉得一百天之后，我和蓝桉会怎么样？"

　　洛小缇收起开玩笑的口气，说："小一，听我的，什么都别想。如果这是你们最后的一百天，你要把每分每秒都榨出快乐来，要不然你一定会后悔的。"

　　洛小缇的话，让我的心定下来。

　　我想那么多干什么呢？就当末日前的一百天来过吧。

　　我说："你说得对，我要每分每秒把他榨干！"

　　洛小缇"噗"地在那边笑出来："天啊，污染我耳朵！"

　　"你想哪儿去了！"

　　洛小缇一边笑一边说："我什么都没想啊，我什么都没想！"

第二天，蓝桉就来敲我房间的门。他带着我飞往朗塞斯顿。必须说，这次旅游，由于蓝桉的加入，完全变味了。原本我只想走走停停，体验一下异国不同的风景，看看塔斯马尼亚岛上的蓝桉。

可是，蓝桉直接把我带去了背包客之家，把温情的小清新之旅，换成艰难的徒步旅行。他带着我在小镇子里买了背包、睡袋、帐篷、冲锋衣、抓绒裤、绑腿、登山杖，以及一堆方便食品。我被他的阵势吓到了。我说："蓝桉，你不会真的靠走的吧？"

蓝桉说："既然来了，就要认真地玩一下。"

那天晚上，我们在镇上的一家餐馆吃了牛排。那块大得像砖头一样的牛排，吃了一半，我就已经饱了。

蓝桉用叉子戳了戳说："你最好还是把它吃了。"

"为什么？"

蓝桉伸出手指算了算说："后面至少六天，你都没得吃了。"

我听着，心里油然生起一抹恐怖之情。

塔岛上的确有许多蓝桉，比我想象中的还要高大旺盛。如果我独自看到，一定是要睹物思人了吧。可是现在有了蓝桉做伴，心态也就变作了单纯欣赏。我们大概是在第四天，才开始了真正的徒步之旅。

摇篮山圣克莱尔湖国家公园，是塔岛上最艰难，也是最壮阔的线路。起初是平坦的草原，天边森高茂盛的桉树，托着大朵的白云。摇篮山就耸立在远方，平直的山峰中间，像被怪兽咬去了一块缺口。蓝桉看起来，心情很好，背着巨大的背包，走在前面。

我跟着他，想说话，却没有话题。

忽然间，我们就在一起了，反倒多了莫名的尴尬与陌生。

于是整个行程，就剩下不停地走。还好这里的景色足够秀美，草木与溪水交织在一起。云朵快速地浮游过天空，投下魔法般的光影。蓝桉的背影，像陷进一片明丽的画卷。

走了很久之后，他转头说："你不饿吗？"

已经是午后，不饿才怪。我说："早就饿瘪了。"

"怎么不说？"

我支支吾吾地说："你没说啊。"

蓝桉递给我一根能量棒说："前面就是营地了，再坚持一下吧。"

我们又走了一会儿，才到达营地。蓝桉放下背包，开始安营扎寨。他支撑起橙红的帐篷，用镁棒生起炉火。我从背包里翻出锅子，下了一锅方便意面。

一只袋熊一直站在旁边看着我们忙，胖嘟嘟的，长着一身灰色的短毛。我给它拍照，它也不怕。

蓝桉懒洋洋地躺在帐篷里，扔出一块石头说："嘿，大厨，你是要做铁板意面吗？"

我这才发现，意面就在我和袋熊友好的交流中，煮煳了。

我手忙脚乱地把锅子端下来，还烫了手指头。可蓝桉依旧像大少爷一样躺着说："能吃了吗？"

唉，真是太不体贴了。

我盛了一碗黏稠物递给他。他也不介意，和我安静地分享了一顿黑暗料理界的大餐。

Forgetting 60：一对儿情侣

十二月，正是南半球的夏天，塔岛的太阳直至晚上九点，才迟迟落下。这里的昼夜温差很大。天黑下来的时候，温度骤然冷下来。蓝桉和我裹着毯子，坐在帐篷外面看星星。

我从没见过这么美的星星，比落川镇的还要多。银河那样清晰地流淌在夜空里，每一颗都闪烁着银芒。

蓝桉问："冷吗？"

"有点儿。"

他便张开长长的手臂，把我圈进他的怀里。蓝桉似乎比我进入角色还要快。

有时觉得，他真不是一般的固执和古怪，恋爱不是凭借感觉，而是相信自己告诉自己某某人是你女朋友。我在他怀里有点儿窘，可慢慢地，就融在他的体温里。我尽量不经意地把头靠在他身上，为了掩饰"怦怦"的心跳，还要装作漫不经心地说："看看人家的环境，保护得多好，动物也都不怕人。"

蓝桉说："讲个故事给你听吧。原来塔岛上生活着一种奇异的生物，叫作袋狼。它们长着狼的脑袋，却有着老虎的斑纹。它们在这个世界上有四百万年的历史了。可是两百多年前，英国人来了，怀疑它们吃了自己的羊，于是用了一百六十年，把它们杀得一干二净。"

"呃……"我不知道说什么好。

蓝桉继续说："原先在塔岛上，生活着一群土生土长的塔斯马尼亚人，他们祖祖辈辈都在这片土地上繁衍生息。还是那些英国人，抢了别人的土地又担心报复，于是用了一百年，把六千多个土著杀得一个不留。"

我感叹说："好残忍。"

"所以，不要随便给人贴什么高贵的标签。他们是做了太多的恶事，才反思出今天的善良。其实说到底，在地球上活着的，都是畜生，只不过进化的快慢不一样。"

"也不用说得这么难听吧。"

"难听不是我想说的重点。"

"那重点是什么呢？"

"重点是……过去不论多残忍都已经过去了，只要今天的星空够美、够璀璨，谁还在乎以前发生了什么。"

我伸出手臂抱住他的腰，说："虽然我比较笨，但你的故事，我听懂了。"

我看不到他的脸，但我感觉得出，他一定笑了。

好像就是从那天起，我和蓝桉之间那层古怪的陌生感消失了。我们像世界上的每一对儿情侣一样，有说不完的话。当然，说不完的，主要还是我。我和他讲我们从前的故事，他默默听着，仿佛是在填补着缺失的记忆。

好像在很久以前的时候，我们也是这样恋爱的。我不停地说，他静静地听。

第八天的时候，我们的食物基本已经吃完了。傍晚，到达了水仙谷的营地，那里有可以休息的小木屋。可是没有电，有三个德国人，也住在那里。他们的食物比我们吃得还要干净，只剩下路餐饼干。我们几个饥肠辘辘地捧着滚热的茶，并排坐在岩石上，面前是夕阳中的群山，风穿过山谷吹过来，带着草木的香气。

这就是徒步的意义吧。以纯粹通透的身体，膜拜在自然的静寂里。

我忍不住大声喊："好饿啊！"

三个德国汉子，哈哈哈地笑起来。他们不懂中文，但知道的仅有几个汉字，就包括饿。

晚上，我们睡在睡袋里。窗外的月光好亮，我侧过头看蓝桉，如梦境般不真实。强大的饥饿感，让我恍惚回到从前那个漆黑无光的防空洞。那时只有我们，厮守在黑暗里，不知生死，不思未来。如果我们当初没有离开，现在也该是古墓派的一对高人。

我轻声说："蓝小球，我们不离开这里了好不好？"

我以为他睡熟了，可是没有。他忽然转过头，说："你想做野人，我可没心情陪你。"

我的脸顿时红透。

他轻声说："我们做个游戏吧。"

我说："什么游戏？"

"寻宝。"

"什么宝？在哪儿呢？"

"在我身上，找到了，你肯定喜欢。"

"少骗人了，你身上能有什么宝？"

"这是你放弃的，别后悔。"

"怕了你。怎么找？"

"用手找啊。"他把手臂从睡袋里拿出来，平平摊开，脸上一副看好戏的表情。

"以为我怕你啊。"我从睡袋钻出半截身子，把手伸进他的睡袋，胡乱摸起来。起初还好，可是我忽然瞥见他望着我的目光，脸颊一瞬就升温了。还好是晚上，否则全让他看在眼里。

"哪有啊？"我有点儿想打退堂鼓。

"再往下找。"

我拿出死就死好了的心，向下摸去。

蓝桉漫不经心地指挥着："左边一点儿，再左边一点儿，伸进去。"

那是他的裤兜。

我摸到一根硬硬的小棒子，我小声惊叫了一声："你竟然……"

就在这时，一位德国朋友起来了。他看见我和蓝桉销魂的姿势，当即又倒了下来，喃喃地用英语说："Oh，I'm dreaming。"

我顿觉没脸见人了。

我嘟囔着把后半句说完："你竟然有能量棒。"

没错，我都快要饿死了，蓝桉竟然还藏着一根能量棒不拿出来。

蓝桉贴着我的耳边说："每次徒步远行，我都会留下三根能量棒，从来不碰。那是我救命的三根稻草。现在，我把三分之一分给你，酥心糖。"

我的心脏，瞬间跳漏了一拍。

我转过头，近得几乎碰到他的鼻子。

灼灼的目光，藏着整个宇宙的星光。

他真的不记得我了吗？

为什么他却依然记得怎样爱我。

我说："蓝桉，我有点儿后悔了。"

"后悔什么？"

"如果一百天之后，你没爱上我，我该怎么办？"

Forgetting 61：第十天至第十八天

大脑是最难搞懂的人类器官吧。它不止会自动封闭某些记忆，还会自动编构新的情节，填补缺失的空白。

我和蓝桉讨论过，删掉一个人的记忆，究竟是怎样的，会不会觉得很奇怪。可蓝桉说，从来就不知道一个人的存在，没有，就是正常。

这个逻辑实在太古怪了。我问他："你记得小缇对吧？那我们一起去闯鬼屋的时候，是谁和你一起走完的？"

"当然是我自己。"蓝桉毫不费力地就想起了那一天，"我还记得，我和卓涛打过赌，一个人走完。"

我叹了口气说："好吧，你连卓涛都记得，却不记得我。那你不记得谁是他女朋友？"

蓝桉不在乎地说："关我什么事。要不是NBPK，我怎么会认识？"

看，"自动脑补"这件事，绝对不是胡扯。大脑不是电脑，误删了一段不会当机，只会东拉西扯地自己补起来。

第十天，我们坐上了返航的飞机。

我的身体很累，但心里却有种很踏实的幸福。蓝桉就在我身边，看书或是听音乐。

我不敢再奢望什么。我要像洛小缇说的那样，把剩下的每一秒都榨出快乐来。

蓝桉回国后，很忙。十几天不在，有许多公事要处理。我也不想烦他。毕竟不是天天黏在一起的高中生。不过，每天晚上，我们会通一次电话。我向他"汇报"一下全天的活动，他就会说"嗯""挺好"，一副领导腔。

说起来，蓝桉这个人不刷微博，不玩微信，他几乎不在网上留有任何的痕迹。想知道他的生活，真是太难了。

这几天，洛小缇也忙得不可开交。"繁语"已经进入操作阶段，我过去帮她打理行政上的日常工作。洛小缇对这个系列的要求，几近苛刻。我明白她是为了什么。那只是她打入国际市场的第一步，亦是她对叶繁与欣语的想念。

第十五天的晚上，蓝桉在凌晨打来电话，他说："小一，我经常会梦见一个旋转木马，亮着很多灯，有很欢乐的背景音乐。

不过木马上，只有我一个人，坐了一圈又一圈。你知道是什么地方吗？"

我怎么会不知道呢？

我说："去'长草花园'等我吧。"

已经临近圣诞，寒冷的空气，弥漫着节日的气息。双子大厦前，竖起一棵巨大的圣诞树，挂满了彩球和糖果。

蓝桉比我早到。他一见到我就问："你知道那个木马在哪儿？"

我带他走出"长草花园"绕到旁边的公园，指着一片绿地，说："以前，这里是个儿童乐园。后来，在我初三那年，拆掉了。你梦里的那个木马就在这里。很大，很漂亮。"

蓝桉望着那块长满青草的绿地说："继续说。"

"那时候，我们就是六七岁的样子吧，在这里坐了一圈又一圈。你像只猴子一样，在木马上跳来跳去。我嘛，公主一样坐在南瓜马车里。"

蓝桉转过头，看了我一眼，浅浅地笑了。

我说："怎么了？我不可以公主的吗？"

这一次，蓝桉却放声笑了。

黑夜里，他的笑声，格外清朗。

我看着他，有点儿呆。

他问："怎么了？我脸脏了？"

"不是，是你很少这么开心地笑。"

蓝桉却牵起我的手，说："是很少有人可以让我这么开心地笑。"

那天，我们就一直在公园里散步，说小时候的往事。直到晨练的人们，陆陆续续打破城市的宁静。

第十八天，蓝桉出席安澜的国际年会。

出国前，他安排人重修"小白"才飞去新加坡。而我也并不闲，因为有个意想不到的人来找我。

是孟格。

他在我家门前整整等了两个小时。

我下班回来，看见冻得哆哆嗦嗦的他，说："你怎么找到这儿的，怎么不给我打电话呢？"

他说："这件事电话里说不清楚。"

我一头黑线地说："电话里约好见面不行吗？非用等的。"

唉，学霸的世界，一般人搞不懂。

我打开门说："快进屋说吧。"

"不了，你现在能和我去见一个人吗？"

我稀奇地问："谁啊？"

"千夏，她她……她好像要当修女了。"

Forgetting 62：教堂里的千夏

我在圣贝蒂斯教堂里见到了千夏。她坐在长椅上，一声不响地看着白色的神像，精致的容颜，像上帝遗落在人间的天使。

我在她身边坐下来，说："最近怎么样？"

千夏没有转头，口气淡漠地说："你知道Icy去哪儿了吗？"

我摇了摇头。

"你反败为胜，一定很高兴吧。其实，如果不是钟南，我们就赢了。"

我反问她："如果你们赢了又能怎样？"

"高兴。Icy也不会被逼走。"

"然后呢？"

"然后……"

"然后，我到另一座城市重新开始我的生活。你呢？"

"我……"

一个从小跟着Icy一起长大、把报复当作唯一乐趣的孩子，忽然失去了所有的目标，一定找不到生活的方向。

我说："千夏，你坐在这里，是因为心里很迷茫吧？你希望上帝告诉你什么？"

千夏沉默了。

"说些俗套的话，恨一个人，恨到他死就是终结；爱一个人，爱到他死亦是永恒。我猜，Icy从小就教给你怎么报复玩弄我们这些人吧。可是报复之后，你还能干什么？谢欣语死了，可你还要活着。我离开蓝桉，还有许多美好的回忆，你又有什么？你会把逼死一个人，当作一生最美的回忆吗？"

千夏突然转过头说："你走！你现在不是我的老师，用不着你来教训我！"

"我不想做你的老师，我只想和你做朋友。"

千夏冷笑了一声，说："和我做朋友，为什么？嫌我害你害得不够吗？"

"千夏，人与人之间不是只有仇恨和伤害。我不求你马上明白。但是，请你记住，在这个世界上，你还有个亲人，就是我。"

"你？"

"因为，我们都是唐叶繁的妹妹。"

千夏倔强地转过头，不和我说话。

我站起身说："我先走了，你好好想一想，Icy教给你的，不一定都是对的。"

从教堂出来，孟格就跑来，问："她怎么说？她都在里面两天了，是不是真要出家啊？"

孟格不知千夏与孤儿院的关系，万分担心。

我说："你放心吧，她不会的。你没事多来看看她。"

孟格抽了抽鼻子，说："苏老师，我还没和你说对不起呢。在学校里跟着千夏吓唬你和依瑶。"

我咳了一下，搬出老师的架子说："说说吧，为什么被开除？"

孟格用力地挠了挠头发："别问了，都是过去的事。"

"你现在在干什么呢？换别的学校复读？"

"以前不说过吗，学校里的几个哥们儿出钱让我开公司呢。"

"他们真出钱了？"

"那当然了，我是天才好吗！最近你没听说有款很红的，叫'大逃王'的逃课软件？那就是我们做的啊。"

我忍不住敲他的头，说："你这颗聪明的脑袋，就不能想点儿正经事吗？"

孟格却得意地笑了，说："没办法啊。我就是不正经的人。"

Forgetting 63：第二十四天至第九十天

第二十四天，蓝桉参加年会回来了。我去机场接他。

他看起来心情很好，见到我的时候，说："还不错，有点儿做女朋友的样子。"

"礼物呢？"我伸出手说，"你也要有男朋友的样子啊。"

我之所以这样说，是因为猜他也不会给我买。可是蓝桉却从背包里，真的拿出一只蓝色的四方盒子，放在我手上，说："回去再看。"

蓝桉还要回公司开会，我们一起吃了饭就分开了。其实我有一点儿迫不及待地和他分开，因为我一直想着那只蓝色的小盒子里究竟放着什么。

我一回到家，就把那只盒子拿出来，上面只简单地扎了条棕色的绳子。我小心地打开，发现里面是件很古怪的东西，棕褐色的表面，像个四四方方的刀切馒头。

晚上，我打电话给蓝桉，问他那是什么。他只回答了一个字——"猜"。

我拿着那个"刀切馒头"，百思不得其解，只好拍下来，发到微博上。

不一会儿，从前的生物课代表，回答了我。他说："苏老师，你从哪里得来的。这是袋熊的方块便便吧。"

方块……便便。

那天，我把在塔岛拍到的那只袋熊照片，发给了蓝桉，说："是它的吧？"

蓝桉打回电话说："我看着好玩，带回来风干给你做纪念的，结果忘了。那天你一问，才想起来。"

听着他轻快的口气，让我忽然有点儿不确定电话的另一端就是蓝桉了。

第三十天，洛小缇完成了她第一款私人定制。那是为一个富商特别设计的戒指。铂金的指环上，镶嵌了细小的祖母绿宝石，像一条绿色的藤蔓，围绕着一颗30分的白钻。

我说："这是哪位富商啊，这么抠门，30分的还要定做？"

洛小缇说："要不然怎么会轮到我呢，名师都不接。不过人家这枚戒指是有意义的。"

"我猜也是。"

其实，不计主钻的大小，这枚钻戒设计得十分漂亮。祖母绿蜿蜒的曲线，让冰冷的石头有了生机。

洛小缇托着下巴说："你觉得给它起个什么名字好呢？永爱？恒爱之星？"

我说："为什么我看着总想起一句诗呢？"

"哪句？"

"春来江水绿如蓝。"

"嗯。"洛小缇点了点头，"那就叫'春来'好了。"

我"哈"地笑了。这名字太有土豪范儿了。

第四十二天，离春节不太远了，我准备回落川镇陪爸妈过年。蓝桉知道了，非要与我同行。

距上一次和他一起回落川镇好像已经很久了。妈妈热情地招待了他。我们指名要吃正宗莜面窝窝。我把蓝桉介绍给我爸的时候，他望着蓝桉，忽然就哭了。我爸"呜呜呜"地说了许多话。

后来，蓝桉问我："你爸说什么呢？"

他能说什么呢？他是在向蓝桉忏悔吧。蓝桉一直是他这么多年来，永远的心结。

我说："谢谢你，蓝桉，给了我爸一次道歉的机会。"

蓝桉莫名其妙地说："道什么歉？"

"嗯……以前他棒打鸳鸯来着。"

"嚆。"蓝桉干笑一声。

那天，我带着蓝桉去看小时候常玩的地方，他拉着我，又爬上了房顶。

我说："以前，我妈把我们关在屋子里，你就把窗户上的铁栏撬开一根。然后带着我，爬到屋顶上，一个一个地跳……"

蓝桉听着，忽然就甩我的手，跑了出去，在那些高低起伏的屋顶上，奔跑跳跃起来。

看来，他即便不记得我，内心里，也依然还是那个喜欢疯跑与冒险的蓝小球。

第五十天，蓝桉一整天都在忙。

快凌晨的时候，他打来电话，把我吵起来。我缩在被子里说："什么事，这么晚了打电话？"

他说："提醒你，明天时间就要过半了。"

我一瞬就清醒了，时间竟然过得这么快。可嘴巴上，我依然懒懒地说："别提醒我好吗？让我开开心心地过完剩下的五十天。"

蓝桉说："我只是怕你迷迷糊糊地过完剩下的五十天。"

"蓝桉，你就没有过撒个小谎、骗别人开心的时候吗？"

蓝桉想了想，说："有。"

"什么？"

"你不需要知道。"

"肯定没有，揭穿别人才是你的乐趣。"

"呵呵呵。"他把电话挂了。

第五十八天，我又见到了千夏。那是安澜主办的慈善晚宴，为关爱流浪儿童公益基金筹款，千夏在这个项目里做志愿者。当然，有她的出现，也少不了孟格。我和她单独聊了一会儿。她和我说了自己的计划，想要学习新闻，还要帮助一些流浪的孩子。孟格准备帮她开发一款搜索软件，只要网友上传流浪乞讨儿童的照片，软件就会通过面部识别，自动寻找相匹配的失踪儿童。

孟格对我做了个鬼脸说："怎么样，我也会做正经事吧？"

我被他逗笑了。

有时想想，这就是成长吧，小孩子总是一夜间，就懂得了付出与责任。

那天散会的时候，千夏忽然叫住我。

她说："苏老师，那天……谢谢你。让我想明白许多事。"

我板着脸说："听课总是不认真，重新说。"

"呃？"千夏愣住了。

"应该叫我什么？"

千夏恍然说："啊……姐，谢谢你。"

我伸开手臂，抱过她说："我猜，咱们帅死了的哥哥，一定在天堂里乐翻了。"

第七十二天，蓝桉要带着我去远游。给闺蜜Boss打工的最大好处就是随时请假都没问题。Q开着车，一路向南走了五个小时。

蓝桉要她停下来的时候，我们都不明白，来这里游什么。那是一所大学的教学楼，一群一群的学生和老师正从里面走出来。突然，Q像触电似的浑身一颤，转过头，直直地望着蓝桉。

蓝桉说："去啊。"

Q的眼里满是不可置信的神情。

蓝桉说："去吧。一会儿追不上了。"

Q突然推开车门，飞快地跑进人群，紧紧地抱住了一个走路有点儿跛的女孩儿。

那女孩儿愣了一下，忽然和Q一起痛哭起来。

我说："她是……"

"小T，Q的妹妹。"蓝桉远远地看着她们，"我想，我需要去学着相信别人。"

第七十三天，蓝桉重修的"小白"落成了。他带我去了卓尔亚湖。"小白"几乎和从前一样，只是少了那间玻璃花房。梁叔和梁姨都回来了，梁姨做了一桌子的菜。

第八十一天，安澜爆出重大新闻，蓝桉辞去了总裁的职务，全权交给戴何铭。

第九十天，蓝桉要和我搬到"小白"去住。

他说："还有十天，我得确认，我是不是爱上了你。"

是啊，只有十天了。

我仿佛在等待末日审判一般，等待那一天的到来。

如果生命只剩下十天，你会做什么？

我想，我会和蓝桉厮守到最后那一秒。

蓝桉说："知道我为什么重建'小白'吗？"

我摇了摇头。

他说："因为你不喜欢我的大房子，我只好把这里重新盖起来，送给你。"

那已是三月，早春温润的气息，浸透世界的每一个角落。我们坐在卓尔亚湖的岸边，像一对飞累的水鸟。

他是爱我的吧？

可是，我的心里，渐渐涌起恐惧的暗潮。

我怕这样的安逸，这样的美好。

因为命运总是在我最幸福的时刻，赠予我一份刻骨铭心的疼。

City of Fate

宿命
之城
-篇-

年华短，岁月长，
情深不寿，爱极必伤。

Forgetting 64：十二点的灰姑娘

我做了一个梦。

梦里，我躺在一张空旷的病床上，四周是漫无边际的黑暗。

有人躺在我的身边，我却看不清他的样子，只感觉他是一团模糊的影子。

他轻轻抚弄着我的头发，与我耳鬓厮磨。

他说："苏一，你相信，我爱你吗？"

然后就像一团黑雾，碎散了。

我慌张地从梦里惊醒过来，早春的阳光，和煦地从窗外照进来。

蓝桉不在我身边。我失神地坐了一会儿，站起身去找他。

可是，蓝桉根本不在"小白"里。

梁姨说，他一早就出去了。

这是我们的第九十九天。

时间像一尾钻入水面的鱼，仅剩一点绚丽之末的收梢。

我打电话给蓝桉，却是关机，打给杜有唐，他说不知道蓝桉的安排。我只好坐在阳台上，等他回来。远处的湖水，轻轻拍打着水岸，像一块永不停歇的秒表，记录着漏走的时光。

傍晚，仍不见蓝桉。

我等不下去了，决定去找他。

我直接去了双子大厦，他的秘书把我拦在门外说："蓝先生正在开视频会议，你可以在这里等他，或者明天再来。"

明天？

明天就是第一百天了吧！

我恍惚地走到沙发旁，心里仿佛已经听到一个答案。

我给洛小缇打电话，想找她说说话。可是接电话的，竟然是Lino。他说："小缇已经睡了，你找她有事吗？"

我这才发现，竟然已是晚上十点了。

我只好听手机的音乐，来打发时间。回想起与蓝桉的九十九天，我真的以为他有些爱上我了。

可现在看来，最终仍是我一个人，无可救药地爱着他。

临近十二点的时候，蓝桉才从办公室里出来。他看起来有些累，但疲惫的脸上，仍留着一丝笑容。

他看见我说："你怎么来了？"

"我……"我不想告诉他，我有多想见到他。

他说："走吧，陪我出去走走。"

我跟着蓝桉出了双子大厦，漫步到旁边的公园。我终是压不住心里的疑问说："蓝桉，别折磨我了。我想知道答案。"

蓝桉看着我视死如归的表情，微笑着说："现在几点了？"

我看了眼表说："马上十二点了。"

"没到十二点，灰姑娘就要现原形了吗？"

我被他问得脸红了。

蓝桉说："酥心糖，这次真有礼物送给你。"

"嗯？"我一愣，一束光芒忽然从草地上亮起来。

原本空空的绿地上，不知什么时候，竟建起一座崭新的旋转木马。绚丽的彩灯璀璨闪耀，欢乐的歌声回旋在夜空里。

我不敢相信地看着，像陷进爱丽丝的幻境。

蓝桉拉着我坐进唯一的南瓜马车。木马们便起起伏伏奔跑起来。蓝桉扶着马车旁边的黑色骏马，轻轻一跃，就骑了上去。

他低下头，俯身看着我说："以前的木马，是这样的吗？"

我已经激动得说不出话来，只能很蠢地点头。

蓝桉说："不过，这不是给你的礼物。"

"啊？"我觉得自己真的有点儿蠢了。

"这是给我的，给我忘掉的记忆。"

"那我的呢？"

蓝桉从怀里又拿出一只四方的蓝色盒子，递到南瓜马车的窗口说："给你的。"

我疑惑地接过来，说："不会是另一块方块便便吧？"

他摇了摇头说："里面有你想要的答案。"

他这样说，我的手就有些抖了。

我深吸了口气，才慢慢打开，发现里面竟是那枚洛小缇定制的钻戒，细碎的祖母绿，围绕着小小的白钻。

该死的洛小缇，竟然瞒着我。

蓝桉说："这颗白钻是从我母亲婚戒上摘下来的，对我来说，有很特别的含义。现在，我把它送给你。谢谢你给它一个好听的名字，把'春来'戴起来吧。"

我"噗"的一声笑场了。

可眼泪却也跟着汹涌地跑出来，不能自已，不能抑制。

他把珍贵的戒指送给我，就是我要的答案吧。可我从没想过，会来得这样突然、这样快。

蓝桉从木马上跳下来，伏在窗口说："别哭了，你可是要嫁给我的女人了。"

而我听了，瞬间哭得更凶了。

Forgetting 65： 五十二楼的宿命

在很久以前，蓝桉给我讲过一个《马太福音》的故事。

故事说，在很久以前，有一个国王，远行之前把一些银子分给三个仆人，第一个五千，第二个两千，第三个一千。分到五千的仆人拿去做买卖，赚回了五千；分到两千的，也去做买卖，赚回了两千；而最后一个，最老实。他怕做买卖赔了国王的钱，于是把银子埋起来。国王回来之后，把前两个仆人赚来的钱赏给了他们。而对最后一个小心保护他银子的仆人，国王收走了仆人的一千，给了那个得到一万的仆人。

我一直就是第三个仆人吧，小心翼翼地收藏着命运赐给我的爱情，却总被无情地盘剥。我只会抱怨命运的残忍与不公，却未想过自己可以做第一个敢做妄为的仆人。

其实爱情就是一场赌注，原本你就一无所有。全部的身家，都是搏来的。所以，你还怕什么输呢？只有赢过的人，才有资格谈输不起。你从未赢过一场，输了，大不了还是一无所有。

洛小缇说："你干吗这么急着结婚，定做一件Vera Wang的多好，你还用帮蓝桉省吗？"

我说："是蓝桉急啊。他说我收了他的'春来'，就要马上嫁给他。"

此时，是第一百零七天，我们正站在婚纱店的试衣间，剔透的水晶灯，散着波动的水光。

洛小缇帮我挑了一件抹胸、蓬裙拖地款，上面缀满了施家水晶，女王气十足。

我说："太夸张了吧。你嫁Lino的时候穿还差不多。"

我找了一件雪纺的斜肩款，百褶鱼尾，干净雅致。我拉着她进了试衣间，穿起来。

我把蓝桉送我的"春来"，用绳子穿起来，挂在脖子上。等结婚那天，让他亲手给我戴起来。

洛小缇看见了，小有醋意地说："你也算苦尽甘来了，竟然真的会嫁给他。"

我说："我一直以为蓝桉不记得从前，就不会爱我。可是，没想到他忘掉了过去，我们却可以爱得像一对普通人。"

"他这个普通人怎么没来啊？"

"他在忙着交接，没时间。"

洛小缇帮我拉上拉链，忽然说："太漂亮了。"

"真的吗？"

我提着裙摆，走到镜子前，被自己的样子惊艳了。

怪不得都说女人穿起婚纱，是一生中最美的时刻，由内而外的幸福，真是击倒一切的力量。有时真不敢相信，我就这样要嫁给蓝桉了。

我转了个圈，说："快给我拍下来。"

可就在摆Pose的时候，忽然从镜子的倒影里看见橱窗上，竟挂着一个晴天娃娃。

我缓步走过去。窗外的阳光照进来，有些刺目。我伸出手，慢慢转过那个晴天娃娃，它深黑的眼睛，如地狱射来的目光，让我感到一阵恐慌。

我慌张地找出手机，打给蓝桉。没接。

我只好又打给他的秘书。我问："Icy是不是来了？"

"刚刚还在这里闹得开不了会。"

"蓝桉呢？"

"好像和他一起去五十二楼了。"

五十二楼！

这个令我恐惧的数字，仿佛是宿命的轮回。

我的手机，"啪"地滑落在地上。

我推开店门，飞快地冲了出去。

店员在身后，大声地喊着："婚纱，婚纱！"

我头也不回地喊："小缇，帮我买下它。"

我不能停，一刻也不能停。

Icy回来了。他是我一生的噩梦！

我刚刚触到了幸福的指尖，不能再让他毁掉！

婚纱店离双子大厦并不远，我一路飞奔进大堂，电梯正要关门，我不顾一切地冲进去。所有人都用奇异的目光在打量着我，我仿佛又回到了令我恐惧的那天，蓝桉飞坠而下的一幕，不断地闪现在我眼前。

当电梯门打开的时候，我看见蓝桉和Icy，并肩站在昏暗的大厅里，银蓝的玻璃幕墙，把他们映成一双剪影。

我悄悄地走过去，听见蓝桉说："我让你走，为什么还回来？"

"你以为我真的会走吗？我只是等你清醒的那一天。你是不能爱苏一的，等你想起她的时候，她只会带给你痛苦。"

蓝桉闭起眼，不想回答。

可Icy与蓝桉生活得太久了，熟悉蓝桉的每一个细枝末节。他望着蓝桉，脸色突然一变，说："你……你已经想起她了？"

蓝桉摇了摇头。

"不可能，你不要骗我！"

蓝桉睁开眼，看着他说："是我从来就没有忘记她。"

蓝桉竟然没有失忆！

他的回答，几乎让我叫出声来。

Icy不能接受地说："不可能，你不可能没有失忆！我那么伤害她，你怎么会袖手旁观？其实你心里还是恨她的，对不对？你看到她被欺负、被侮辱，心里一样会痛快，对不对？"

Icy的话，像一根锋利的锐刺，直没入我的胸口。如果蓝桉都曾记得，当我被武藤侮辱的时候，他如何做到没有一丝怜悯与同情？在他的心里，一定还是恨着我的吧。他是喜欢享用我的痛苦，才会无动于衷。

可蓝桉却淡然地说："我无动于衷，是要保护她。"

"保护她？"

"因为她是我在这个世界上，唯一的软肋。在英国恢复之后，我慢慢回想起了所有的事。我发现，有一个人，一直在暗中要置我于死地。如果我不找出来，苏一一定会成为他对付我的武器。"

我听完，这才明白了他的冷漠。

Icy问："那你现在找到那个人了？"

蓝桉停顿了一下，说："如果不是在谢欣语的葬礼上看见了谢家万，我还真想不到这个人是谁。"

"谢家万？和他有什么关系？"

蓝桉说："Icy，你能告诉我，谢家最后一个孩子，为什么会生活得这么平和安顺吗？"

"你想说什么？"

"这不是你的行事风格啊。你帮我这么久，怎么会遗忘了他？"

Icy微微笑了，露出一脸天真："那你觉得，是为什么？"

"因为谢家万是蓝景蝶的儿子。这个女人只要闭紧嘴巴，就可以换来儿子安稳长大。这笔买卖，还是很划算的，不是吗？"

"她下毒的事，早就承认了，还有什么好闭紧的。"

"Icy，你应该清楚吧。普通人不可能轻易得到降低智力的药。如果不是一个手握医药公司把柄的行家，怎么会拿得到？"

直到这一刻，Icy的脸上，才现出一丝阴暗。他说："蓝桉，你到底想说什么？"

蓝桉转过身，猛地拉开通往天桥顶端的大门，强烈的风，呼啸着涌进来。他在风中大声地说："告诉我，那一年，我为什么会掉下去？！告诉我，为什么我喝了那么久的药水而不自知？因为我一直信任的人，背叛了我。他想我死！"

"没有！"Icy终是在蓝桉的质问中溃败了，"我没有想你死，我早就计算好了那天的风力和你掉落的位置，你一定不会被摔死。真的。我只是想给你个理由，离开你的酥心糖。可是你偏偏忘不了她。我没有别的办法了，所以我只好在你的水里下药，让你忘记她。蓝桉，其实在'小白'的日子多好啊。你、我和Q，就像小时候一样。你不会想着离开我，不会想什么酥心糖，每天我们都会很开心地在一起……"Icy的嘴角渐渐扬起了微笑，仿佛陷入了一段无比美好的回忆。

可是，我却被他的逻辑震惊了。他竟不惜毁掉蓝桉，来把蓝桉圈养在自己的身边。

Icy说："蓝桉，还记得我们为什么买下双子大厦吗？你说，A座是你，B座是我，我们是永远不会分开的兄弟。可是现在呢？你因为一个女人，就赶走了我。她配不上你的！你和她一起，就是侮辱自己的智商。我才是你不可分割的影子。上天给了我一身的缺陷，却也把你赐予我。你强硬、光耀、傲睨万物；我温和、阒然、白首不哀。我们在一起，才是完美的一个整体，没有人可以把你撕裂去。"

Icy缓缓张开双臂，说："蓝桉，让我回来吧。你可以惩罚我，但不能让我离开你。"

蓝桉走过来，伸出臂膀，把Icy揽在了怀里。

Icy突然就像孩子一样哭了。他紧紧抱住蓝桉，埋在蓝桉的胸前，哽咽地说："我错了，我知道错了，求求你离开苏一吧，不要和她在一起，她只会带给你折磨和痛苦。"

蓝桉抚着他的头发说："Icy，施罗死了，可是我们这些在孤儿院长大的孩子，却从来都没有走出他的阴影。我们每天都小心翼翼地活着，警惕着所有人，包括我们自己。其实，世界不是这个样子的。我喜欢苏一，就是因为她总让我看到单纯美好的东西，忘掉那些仇恨和不开心。吃一点儿亏怕什么呢？我们不让任何人伤害，可机关算尽，也没有得到一丝快乐。"

Icy缓缓地推开蓝桉，一眨不眨地望着他。

蓝桉说："谢欣语葬礼的那天，我一直远远地看着，心里只有悲凉。我在想，我们这些年，究竟做了什么？我们用各种手段，去威胁别人，换来的是我们不敢相信任何人。你不觉得可悲吗？谢欣语死了，还有人为她掉眼泪。而我们呢？我们有钱、有势，干掉了所有憎恨的人，却没有一个深爱的人，可以分享快乐。"

Icy的口气，变得无比冰冷："蓝桉，你什么时候也学会自欺欺人了？你那么爱苏一，为什么不把没失忆这件天大的好事拿出来和她分享？以前你是怕有人伤害她，现在呢？你继续装作想不起她，还是因为无法信任她吧？我们这种人改不了的。"

蓝桉微笑着看着他，没有说话。每次提到我，他总是以沉默作答。

可Icy和蓝桉真是心有灵犀，他在蓝桉的沉默里一瞬就顿悟了。他说："你不是不信任她，你是要她放下过去的包袱。那些杀你父母的痛苦，你一个人来背。她就可以安心地与你相爱，是吗？"

这就是蓝桉那个我"不需要知道"的谎言吧。他宁肯独自背负所有的伤痛，让我可以像个平凡的女人，与他相爱相依。我每天纠结在他会不会爱我的烦恼里，可他原来早已全心全意地等待我的回归。他一个人吞下痛楚的往事，只为许给我一个无风无浪的未来。

Icy怜悯地说："蓝桉，你看看你自己，跌进世俗里多可怜。你为她做了那么多，她知道吗？"

"她需要知道吗？"蓝桉反问他，"我爱苏一，是我的事。保护她，是我的责任。只要她从今以后，可以活得快乐，还需要知道什么？"

Icy咬了咬牙说："你别逼我。你就不怕我杀了她！"

"Icy，我担心别人，是因为我怕他们用苏一来伤害我，但你不会。"

"为什么？"

"因为你清楚，害死她，只会让我憎恨你。"

Icy怔了怔，叹了口气说："蓝桉，你真是天下最了解我的人。害死她，你只会恨我。只有害死我自己，你才会永远记住我！"说完，他突然跑出敞开的大门。

他站在天桥的边缘，强劲的风，吹动着他的衣衫。

蓝桉追出去，大吼了一声："回来！"

Icy却如天使般笑了，躺进身后凌厉的风中。

蓝桉箭一样飞扑过去，一把抓住了Icy的前襟。他半个身子，都探进半空。可他仍死死地抓着，不肯放手。

而Icy早已失去了所有生的愿望，他微笑着说："蓝桉，我的所有，都只因为你才存在。没有你，我不会长大，不会有今天。你割断我们的联系，就是放弃了我。还记得你说过的话吗？你说你只会记住活着的人。不论是对你好的，还是对你坏的，你都会牢牢记着，直到他们死掉！所以，再见了，蓝桉，愿你可以真的忘掉我。"说完，他猛地坠动身体，脱出蓝桉的手掌，像一粒微尘，坠进繁芜的世界里。

我跑到蓝桉身边的时候，已经看不见Icy了。我抓住蓝桉的手臂，用力把他拽了回来。

我怕极了，不顾一切地抱住蓝桉。

蓝桉却给了我一个微笑，说："酥心糖，原来你穿婚纱这么美。"

我低头看了看自己身上已经被扯破的婚纱，霎时惊呆了。

那纯白如雪的婚纱上，竟晕染开一片殷红的液体。

天桥边缘上一根拉索的铆钉，竟刺进了蓝桉的腹腔。有鲜红的血，汩汩地涌出来。

我慌了，一边找出蓝桉的手机，给救护中心打电话，一边紧紧按住蓝桉的伤口。

蓝桉看我流泪的样子，却笑了。他说："没事的，不用紧张。我给你的戒指呢？"

我飞快地将戒指从脖子上扯下来，递给他。

蓝桉躺在我的怀里，手都在抖了，可他依然微笑地说："苏一，把手伸出来。"

他一定预感到什么了，才会这样说吧。

我大喊着："我不！你要给我好好地活着，我不要就这样嫁给你！"

我的眼泪，汹涌地冲出眼眶。世界模糊成一片，只剩下蓝桉消瘦的脸。

蓝桉说："苏一，有句话，我一直没能亲口对你说。"

"什么？"

"你相信……我是真的……爱你吗？"

我已经哭得说不出话来，只能用力地点头。

蓝桉说："酥心糖，我是真的……真的……很爱你。"

他连呼吸都有些艰难了，目光也变得异样柔和。

风把婚纱吹成一双纯白的翅膀，飞动在我们身旁。

远方已经可以听到救护车的鸣叫。

天空的云朵，疾速地奔向远方。

蓝桉握住我的手，渐渐地失去了力气，仿佛灵魂悄然逸走的重量。

我用力地抱着他，禁锢住他最后的气息。

我说："蓝桉，你醒醒，把戒指给我戴上。"

蓝桉终是睁开了眼睛。

他说："我不，我要好好地活下去，我不要这样娶到你。"

第二部完

札记

写在之前：

　　这篇《碎语蓝桉》，是在《蓝桉2》上市之前写完的。不记得什么原因了，总之没有赶上排版，后来也就忘记了。重新整理有关蓝桉的资料才又找到。我想把它放到新版《蓝桉2》中，以作纪念。现在看来，里面记述了许多当时创作的心绪，看到结尾处，竟然潸然泪下。

碎语蓝桉

从写完《蓝桉2》到现在，已经六个月了——从初夏到初冬。但每次看到"蓝桉"这两个字，写作时的感觉依然盘桓在心里，像是从未与他分离过。

样书寄来，很让人惊喜，印刷清丽精致——蓝色的标题，隐隐透来蓝桉的气息。

这是Kindle永远无法企及的质感吧。

其实，在我的概念里，蓝桉已经不只是一个小说的人物。也许是因为对他背景构思得太久、太深、太广，以至于他已经成为一个真实的人。他有着完整的人生轨迹——残酷的童年，曲折的身世，纠结的爱情——一部分写进了小说，一部分存留在文档和我心里。

有时觉得，他就存在于另一个平行时空，以张扬恣意的方式，映射着这个世界的青春。

在写《蓝桉》之前，一直对长篇提不起兴趣。漫长的写作时间，构思繁复的情节，对于细节强迫症的我，无异于一场折磨。比如把每个人回忆部分的年龄与年份一一对应起来，就是件十分麻烦的事。或许对于读者来说，这根本是个不值一哂的细节。但对于我来说，却不能轻易敷衍。因为，我不只是在写一个人的故事，还是一个人的历史。

事实上，《蓝桉2》的结束，对我来说却是个开始。我开始渐渐喜欢上长篇的写作方式。比起短篇小说，构建长篇庞大的故事，更有挑战性。文字也更有余地去表现深刻的感情。也许在之后的一段时间里，我会专注长篇小说的创作。

2014年，于我而言是个充满变数的一年。许多习惯了的事，都被打破。一些合作多年的编辑，离开了，一些身边的人开始全新的生活。我的"大女儿"生病了，她是一只很普通的狸猫。15年前，M在路边把她捡回来。那时候，她病得很厉害，身上的毛几乎掉光了，连吃东西的力气都没有。

至今都记得，她来的第一天晚上，M把她放在纸箱里，对她说："加油啊。要活下去。"

她一动不动地趴着，水晶般的大眼睛，落下一滴眼泪。

M给她起了个非常好记的名字——猫猫。

猫猫总是很瘦，天生的公主脾气，不喜欢有人碰她，更不喜欢让人抱。她除了妙鲜包，最爱的就是和我一起吃零食。每每听见撕开零食袋时，她就会安静地坐在一旁，用水亮的眼睛望着你。

是在写《蓝桉2》的日子里，发现她的肚子上多了一粒硬包的，后来慢慢长大。医生诊断为肿瘤，但不建议手术。他说，猫猫已经15岁了，上了麻药，很可能就没了。

据说，猫的15岁，等于人类的76岁。他们就像小说中的人物，以短暂的时间，完成一生的故事。

蓝桉与苏一只用两本书，就走完了他们相爱的全过程。《蓝桉2》的结尾，蓝桉徘徊在生与死的边缘。

是猫猫救了他。

就像我没勇气让猫猫去做手术一样，我没勇气让他死在苏一的怀里。

年少的时候，总以为舍弃是轻而易举的事。不够完美，就是舍弃的理由。一本漂亮的本子，第一笔写坏了，就不想要它。手机有了划痕，就想换掉。

　　可时间总有一天会让你明白，能和喜欢的东西、相爱的人长伴在一起，才是更难能可贵的际遇，即便附加着伤痛、难过和不完美。

　　猫猫刚刚患病的那些天，她始终不进房间，一直睡在客厅的沙发上。大概是一直高冷惯了，不想让人看见她病弱不堪的样子。可是从医院回来之后，她总是睡在我和M的身旁。我想，她也许是感觉到什么了吧。

　　《蓝桉2》没能用"黑暗至时"这个名字。但责编小妖，依然把它的英文名字"Teen in the Dark"印在了扉页里。Teen在古英语中，代表痛苦与愤怒。尽管现在这个单词早已没有了这层含义，但我依然想用它隐喻青春里那些不为人知的隐秘与疼痛。

　　那些伤，是属于自己的，永不被人知晓。

　　它们只存在于黑暗中，悄然影响着成长的方向。

　　不知不觉，《蓝桉2》已经上架了。原本想写有关蓝桉的创作过程，可最终却只写了些写作时的零碎心绪。

　　现在，是5点49分，窗外已经微微发亮，猫猫就睡在我的身旁。耳机里是拜金小姐的《蝶恋花》——燕儿东逝流水，战士吹梅一别，母鹿星河初透，琥珀烟火倚人间……

写在之后：

很遗憾，就在那一年，猫猫永远地离开了我和M。

谨以此文，献给陪伴我15年的"大女儿"。

—— Lan An ——